第一部
蜀山劍俠傳
10
古墓羈身
還珠樓主——著

蜀山劍俠傳

目錄

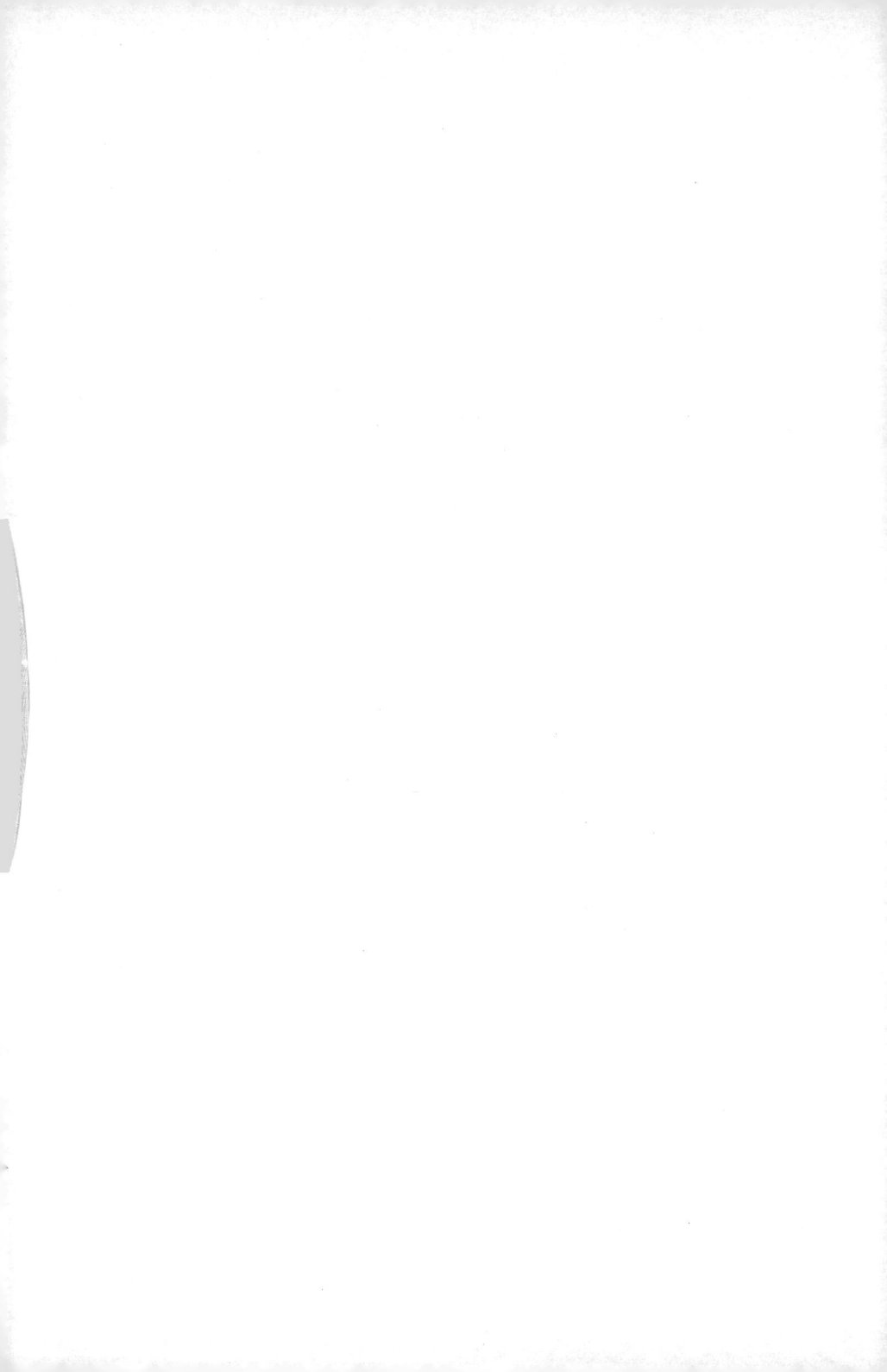

第一章　金鏡神光

英瓊不由動了惻隱之心，剛要開口，易靜連忙搖手示意，將英瓊、輕雲拉到一旁，低聲說道：「我看這兩人路數，雖不敢斷定他們便是異派妖邪，也未必是什麼安分之輩。我們已得此中奧妙，此時將他們放走，並非難事。不過藏珍尚未到手，萬一放出之後，他們比我們深知底細，捷足先登，或與異派妖邪有些關聯，我們豈不白用心思，自尋煩惱？李伯父原說事成之後，再行釋放，何必忙在一時？我們再細看屏風上面前進有無別的阻礙，速急下手吧。」說罷，又領二人回至屏風前仔細觀察。

英瓊童心未退，因那被困的一雙男女小得好玩，忍不住又近前去觀看。這水池中男女已知失陷，又身上寸縷全無，各把下半身浸在水裡，彼此隔開，口中仍是呼救不已。

英瓊側耳一聽，只聽那女子哀聲說道：「聽諸位道友之言，頗多疑慮。我二人是西昆山散仙，與各派劍仙從無恩怨往來。因在島宮海國得見一部遺書，知道此間藏寶之所和許多破法，勤習數年，一時自信過甚，又因獨力難支，一同前來，先時倒也順利。誰知犯了聖母禁忌，一不小心，為水遁所困，再遲些時，便要力竭而死。如蒙諸位道友相助釋放，我等先來迭嘗艱苦，不無微勞，否則後來的人也無此容易。寶鼎、寶庫兩處藏寶甚多，我等並無奢望，只求相候事成之後，略分一二件，不致空入寶山，於願已足。恩將仇報，意存攘奪，均無是理。再者諸位法力雖高，此中機密未必盡知，有我二人嚮導，不但省力不少，且可席捲藏珍，彼此均有益處，豈不是好？」

說到這裡，英瓊聽她說得頗有情理，剛又有些心動，旁邊易靜已經看出屏風後面一些機密，將手一招二人，當先往後便走。英瓊剛說了句：「那兩人又在說話呢。」又被易靜以目示意止住，時機緊迫，急等事完，無暇再為深說，只得相隨往屏風後走去。

到了一看，前面一片青玉牆上，果然留有聖姑遺影，雲鬢端正，姿容美秀，略似道姑打扮，形態裝束，均甚飄逸。像前矗立著一座九尺高的大鼎，非金非玉，色呈翠綠，光可鑒人，上面都是朱文符籙。三人先照李寧吩咐，朝著遺像跪拜通誠，然後立起，恭恭敬敬地走向鼎前。易靜抓住鼎蓋，用力往上一揭，竟未將它揭動。方在詫異，忽聽身後有人微哂，後頸上吹來一口涼氣。

這時英、雲二人俱並肩同立，看那鼎沿符籙，並無外人。易靜疑是有人暗算，連忙飛身縱開，回頭一看，身後空無一人。只有聖姑遺像，玉唇微露，丰神如活，臉上笑容猶未斂去。當時不知就裡，以為除屏風所示消息之外，別有埋伏，用法術一試，並無朕兆。因李寧一再囑咐，不可毀壞洞中景物，接連兩次破去屏風上的禁法，已是情出不已，何況鼎中藏有奇珍，更以善取為是。除非真個智窮力竭，再用法術破它。

主意打好，二次又走向鼎側，暗使大法力一揭。方一遲疑，耳聽哧的一聲冷笑，接著腦後又是一股冷風吹來。易靜法力並非尋常，竟被吹中，毛髮皆豎，不由大吃一驚。及至回首注視壁間遺像，笑容依然，空空如故。愈疑有人先在鼎後潛伏，成心鬧鬼。便和英、雲二人說了，請輕雲用天遁鏡四外一照，毫無他異。第三次又走向鼎前，一面留神身後，準備應變。暗忖：「這次再揭不起，說不得只好借助法術法寶，將鼎上靈符破去了。」

輕雲人最精細，先見易靜事事當先，毫不謙讓，心中雖有些嫌她自大，並未形於詞色。第一次未將鼎蓋揭起，微聞嗤笑之聲，回視並無朕兆，只是聖姑遺像面上笑容似比初見時顯些，倒疑心到笑聲來源，出自像上。因易靜道法高深，既未看出，或者所料未中，未肯說出。及至第二次易靜方在用力揭那鼎蓋，英瓊猛覺一絲冷風掃來。猛一回顧，見壁上聖姑遺像忽然玉唇開張，瓠犀微露，一隻手已舉將起來，接著又放下，神情與活人相似，不禁一拉輕雲。輕雲連忙回身去看，遺像姿態已復原狀，依稀見著一點笑痕抉影。英瓊方要張口，輕雲忙以目示意，將她止住。

易靜原早覺出腦後笑聲和冷風，只因正在用大力法揭鼎之際，又因疑心有人埋伏身後暗算，先飛縱出去，再行回頭，所以獨未看出真相。輕雲暗忖：「看這神像神情，分明聖姑去時，行法分出本身元神守護此鼎，面帶笑容，也無別的厲害動作，必無惡意。壁間遺偈既說留待有緣，何以又不令人揭鼎，莫非此鼎不該易靜去揭？自己決非貪得，不過此時說破，未免使她難堪。自己和英瓊再若揭不開，豈不自討沒趣？反正藩籬盡撤，出入無阻。易靜終是初交，事有前定，勿須強求，索性等她一會，再作計較。」

等到易靜請輕雲用寶鏡四照，見無異狀，三次又去揭那鼎蓋時，英、雲二人料她揭不起來，俱都裝作旁觀，偷覷壁間遺像有何動作。不料這次易靜飛身起來，手握鼎紐，正用大力神法往上一提，壁間遺像忽然轉笑為怒，將手朝鼎上一指。輕雲機警，猜是不妙，急作準備，喊了一聲：「易姊姊留神！」

易靜因這次身後無人嗤笑，正打算運用玄功試揭一下，忽聞輕雲之言，有了上兩次的警兆，事前早有應變之策，一料有變，連忙鬆手，一縱遁光，護身升起。說時遲，那時快，就在她將起未起之際，全鼎頓放碧光，從鼎蓋上原有的千萬小紐珠中猛噴出一束五色光線，萬弩齊發般直朝易靜射去。

總算見機神速，有法護身。同時輕雲一見鼎放光明，早隨手將天遁鏡照將過去，方才將那五色光線消滅。易靜認得那五色光線，是玄門中最厲害的法術大五行絕滅光針，道行稍差的人，只一被它射中，射骨骨消，射形形滅。自己修道多年，內功深厚，如被射中，雖不到那等地步，卻也非受重傷不可。

這一場虛驚，真是非同小可。算計鼎上還有埋伏，不敢造次，忙下來問輕雲，怎樣預知有變?英瓊接口道:「你看聖姑遺容，可有什麼異樣麼?」

易靜往壁間一看，聖姑遺像已是變了個怒容滿面，心中一驚，這才恍然大悟。立時把滿懷貪念打消了一大半，想起適才許多自滿之處，甚為內愧。明看出聖姑不許自己取寶。就此罷手，不特不是意思，難免使周、李二個疑心自己，把好意誤會成了搶先貪得。欲待不去睬她，硬憑自己法力法寶，破了鼎上禁法，將寶取出，再行分送周、李二人，顯顯能為，貫徹前言，也好表明心跡，又不知聖姑還藏有什麼厲害的埋伏，自己能否戰勝得過，實無把握。正在進退兩難，遲疑不定之際，忽聽鼎內起了一陣怪嘯，聲如牛鳴。接著又聽細樂風雨之聲。

三人湊近鼎側一聽，樂聲止處，似聞鼎內有一女子口音說道:「開鼎者李，毀鼎者死!瓊宮故物，不得妄取。」說罷，聲響寂然。鼎蓋上細孔內，又冒起一股子異香，香煙裊裊，彩氣氤氳，聞了令人心神俱爽。易靜才知開鼎應在英瓊身上，好生難過。平日任性好高慣了的，眼前大功告成，無端受此挫折，對於聖姑，從此便起了不快之意。見英、雲二人聞言並未上前，眼望自己，還是惟馬首是瞻的神氣，只得強顏笑道:「我因癡長幾歲，略知旁門道法門徑，意欲分二位姊姊之勞，代將寶物取出。不想聖姑卻這等固執，好似除了瓊妹親取，他人經手，便要攘奪了去一般。如非物有主人，不得不從她意思的話，我真非將它們取出，全數交與瓊妹，不能表明心跡了。」

輕雲忙道：「易姊姊此言太見外了。休說姊姊此番去至峨嵋拜師以後便成一家，就是外人，既然共過了患難，難道有福就不同享？姊姊如是那樣人，我們也不會聚在一起。聖姑仙去多年，凡此種種，俱是當年遺留。雖說是『開鼎者李』，天下姓李的道姑甚多，未必準是瓊妹；即使是她，也必別有因緣。且讓瓊妹再虔誠通白一回，看是如何，必可分曉。」

易靜見英、雲二人詞色始終敬重如恆，心才平些，終是怏怏，冷笑一聲道：「姓李道友雖多，輕易誰能來此？況且還有『瓊宮故物』之言，必是瓊妹開鼎無疑。不過這位聖姑已是天仙一流，還有這許多固執，可笑是稍有不合，便即發怒，現於顏色。既不許旁人妄動，還留有遺音，預先在遺偈上說明，或是在屏風上注出也好，盡自賣弄玄虛，設下許多埋伏嚇人則甚？我先倒很敬重她是一位成道多年的前輩仙人，不曾想如此小家氣。適才如非我略知旁門禁法，預有防備，險些被她暗藏的大五行生剋光線所傷。」

還要往下說時，輕雲見她一再說聖姑是旁門法術，面帶不悅之容，知道聖姑靈異，惟恐再有別的忤犯，鬧出事來。易靜雖然投契，畢竟初交未久，又是同輩中先進，不好意思多為勸說，只得拿話岔開道：「時候不早，李伯父現在外面等候，我們還是快些辦完此事出去的好。易姊姊以為如何？」

易靜本來還想親取，看出輕雲怕事，恐怕別生枝節，不數日內便成同門，也不便過拂她意，強笑答道：「周姊姊說得極是，且由瓊妹將寶物取到手內，再作計較。屏風上面還有兩人被困，待我們去時救援。這旁門禁法也頗狠毒，延時一久，精神恐支持不住呢。」

輕雲聞言，便同了英瓊重新跪在遺像前面，虔誠通白，易靜心中不快，站在一旁，並未上前，等二人行罷了禮，才一同去至鼎後。雖然適才聞得鼎中遺言，仍是不無戒心。當下由英瓊為首，去揭鼎蓋。輕雲、易靜，一個持著天遁寶鏡，一個行使護身避險之法，以防不測。

說也奇怪，起初易靜用大力神法，揭那鼎蓋時，好似重有萬斤，何等艱難。及至換了英瓊，起初也以為縱然可開，也非容易。誰知兩手握住鼎紐，還未十分用力，只輕輕試探著往上一提，竟然隨手而起。鼎蓋一開，立時異香撲鼻，一片霞光從鼎內飛將出來，照耀全室，俱都大喜。易靜滿懷忿怒，也減了好些。

英瓊放下鼎蓋，各自飛身鼎上，往鼎內一看，裡面的寶物除有兩件類如切草刀和梅花樁一類的四五件外，餘者大都不過徑尺以內，猶如幼童玩具一般。人形馬車，山林房舍，以及刀劍針釘，各種常用的東西，無不畢具。有的懸掛在鼎腹周圍，有的陳列鼎底，件件式樣靈巧，工細非常，神光射目，異彩騰輝，令人愛不忍釋。一計數目，約有一百餘件之多。英瓊見鼎的中心挺生著一朵玉蓮花，比西洞那朵要小得多，顏色卻是紅的，晶瑩溫潤，通體透明，那異香便從花中透出，心甚喜愛。暗忖：「這朵蓮花如能攜走，豈非快事？」

試用手握住蓮柄一搖，竟不能動。方覺有些美中不足，猛一眼看見花裡字跡隱現。用手一撥花瓣，隨手而開，現出一張一指多寬，五寸來長，非紈非絹的字條。上面寫的便是適才鼎中人語，字跡漸隱漸淡，連那字條也隨手化去。

英瓊方在驚奇，輕雲已催她快將法寶取出。當下仍由英瓊將鼎中寶物一一取出，分裝在三人所帶的法寶囊內，直到取完，並無他異。英瓊蓋鼎時，還不能忘情那朵赤玉蓮花。手托鼎蓋，一面賞玩那蓮蓬，覺與尋常者不同，顏色深紫，形似蘭萼，又似一把玉製的鑰匙，越看越愛，不禁起了貪心。

暗中默祝：「弟子等三人深入寶山，獨英瓊一個得蒙仙眷，賜了許多奇珍至寶，原已深感無地，本不應再有覬覦，只緣此洞不久便受妖孽盤踞，寶物在此，難免受其摧殘。如蒙鑒憐愚誠，准許弟子將此朱蓮連同西洞鼎中的青玉蓮花一併請至峨嵋仙府供奉，以免落於妖邪之手。」

剛剛說罷，正想分手去搖那蓮柄，忽覺鼎底一股奇熱之氣衝了上來，其力極猛，令人難以禁受，心中一驚。剛將頭昂起，避開那股熱力，倏地一片玉色毫光一閃，手中鼎蓋便被那一股子神力吸住，往下沉去，重有萬斤。再也把握不住，手微一鬆，錚錚兩聲響，鼎蓋自闔，關得嚴絲合縫，杳無痕跡，恰如鑄就生成一般，比起初見時嚴密得多。知是聖姑不許，幸喜不曾吃了虧苦。見易靜、輕雲正拿著一件法寶，在互相談說。近前一看，乃是一柄兩三寸長的黃玉鑰匙，形如蘭萼上的符咒，與鼎內的蓮心一般無二，只是要小去一半。三人俱不知用處，略微傳觀之後，輕雲道：「大功已成，時已不早，我們拜別聖姑，救了那兩人，出洞去吧。」

英瓊聞言，想起被困小人所說，還有一所寶庫，正要開口，偶回身往壁上一看，聖姑遺像已不知何時隱去。心想：「聖姑既然隱跡，來時爹爹也只說鼎中有寶，並未說及寶庫。再者四壁空空，通體渾成，哪有跡象可尋？那被困小人不是傳聞不真，便是成心說謊。這次入洞，得了許多奇珍，正好出去說與爹爹喜歡。」

孺思一動，立即忙著走出，始終未將蓮蓬玉鑰之事向周、易二人說起。行時易靜仍未禮拜，只輕雲、英瓊二人朝壁專誠拜別。一同轉過屏風，去救那被困之人。因為破除禁法，英、雲二人自問不行，俱推易靜施為。英瓊心急，話一說完，便跑在屏風下面一看，見池中被困男女業已力竭聲嘶，語細難辨，神態更是委頓不堪，忙催易靜下手。

易靜道：「此種禁法，非同小可。如待它發動再破，看似聲勢驚人，倒還易與；就此解除，稍一不慎，被困其中的人，立成粉碎，一毫也大意不得。如能覓得它總樞關鍵所在，便容易之極。適才忙著入內取寶，匆匆看出內中無險，便即走進，也未看出它樞機暗藏何處。今番且一同細細看來，如見可疑之處，互相告語，等審度穩妥，再行下手，免得誤了別人，又誤自己。」道罷，大家分頭往屏風上查看。

英瓊因那兩個小人空入寶山，枉受了許多艱險，寶物不曾到手，反倒失陷在內，境遇可憐，恨不得立時將他們救出，才稱心意。自己學道日淺，不明禁制之法。見易靜和輕雲二目注定屏上，逐處仔仔細細地觀察，毫無線索可尋。再看那兩小人，這時神氣益發疲敝，浮沉池面，奄奄一息。心裡又急於出去和老父相見。

暗忖：「偌大一具屏風上面的景物不知多少，不過才看過了三分之一，也沒找出一點破法，似這樣找到幾時？那被困之人眼看支持不住。初進來時，那等厲害埋伏尚且不怕，此刻事已辦完，為何反倒小心起來？不如仍用前法，請周姊姊拿著天遁鏡照向屏上，以防萬一，然後將雙劍合璧，硬將這小池子毀了，將小人救出，豈不是好？」

想到這裡，剛要和易靜去說，忽見小池中水波飛湧，急流旋轉，成了一個大漩渦。那兩小人上半身原本露出水面，各將雙手揮動不休，時候一久，漸漸有些力竭勢緩。及至池水無端急漩，想是知道危險萬分，一旦捲入池心漩渦之中，便沒了命，各自放出一絲青白光華，拚命在水中喘吁吁地扎掙，逆水而泅，不使池波捲去。無奈水力太大，又在久困之餘，那女的有兩三次差點捲入池中漩渦之中，嚇得小嘴亂張，似在狂呼求救，已不成聲。最奇的是池並不大，池水尤清，可是用盡目力，不能見底。在池心水花急轉中，隱現水底紅光閃閃，似有一朵木蓮，開合不休。英瓊見狀，猜是危機瞬息，等到尋出此中關鍵，再行施救，必不可能。雖然一舉手之勞，便可將兩小人提出水面，因知此中玄妙非常，易靜又再三囑咐不可輕舉妄動，稍一不慎，便要誤己誤人，不敢冒昧下手。忙喊：「周姊妹、易姊妹，你們快來，再不救他們，要救不成了。」

這時易靜方悟出一些線索，只是還未判明，正在尋思。聞言吃了一驚，忙和輕雲飛身過來，向屏上水池一看，失驚道：「瓊妹所言不差，我們如遲延，此二人必為水化。我剛看出一點頭緒，還未找著關鍵。這裡處處都用的是玄門中最厲害的禁法，名叫大五行蓮花化劫之法。我只略知門徑，不悉精微，如尋到行法的樞紐，還可立時解救。今已時迫勢急，說不得只好毀了此洞，盡我三人之力，為他們死中求活了。」

英瓊無心接口道：「你說什麼蓮花化劫？我見池底也似有一朵朱蓮，隨著池水開合，莫非這二人被困便是那蓮花作怪麼？」

易靜聞言，靈機一動，忙問蓮花何在。英瓊忙往小池中心一指。易靜運用慧目定睛一看，果然池底有一朵朱蓮，隨水開合。猛想起適才輕雲從鼎中取出的那柄形式奇特的玉鑰，恍然大悟，驚喜交集。因見池水益疾，兩小人勢益不支，不暇細說，忙請輕雲將那玉鑰取出。又將手一擺，請英、雲二人退後，無論見何警狀不可妄動。如覺支持不住，可用雙劍護身，退出洞去。自己自有脫身之法。

話剛說完，那池水倏地起了一個急漩，眼看那兩個小人身子一歪，捲入漩渦之中。易靜喊聲：「不好！」右手一揚，一片霞光籠罩全身。左手早先伸往屏風上小池之中，將那兩小人用手指抓住，並未使其出水。一面運用玄功，使足神力，順著水面，將二人拖離池心大漩，往池邊泅去。英、雲二人好奇，只退後了不幾步，看得逼真。英瓊方暗悔早知這般容易，也早把這兩人救了。尋思未終，忽聽波濤之聲大作，起自屏上，恍如山崩海嘯一般。易靜的手仍在池裡，並未將小人提了上來。那片霞光籠罩她的全身，越來越小，晃眼間人成尺許，漸漸與池中小人相似，飛落池中。英、雲二人一看大驚，以為易靜也陷身池內，忙奔過去一看，濤聲頓止，那小人業已身橫水面，暈死過去，只小小胸膛還在喘動起伏。再看易靜，人已不知何往，只剩那片祥光，在池底隱現。

正在駭異，忽聽易靜喝道：「二位姊姊快些避開正面七尺以外，駕遁速起，我們要出險了。」聲音極細，比適才小人呼救之聲高不了許多。英、雲二人方才聽真，剛往旁一閃，飛身起來，便聽屏上風雷大作，白茫茫一股銀光，從小池中直射下地來，逐漸粗大。洪瀑中似見一個人影隨流而下，一落地便現出身形，正是易靜，一手一個，提著那被困男女，俱已復了原形。

那女的仍是全身赤裸，那男的腰圍著易靜身披的一條半臂，身材俱與常人相似。人已醒轉，只是大困之餘，神志頗現委頓。那屏上洪瀑，仍發個不住，頃刻之間，全室的水高達三丈。易靜一出現，便離水飛昇起來，口裡喝道：「二位姊姊，快將這兩人接去，不可被水沾身。」說罷，手一揚，剛要把手提的人拋出，那被困的一男一女已答言道：「爾等起初竟見死不救，此時方蒙救援，雖感盛情，已壞了我二人數百年苦煉之功。今得脫困，我二人自能回去，後會有期，容圖報德。」說時，早化作兩道碧森森的光華，疾如電掣，往外飛去。易靜聞言，好生不悅，欲待追趕，人已飛走。眼看下面波濤又增高了兩丈，無暇和英、雲二人說話，仍用霞光護身，往屏上池中飛去，晃眼不見。不多一會，易靜手持那柄玉鑰飛身出來，那水忽往屏上收去，似長鯨吸水一般，往小池中倒灌。約有半盞茶時，全被收盡，那股洪流，不存涓滴。

三人這才落地重新相見。易靜道：「早知這二人如此可惡，適才也不救他們了。」英瓊問故，易靜道：「此地不可久留，我們出去再說吧。」當下各駕遁光，往洞外飛去。先以為屏上諸般禁法埋伏，凡是有關本洞這一路的，大半失效。即使進來時，那二層洞門仍舊封鎖未闢，有李寧在外守候，三人出去，不會不知，必然開門接引。及至飛到門前一看，只見前面青光疾轉，湧起千萬朵青蓮花，層出不窮，比起初進時所見之勢要盛得多，哪裡還分辨得出門的影子。

易靜暗忖：「法屏上面，明明設有這座洞門，雖未將它毀去，李伯父道法高強，絕無不知我三人取寶成功之理。適才既能施展佛法，由外開放，此時何竟不能？再者，除此並無別路，那被困男女怎能遁去？」好生驚訝。輕雲見門不開，便取天遁鏡照將上去。百丈金霞，照向青光叢裡，只幻成一片異彩，仍是不能通過。

英瓊著急道：「難道我們事已辦完，還被困在這裡麼？我們用紫郢、青索二劍合璧斬關而出吧。」

輕雲道：「還要你說？沒聽伯父來時吩咐，不許擅毀洞中景物麼？這出入門戶重地，更比別處不同，怎能輕易毀得？伯父在外，少待一會，必有感應，開放此門，接引我們出去，何必忙在這一時呢？」

英瓊無奈，只得作罷。易靜沉吟了一會，忽然看出玄機，忙請英、雲二人將鼎中所得諸般寶物取將出來詳觀。

輕雲問故，易靜道：「我雖識得這裡禁法來歷，只是道行淺薄。初入門時，所遇埋伏還能僥倖將它破去。後來那些沒有發動，多半是得了前人的便宜，否則成功決無如此之易。如今我細看這裡千層青光，俱現蓮花之形，有些異樣，說不定此時已被那兩個被困男女遁出時，用異寶毀去。不過全洞禁法，均具生剋妙用，層層相因。尤其是這門戶重地，必然另有呼應。此門一毀，遇伏便即發動，李伯父在外，不會不知。既然如此厲害，那兩人難免不葬身在內。以我三人之力，未必衝得過去。適才屏上蓮池，涓滴之水即可化為滄海，我們救那兩人出險，全仗無心中得來的那柄寶鑰。聖姑數百年間所煉法寶，全在鼎內，也許有合用的法寶，助我三人衝出呢。只是瓊妹還可，你手持寶鏡須要放仔細些。」

英瓊聞言，心中又是一動，想起鼎中蓮萼玉鑰要大得多，那把小鑰能閉神池之水，大鑰必然更有妙用。念頭只轉了轉，忙著取寶查看，仍未想到返身入內，重取鼎中寶鑰，再行搜查。當下便和易靜把法寶囊打開，各取出所獲寶物，正在查看。輕雲剛一伸手去取寶囊，天遁鏡偏得一偏，前面青光忽如溜雲捲到。輕雲大驚，連忙定神，端正寶鏡，才行抵住。前面青光力量，兀自覺得大了許多，哪裡還敢絲毫疏忽。

易靜忙趕上前說道：「這裡禁法真個厲害非常，沒沾惹它時，還是在原處，一經行法用寶和它接觸，立成不兩立之勢。我一退，它必進，不被捲去不止。幸而這面寶鏡是件稀有奇珍，如換別的法寶，就這一下便支持不住了。」說罷，早代輕雲解下身畔寶囊，由輕雲用天遁鏡抵住前面青光，自己與英瓊退後十餘丈，先用劍光護身，以備萬一。然後取出那些寶物，逐件審視。

易靜、輕雲二人囊中所藏，適才俱經二人看過一遍，並無類似寶鑰一樣的法寶，件件精光射眼，有些連名稱都不知道，休說它的用處。只英瓊取寶時，忙著蓋那寶鼎，易、周二人未及細看。此刻易靜等取出來一看，還未尋到合用之物，首先入眼的，已有兩件聞名未見的仙家至寶，稀世奇珍。方暗忖英瓊仙緣，真個不淺，正在欲羨，猛一眼看到英瓊手上拿著一塊並無光華，長只七寸三分，類似一塊醒木的東西，上面古銹斑斕，四邊隱有蓮花篆文。要過來細辨那篆文，乃是「百寶珍訣」四字。心中大喜道：「如我所料不差，我們所得寶物，名稱用法，俱在這小小寶物裡面了。僥倖我還略知開法，且來試它一試。」說罷，雙手合掌，按緊那匣的底面，運用玄功，一口真氣噴將上去，再將雙手一搓。那匣是一抽蓋，便隨手徐徐移動，剛剛露出一點縫隙，便從匣內射出一片金光。易靜更不怠慢，聚精會神，運用神力，喝一聲：「疾！」鏘的一聲，朵朵五色蓮花，從匣中飛出，一晃即逝。匣蓋立時揭開，匣中現出薄薄一本小書，玉絹朱文，薄如蟬翼，約有三十餘頁。書面四個篆文，與匣上相同。書底下夾著兩道靈符和三把玉鑰，長才寸許。

翻開那書第一頁，便看出內中一道靈符，可以通過全洞，無論在洞中遇何險難，只須將此符用本身真火焚化，自有妙用。另一道卻是收符，也只須同樣施為。三人俱都喜出望外，因為忙著出去，也未細看後頁。匆匆將各樣寶物藏起，所餘的一道靈符帶上，異書仍由英瓊收好，一同走向前面。

易靜先囑咐輕雲：「等靈符焚化，便即收了寶鏡，看是如何，相機行事。」說罷，施展禁法，將靈符往前一擲，那符便懸在空中。然後運用玄功，一口真氣噴將出去。輕雲忙收寶鏡，火光一閃，靈符不見，化成一朵金蓮，上托一幢三丈多高，丈許方圓的金光，似要往前面青光層裡飛去。易靜忙喊：「快隨我來！」用手一拉英、雲二人，一同往金光中縱去。三人便被那朵金蓮托住，朝前緩緩飛行。所過之處，前面青光似波分雲散一般，紛紛消散。不一會，已衝出光層。到了門外一看，李寧坐在門側，正在盤膝入定。三人連忙離開金光籠罩之下。易靜見金蓮光幢仍是冉冉往前游動，並未消歇。知道力量絕大，如不收去，頭層洞門一切禁物，必被摧毀。便將那另一道靈符取出，仍用前法，往光幢中擲去。

才一脫手，便聽霹靂般一聲大震，數十丈紅光飛向金光幢裡，兩下裡只一混合，化成一片彩霞，恍如狂濤怒湧，直朝三人迎面飛回，其勢迅疾異常。三人猝不及防，一見大驚，想要縱身避開，已來不及。就在這危機一發之際，忽從身側又飛來一片祥光，將三人裹住，耳聽萬馬奔騰之聲，從頭上和身左右捲將過去，瞬息間沒了聲息。祥光斂處，李寧已站在面前，三人才知那祥光是李寧所發。驚魂乍定，僥倖俱未受傷。回顧那二層洞門，業已關閉如初，毫無動靜。各自上前拜見，互說取寶之事。

李寧道：「此事我已略知梗概，只因你們行時匆忙，僅囑咐你們取寶之後再行救人。我先時曾經略微參詳，知那被困男女於你們有不利之兆，事完之後，便無可奈何你們。誰知我功力尚差，不能在片刻之間洞悉機微，以致仍免不了給你們樹下異日的強敵，終為隱患。

「等到你們入內，我算計還有好些時遲延，左右無事，才得潛心體會，默察前因後果。方知那一男一女，乃西昆山散仙中數一數二的人物，入洞時已將各層埋伏用法力破去，為你們打通了不少難關，否則成功決無如此容易。他們終因犯了聖姑禁忌，又加自恃心盛，洞中禁法生剋循環，變化無窮，最後遇見先天庚金轉化後天癸水，將二人陷入法池之內。他二人原是夫妻，你們進去時已經著迷，並無所覺。此事原有兩種應付之法，可惜我事前不知，鑄成大錯。一種是你們在法屏上發現他二人被困，不許出聲，逕往屏後取寶，成功出來時，再行施救。他二人身在迷津，不知被陷，還在水陣中浮沉游泳，不致行法圖逃，發動禁法中所藏妙用，引起災禍。他們也只有感激之心，卻無復仇之念。一種是你們將他們驚覺，他們狂呼救助，索性照瓊兒意思，當時救他們脫險，因他二人感恩，又早知藏寶秘密，必然指給你們二處藏寶之所。寶物雖要被他們分去幾件，卻是多得奇珍，還交下兩個教外之友，也不為失計。你們既已將人驚動，又不理他們。等到取了寶，他們已力竭智窮，眼看元氣大傷，形神將亡之時，才行施救。

「他們以為你們既然從容深入寶山，法力定非尋常，決不想你們未得寶鑰，雖知禁法來歷，也無此膽量，以身試驗，以為是成心如此捉弄。他們氣量本狹，想起費了許多心思，死中討活，給你們去享現成，還鬧得如此結果，怎不啣恨切骨？這兩條路任走一條，也可免患。但等我詳悉，已無及了。適才他二人出困以後，用千金神駝，衝門冒險遁出，又勾動了洞上禁法。雖得闖過，因在池中耗損真元太多，不如進時容易，身受創傷，益發仇上添仇。見我在此打坐，知是你們一黨，不問青紅皂白，打了我一下神木缽。幸我坐時，有佛光護身，此寶無功，知非易與，才行負傷遁去。」

英瓊道：「女兒聽到那女的號叫說藏寶地方共有兩處，如能相救出險，她可助女兒同去。女兒還以為如若另有奇珍，爹爹不會不知，當她出言相誘。又忙著出來，雖有救她之心，但易姊姊要取完了寶物再救，免得生事，便跟著進去，沒有管她。照此說來，是真的了。但是除那藏寶的鼎外，也曾細看，四壁空空，毫無朕兆，寶庫到底在什麼地方呢？」

李寧道：「易賢侄女之言，原本無差。只緣你們對我信心太過，我又是事前毫無準備，又因你們忙於回山，未加詳參，只在你們探尋洞徑涉險未出時，分化元神，入內防護，無意中見題壁仙偈，只知大略，不知內中底細，方有此失。

「其實那另一寶庫，便在壁上聖姑遺像後面，開壁的便是鼎中朱蓮內所含那柄形如蘭萼的寶鑰。你起初發現萼中藏的千載留音神偈時，只須將那蓮瓣微微分開，便可取出。你卻見那朱蓮可愛，動了貪心，想將它折了回來。卻不知事前聖姑早有層層佈置，相生相應，時機一瞬即逝，不可復得。各洞中的寶鼎均有妙用，獨這東洞蓮萼藏有仙鑰，那朱蓮、寶鼎一體，怎容妄取？你只管貪玩流連，錯過機會，被鼎內原伏的乙木青神之氣將鼎蓋吸去，嚴密蓋合。

「你平日也頗有慧心，竟會迷於一時，始終在洞內未向二賢侄女提起，直到出來才向我說，已是無及。否則你易姊姊精通道法，定能測透秘奧，二次入內用法術開了寶鼎，將寶鑰取出，扣壁取寶了。出而復入，原無不可，偏又被逃人勾動禁法埋伏，你們無法出來。藉著仙篋藏符之力雖得通行，但是那符具大法力，無堅不摧，不收則全洞景物難免不遭毀滅；一用收符，洞門重新關閉，所有法屏上各種埋伏，重又藉著此符相生相應的妙用，一一回了原狀。以你三人之力，不遇機緣，再想入內，其勢難如登天。仙緣止此，事由前定。且將那本小仙冊取來我看。」英瓊忙將小匣藏書取出獻上。

輕雲聞言，雖覺許多仙家異寶失之交臂，有些可惜，還不怎樣。易靜卻不禁心中一動，盤算不置。李寧看那小冊所載，除寶物名稱用法外，並有聖姑遺偈。大意說鼎中百零九件寶物，均贈妙一夫人，轉行分配給門下女弟子。英瓊所得最多，靈雲、輕雲、英男、若蘭、易靜、紫玲、寒萼等人次之。俱注有各人的名字，所有女同門一個不空。那壁內藏珍，如何取法，以及寶鑰用處，也載得清楚。只未註明應歸何人所得，能否二次入洞。英、雲二人觀書，均面有喜色，惟獨易靜默然。

李寧早明白因果，已知其意，笑對三人道：「一飲一啄，莫非前定。多歷艱難辛苦，所獲益多。不過貪嗔兩字，總足為害，小不忍則亂大謀，全仗慧心定力，去克制它。你三人此地早晚仍須重臨，壁中寶物，說不定應在何人頭上。只是經此一來，外間知者漸多，定要群來攘奪。物各有主，聖姑早有佈置，該為何人所有，定而不移，決不會擇強而歸。像今日之事，出於定數，無可避免，所以連我也臨事慌亂起來。所望你們日後不論誰來，遇事可適可而止，少開殺戒，能讓過便讓過，切不可因其異派，多事殺戮，以致冤冤相報，沒有了結，種下仇敵，徒留異日隱患，也不枉我今日引你們到此一番奇遇了。」

易靜原極機智，聞言竟會當作泛論，一心只盤算怎得一人再來取寶而歸，聽過便置諸腦後。李寧知她日後再入幻波池，關係畢生成敗，憐她多年苦修不易，此番相會，總算有緣，當時不便說明，只好到了峨嵋，見了掌教諸人，再為設法，以助她成功。也是易靜仙緣尚厚，才得遇見李寧，就這樣日後還是受盡艱危，幾乎遭了殺身之禍。此是後話不提。

李寧說完，仍命三人各將法寶收起，且等到了峨嵋，呈與師長，再行分配。英瓊問道：「爹爹，我們出去仍是來路麼？」

李寧道：「頭層洞已被那兩人來時用千金神駝衝開，他們只比我們先入洞不到一個時辰。論理我們還在他們之先，因為他們一到就直入東洞，我們從西洞甬路中一路繞行過來，沿途觀賞奇景，解說一切，延時甚多，否則我們早就進去了。雖然你們多遇艱險，有此雙劍一鏡，也足以應付。他們見你們捷足先登，卻不知第二藏寶之所，不是雙方說明，同力合作，便是等你們去後，再行下手，何致結此一重仇怨呢。

「此門不閉，更足引起外人覬覦，又不知要葬送好些生靈。且體上天好生之德，我們也由此門出去，到了外面，再用佛法封鎖，使那道法稍差，不知洞壁中甬路的人知難而退。以免涉險入洞，為洞門內禁法埋伏所傷，徒廢了多年苦修，也是好的。」說罷，便引了三人，從頭層正門走出。

走過兩重石室廣洞，才達門口，見兩扇青綠光亮的洞門業被沖得小開。李寧便命三人站過一旁，盤膝坐定，口宣靈偈，施展佛法，手朝洞門一揚，一片祥光，飛上前去。先是洞門徐徐關閉，等到祥光散去，門已不見，與洞痕一般相似，杳無微痕。

英瓊道：「爹爹，後來的人既敢到此，定知裡面有幾座洞府。這門雖被佛法隱去，難道不會按著各洞方向部位間隔的遠近尋找麼？」

李寧道：「你說得倒也容易。原洞口就在這裡，紫郢、青索乃峨嵋至寶，萬邪不侵，任何禁網，大概都能衝破。有我在此無妨，且向我的小旃檀妙法試上一試，看看我佛門妙用如何？」

英瓊聞言欣喜，誠心要在老父面前賣弄，暗地運用玄功，將師門心法施展出來，一道紫虹閃處，身劍合一，直往原有洞門之處衝去。連衝數次，只覺所衝之處柔如絲髮，堅逾精鋼，一種絕大剛柔兼備的神力阻住去路，只衝得祥光瀲灩，瑞彩繽紛，休想進得一步。

英瓊仍是不信，收劍現身，笑對李寧道：「女兒道淺，不能衝過。師尊常說，紫、青雙劍合璧，妙用無窮，只須知道出困方向，絕無阻隔。女兒想和周世姊再試一回如何？」

李寧笑道：「瓊兒，你還不服麼？三教無不可克制之物理，雙劍合璧進力愈大，阻力愈甚，你們不可小覷了呢！」

英瓊固想藉此娛親，輕雲也見獵心喜，俱仗著李寧在側，決不會吃什虧苦，也從旁跟著請求。李寧含笑點首。

易靜雖不知佛法奧妙，一聽說是小旃檀妙法，不禁吃了一驚。暗忖：「李師伯追隨白眉禪師未久，怎便將禪門中多年苦修最難煉的降魔辟邪妙法俱學了來？聞得此法最為玄妙，今用它封鎖洞門，自己如非已有了一番經歷，知道洞中復道甬路，異日再來，還真非易與呢。」

一看輕雲，已向李寧告罪起身，隨同英瓊，各將劍光放起，一聲招呼，雙劍合璧，化成一道青紫二色的長虹，二次往前衝去。這次居然一衝而入，好似毫不費事一般。易靜正贊雙劍神妙，同時又暗笑小旃檀法枉負盛名，也不過如此。忽見二人劍光在祥光瑞靄中閃了幾閃，突然直衝出來，待朝外飛去。就在這疾如電駛之際，猛聽李寧一聲洪鐘般的大喝道：「你二人還不醒悟麼？」接著將手一指，劍光落地，現出英、雲二人，面面相覷，恍恍惚惚，好似睡夢初回神情。

李寧道：「你們看如何？你二人雖各有一口好劍，道行尚淺，僅憑本門真傳劍術。遇敵時如見機得快，不等敵人發動厲害法術，立即回劍防身，誠然是萬邪不侵。可是敵人如真是個能手，他只將法術顛倒變化，要想脫身卻難。何況我這小旃檀妙法，乃佛門秘傳，你師祖白眉禪師所授，我以毅力恆心，面壁九月零五日，才得學成。休說是你們姊妹，便是峨嵋諸友，也極少能破此法者。不過佛家以靜制動，煉來只為修道護法之用，並非上乘。若是上乘便不著相，本來無物，何有於法？萬魔止於空明，一切都用不著，哪有敵我之相呢？」

英瓊道：「女兒初同周世姊進去時，雙劍合璧，頗覺容易。及至在祥光中飛行約有數十里，方在驚奇，怎麼還不到底？念頭一動，忽聞一股沉檀異香，人便昏迷，醒來卻在原處，不知何故？」

李寧笑道：「此中妙諦，你此時也參它不透。我法不易傷人，萬相隨念而生，念頭動處，仍還本來。日後你道力精進，自能瞭解。此刻神雕想已復原。西洞內層門戶業已關閉，艷屍正在乘隙欲出，不可再開。我們由北洞水路入內，再行法出去吧。」說罷，領了三人，走向北洞，仍照西洞一樣，行法入內。到了裡面，將門封鎖，指著壁間一個孔竅說道：「裡面便是水路，我們可由此回去。」

三人往孔中一看，孔並不大，裡面隱隱見有幾條水影閃動。聽李寧說得一聲：「速閉雙目。」言還未了，祥光閃過，身子忽然凌空飛起，耳聽四外濤聲震耳，頃刻之間，人已及地，睜眼一看，已達中洞。

這大半日工夫，神雕已經大半康復，滿身雪羽甚是豐滿，一雙鋼爪抓在鼎紐之上，正在剔羽梳翎，比起未脫毛換骨時，還要神駿修潔得多。英瓊一見大喜，連忙飛身上去，抱著雕頸，撫愛不休。

李寧道：「論理牠還須養息半日，才可飛翔。所幸牠年來道力精進，復原甚速，你們又忙著回山。你三人可騎在牠的背上，由我行法，護送回去吧。」說罷，三人分攜了所得的至寶奇珍，李寧指著四壁靈藥，命拔起了十餘種，騎上雕背。

英瓊問：「洞門已閉，打從何處出去？」

李寧笑道：「我自有出路，待我給那艷屍留個警戒。」當下指著寶鼎，默誦了一陣佛咒。然後指著洞壁一角道：「這裡無水，牢記此處，以備異日之用。」說罷，又口宣佛咒，將手一指，一片石裂之音，一塊三丈許見方的大石忽然落了下來。李寧又將手一指，一片祥光，將石托住。三人駕鵰飛出一看，已是外層洞室，耳聽巨聲發於後面。李寧跟著出來，洞壁已合。仍用前法，出了洞門，到了外面。李寧袍袖展處，數十丈祥光，圍擁著四人一鵰，齊往峨嵋飛去。

第二章　壁間圖解

且不說李寧率領英瓊等前往峨嵋凝碧仙府赴會。如今先補敘由戴家場分手出來的幾個本書中重要人物的事跡，以便歸入到峨嵋開府盛典。下文繁妙節目甚多，日後俱可一一交代。這且不言。

且說老英雄凌操的愛女、俞允中的聘妻女俠凌雲鳳原是追雲叟白谷逸的內姪曾孫女。當白谷逸的妻子凌雪鴻在開元寺坐化時，對白谷逸同窮神凌渾的妻子白髮龍女崔五姑再三囑咐說：「凌家仙根甚厚，五十年後必有子孫得道，務必代為留意。」

後來，白谷逸算出應在雲鳳的身上，便借眾仙俠大破戴家場之便，給煙中神鶚趙心源去了一封柬帖，命他到時開看，等白髮龍女崔五姑一現身，便即將柬帖呈上去，說自己門下並無女弟子，請她務必克踐前言渡引雲鳳。五姑此來，一半相助眾仙俠驅除異派，一半也是為了渡化姪曾孫女之事，當然照辦。

雲鳳本來心性高潔，向道甚誠，只為老父年邁，又鮮兄弟，不得已才許配俞允中。雖然允中英姿颯爽，武藝高強，又是世家子弟，堪稱佳婿，到底不是夙願。及至和姓羅的結仇，避至戴湘英兄妹家中，先後遇見了好幾位劍仙俠士，大都飛虹百里，上下青冥，才知仙人也是人為，益發動了嚮往之心。幾次想和老父商量，就著這當前仙緣，投師學道，俱被阻止。

雲鳳無法，只好暗中背人去激允中，誰想允中十分癡情，也是執意不肯。雲鳳暗中甚是氣悶，原準備破了戴家場，拚死命苦求群仙接引，以死自誓，好歹也要了卻這層心願。不想一出去便遇見假頭陀姚元，仗著一手神槍，剛要得勝之際，忽被姚元暗放瘟篁迷魂沙，冒起一股黃煙。

雲鳳聞著一股奇腥氣味，剛暗道得一聲：「不好！」立時中毒倒地，眼看死在姚元禪杖之下，多虧戴湘英趕來接應，一彈子將姚元右眼打瞎。凌操見愛女倒地，忙趕過去救時，倏地眼前一閃，現出一個白髮婦人，就地下抱起雲鳳，身形一晃，不見蹤跡。

雲鳳在迷茫中，微覺身子被人捧住，輕飄飄地憑空騰起，漸漸不知人事。等到醒來一看，已臥在一間極修整的石室以內，面前站定一個滿頭銀髮、手柱鐵杖的婦人，正撫著自己滿頭秀髮說道：「小孫孫，你能知我是誰麼？」

雲鳳幼年便聽凌操說起自己家中曾祖姑成道的仙跡，一聽這等稱呼，把白髮龍女崔五姑當成了凌雪鴻。適才曾為敵人毒煙暈倒，定是遇救到此。連忙下拜道：「你老人家可是五十多年前在開元寺坐化的那位曾祖姑麼?」

崔五姑道:「你曾祖姑業已兵解化去,又經過了三十餘年的流轉,才轉動托生,在蘇州閶門外七里山塘一個姓楊的漁人家裡,不久便可相逢。我是你叔曾祖父凌渾的妻子白髮龍女崔五姑。因你曾祖姑坐化時,曾再三向我和你曾祖姑父追雲叟白谷逸說,凌家仙福尚厚,他年還有出世之人,要我三人隨時留意,渡化接引。日前你叔曾祖算出應在你的身上。

「今日打擂時,趙心源又拿著你曾祖姑父的書柬,請我渡你到此,先傳授你坐功劍法,日後再引進到峨嵋門下。你叔曾祖日內便去青螺峪驅除八魔,創立教宗,我本應相偕同去。只因你叔曾祖雖然道法高強,在各派劍仙中享有盛名,只是他還不算是玄門正宗,門下弟子異日均難免於兵解。昔日你曾祖姑便是吃了此虧。他性情又有些古怪,異日學成劍術,必不容你轉入峨嵋。所以他本想將你帶往青螺,是我執意不肯,才將你帶在這風洞山白陽崖花雨洞暫住。

「我先賜你一口玄都劍,按我所傳,每日虔心練習。我不時離此他去,每隔旬日,必來看你一次。此洞為昔日白陽真人學道之所,靈跡甚多,乃人間七十二洞天之一。內洞壁上,有白陽真人遺留的圖解熊經鳥伸,外具百物之形,內藏先後天無窮變化。你只要勤加揣摩,以你天資,日久自能融會貫通。稍能有成,再下山去略積外功,便可持我柬帖,趁著峨嵋開闢五府之便,前去拜師了。開府盛會,為時相距不遠。同門中身懷絕藝,道法高強之人甚多，你既是我引進之人，雖不能超越群倫，也須相差不遠。此事成敗，全仗你自己修為，毋負我的期許才是。

「不過此山遠在黔桂邊境，數千里山嶺雜沓，除了山北鐵雁沖黃獅寨一帶，略有多族雜居外，雖然風景奇麗，時為仙靈窟宅，但亙古以來，洪荒未闢，大澤深山，山魈木魅、蟲蟒怪異之類甚多；再加上此洞久傳藏有白陽真人一部針訣和兩匣芒餌，中間經過許多異教中人來此搜掘，至今不曾發現，連我也未知藏處，難免不再有人覬覦。我再賜你神針一枚，可隨心收發，作為防身之用。你若有緣將真人遺物得到手中，足可助你數十年苦煉之功。可隨時留意，那就看你緣分如何了。」雲鳳聞言，不禁感激涕零，抱著崔五姑的雙膝叩頭不止。

崔五姑笑道：「我知你向道心誠，今日正稱你的心願，盡自傷心則甚？快起來。」

雲鳳含淚起立道：「曾孫女蒙曾祖母天高地厚之恩接引到此，九死難報！只是爹爹年邁，並無子息，所生只曾孫女一人，平時甚是鍾愛，今見曾孫女失蹤，必然悲痛不止。還望曾祖母恩施格外，大發鴻慈，將他接引到此，即使修道無緣，也可朝夕侍奉，不知可否？」

崔五姑笑道：「癡丫頭，你當修道成仙就這般容易嗎？此山已高出雲表，你此時人在洞中，又服我的靈丹，還不覺得洞外罡風何等凜冽。常人到此，便即吹化。便是你，也須修煉四十九日之後，始能出洞遊行。他一個暮中衰叟，到此怎能禁受，洞中食用之物俱所不備，你在數年內還未必能服氣禁食。這四十九日中，尚須我給你採辦黃精松子之類充飢。自出取食，須待四九期滿，骨堅氣凝之後。他來豈非受罪？至於憂思愛女，在所難免，但已有人為之分說，決可放心。他此刻有俞、戴兩家留住款待，正好安樂。你只要有志向上，年餘光陰，便能見面。你必將我的靈丹與他服食，縱難成仙，也可延年益壽。一人得道，九祖升天。圖這年餘之聚，反分道心則甚？」雲鳳不敢再說。

當下崔五姑便命雲鳳盤膝坐下，道：「你如此孝思，索性我再助你一臂之力，使你早日學成，父女重逢。此舉省卻你苦功不少。須知此等仙緣，曠世難逢，勿以得之太易，不自珍惜，淺嘗輒止。」

雲鳳聞言悚然，恭謹領命。崔五姑伸出一手，按住她的命門。雲鳳只覺五姑的手微微在那裡顫動不止，漸覺一股熱氣由命門貫入，通行十二玄關，直達湧泉，再由七十二脈周行全身，遍體奇熱難耐。雲鳳只管凝神靜志，一意強忍。先時五內如焚，似比火熱。半個時辰過去，方覺渾身通泰，舒適無比。忽聽五姑喜道：「想不到你定力根骨如此堅厚，真不枉我渡你一場了。」

接著又傳了雲鳳坐功，說道：「你此時百脈通暢，百病皆除。日後運氣調元，可以毫無阻滯，後洞現有我適才採來的黃精，外有鐵釜一口，支石為灶，足供半月之糧，可照我法做去。半月後，我再來傳你劍訣。」說罷，取出一口長才二尺的寶劍和一根三稜鐵針，交與雲鳳，傳了針的用法，說得一聲：「好自修為，行再相見。」

雲鳳只見滿洞之中金光耀眼，人已不知去向。知道洞外罡風厲害，不敢追出去看，只得望空拜倒，謝了大恩。先將那口劍拔出，錚的一聲，電光閃處，劍已出匣，寒光射眼，冷氣侵肌。仙家異寶，果自不凡。神針無事不敢妄發，也知是件寶物無疑。不由喜出望外。心裡記著後洞壁間圖解和白陽真人靈跡，以為其中必多仙景，恭恭敬敬朝後洞叩了幾個頭，存著滿腔虔誠之心，往裡走去。

這洞共分前、中、後三層，只前洞最為光明整潔，中洞深藏山腹，雖然高大宏深，已不如前洞明朗。雲鳳見上下壁內到處都是殘破之痕，料是前人發掘遺跡。走向洞壁盡頭，見有一塊高約兩丈，厚有三尺的石碑，碑上並無字跡。轉過碑後，才是後洞門戶，高只丈許。進門一看，洞內異常黑暗陰森。

雲鳳原有內家武功，目力曾經練過，仔細定睛尋視，依稀略能辨出一絲痕影，還是看不清楚。洞中彷彿比前、中二個洞還大得多，除當中一個石墩和零零落落豎著許多長短石柱外，並無什出奇景物。再走向壁間一看，那圖解也只影影綽綽，有些人物痕跡，用盡目力搜查，不見一字。僅在東南角尋到一堆黃精、松子和那一口鐵釜，心中未免覺著有些美中不足。孤零零坐在當中石墩上，只管出神尋思，也不想弄吃的。暗忖：「曾祖母既說圖解為用甚大，必非虛語。這一點點人物立坐飛躍淡影，不見一字，洞中如此黑暗，叫人怎生索解？如不從此中悟出一些妙理，休說自己汗顏，曾祖母必當自己不堪造就，負了期許，也許就此罷手，豈不誤了仙緣？」

想了一陣，又往四壁注視一陣。那飛躍屈伸之狀，還可照著內行功夫依式學樣，偏生坐像最多，十九一式，即使看得清楚，也無從下手學習。似這樣起坐巡行，過了好些時候，老是尋不出一點線索，不由著起急來。

越著急，覺著洞中越更黑暗。末後把氣沉下去，閉了雙目，略微定了定神，把心一橫，暗罵：「好容易遇上這等仙緣，偏又資質這等愚下。如不悟出壁間圖解用意，誓以身殉！反正曾祖母要過了半月才來，無須急在這時，何不先照她所傳煉氣之法，勤加練習，緩些時再去參悟？」

想到這裡，便將雙膝一盤，冥心用氣，打坐入定。等到做完功課起身，也不知是什時候，只覺身輕骨健，神清氣爽。睜眼一看，洞中也沒有初進來時黑暗，壁間圖解隔老遠便能稍稍辨認。這才稍悟虛空生白之理。適才是由明入暗，滿腔慾望，心盛氣浮，所以看不大見。此時坐功之後，矜平躁釋，神清志寧，便好得多。以後勤加練習，定能視暗如明。只要圖像能一目了然，無須尺尋寸視，縱無字跡註解，多少總要體會出一些道理。不禁轉憂為喜，益發奮勉不置。

雲鳳自從戴家場遇救，到此已有一天多時間未進飲食，這時心裡一寬，方覺腹餓。走向壁角置釜之處，一面先剝了松子入口。猛又想起仙人點化，往往示意於不知不覺之中。前洞盡有光明方便所在，這鍋灶偏生安置在後洞最黑暗的地方，看似無關，定非尋常，說不定又含有深意，且莫去動它。一面隨手取了一根黃精，咬了一口，覺著苦澀。見其中還雜有許多山芋，打算煮熟了吃，釜旁柴禾頗多，也有火種，只是無從尋水，出洞又畏罡風。只得用身帶的一把小刀削些胡亂生吃了一頓。

吃完起身，又向壁間尋視，除看得比前清楚外，仍無所得。一心苦練，洞中又無床榻被蓋，索性不睡，逕去石墩上二次打起坐來。做完一次功課，異常舒散。或是吃些山芋、黃精、松子之類，又去打坐入定。似這樣做過了十幾次功課，始終未曾離開後洞。洞中黑暗，不分晝夜，算計時候，約有三天光景。因是潛心一意，勤苦參修，再加天資穎異，夙根深厚，進境極快。但雲鳳本人尚不知道，只覺心智空明，耳目分外靈敏而已。

有一次，剛剛入定醒來，偶看壁間圖解，格外比前清晰，知是打坐之功。自忖：「再有數日，只要按著曾祖母所傳坐功，能在一次中將氣機運用純熟，通行逆關，過了十二周天，做到她老人家所說境界，便可照著壁間圖解，不問悟出門徑與否，一一試練了。」正自尋思，微聞水聲滴石，靜中聽去，分外清楚。細一留神，聽那水聲竟出自那塊打坐的石墩之下。雲鳳連日用功，除吃些山糧外未進滴水，也未行動過一次，忽然聽得水聲，不禁思飲。心想：「洞中靈跡甚多，除壁間圖解外，也曾仔細搜索，並無所見。石墩下面是實是虛，怎未想到移開一看？這水聲好似時近時遠，石墩又大，莫非下面還蓋有洞穴不成？」

想到這裡，走近前去，兩手搬著石墩往前一拉，竟能移動，連忙運足平生之力，一陣搬移，移開二尺來遠近，漸漸發現穴口，心中大喜。等到石墩移向一旁，再看全穴口，比石墩只稍小一圈。低頭往穴裡一看，水聲已住。

那穴道由前往後，斜行下去，看去雖然很深，不過斜徑陡些，並非直落無際。有了著身之處，自信從小練就一身輕功，還可提氣貼壁上下。略微歇了歇，振起精神，將真氣往上一提，身坐穴口，伸足入穴，背貼著那滑削陡險的穴壁，緩緩往下溜去。快要到底，才將氣一舒，放快了勢子。等到腳踏實地一看，地方不大，石筍林立，均甚粗大。石壁沒有上面平整，到處都是孔竅洞穴，仍有不少發掘過的痕跡。

再一細尋那水聲之處，只在一聲形如槎丫的奇石上面洞竅裡有一線流泉，涓涓下滴。想是年代深遠，水滴石穿，已成了一個尺許方圓的水坑。水與地平，也不溢出。用劍一探，不能到底，彷彿很深。張口就著泉流一嘗，竟是甘洌異常。心想汲些上去，又沒盛水的東西。如若上去，將那口鐵釜搬下來盛，又恐拿著東西，走這樣滑削的穴壁，下來容易，上去卻難。想了想，無計可施。一心想吃點熟東西，只得取下身披的肩巾，先放在水坑裡洗了個淨，就著那涓涓細流，將它浸濕。再脫去上身衣服，放在石上，以免弄濕了沒有換的。一切準備停當，口含濕衣，走向穴壁。仍是背貼著壁，將頭往上略伸，手足向壁，施展輕身功夫，一提氣飛也似往上游去，一會到頂。出了穴口，奔向釜前，將巾一陣擰絞，居然有一碗多水。左右閒著無事，穴底溫暖如春，也不嫌麻煩，一連上下三次，才湊了有半釜子水。就石上晾起肩巾，將脫去的衣服著好。一面生火，一面削芋放入釜中去煮。不消片刻，水開芋熟，香味撲鼻。取出一嘗，不但那芋甘芳酥滑，連湯也是清香甜美，益覺適口異常。盡情大嚼之餘，不覺吃多了些。

雲鳳連日吃了許多冷東西，在前又服了崔五姑的滌洗腸胃的靈藥，藥力早已發作，又幾天沒有行動，被熱湯熱食一衝，不一會，忽然腹痛如絞。恐污穢了洞府，洞外罡風厲害，強忍著跑出洞去，擇一僻靜山石後面，剛一蹲下，便如奔流奪門，不可遏止。等到站起身來，積滯全消，頓覺身子一輕，五內空靈。細看當前景物，置身已在白雲之上。四外高峰微露角尖，俱在腳底。

正當中午時分，天風冷冷，彷彿甚勁，但是一毫也不覺冷。偶一低頭，見崖下面長著許多奇木異卉。向陽一面，有一處黑沉沉的，似有洞穴，當時未有意去看。閒眺了片時，逕回洞中，去做功課。坐時覺著一縷熱氣由丹田起來，緩緩通過十二玄關，直達命門，然後又順行下去，與崔五姑傳授時手按命門的情況相似。知道第一層功夫業已圓滿。坐罷睜眼一看，全洞光明，無微不矚，不禁狂喜。壁上圖解，連日來已是越看越顯。雲鳳打定主意，只是練五姑所傳功課，一直未去理它。

這次做完功課，見四壁人物鱗介飛潛動躍之形，不特神態如生，竟悟出自東壁起始，個個俱似有呼應關聯。一數全壁，共是三百六十四個圖形。暗忖：「這圖解分明按著周天三百六十五度，怎麼少了一個？」四外又無殘缺之痕，再四揣摩不出。反正無師之學，全仗自己用心試習，並不深知玄妙，且試試再說。便決計從東壁許多圖像起，照樣練習起來。

起首是一連十二個人形的坐像，俱都趺坐朝前。頭一個兩手直向膝頭，一目垂簾內視，首微下垂。第二個頭略正些，態甚安閒。以下的十個坐像，俱都相同，看不出有什不一樣處。雲鳳雖猜是坐功次序，但是四壁三百六十四個圖像，飛潛動靜，無一雷同。

這起首十二個，除頭一個首略俯，算是坐功起始，調息時的姿態外，後面這十一個既無什姿態，要它何用？定有深意在內，只是自己心粗，沒有看出它的異處。她定了定神，再仔仔細細察看那十一個圖像的同異之點。除面貌胖瘦、身材高矮不一外，休說姿態相同，連服裝和那衣紋都是一個樣式畫出似的，想不出個道理來。後來一想，這也許是當初真人門下練圖解的十二個弟子，也未可知。

看壁上人形，一共不足二十，除這十二個有衣冠外，餘者均是赤著身子，所料或者不差。想了想，把初意略微變更，便捨了這十二圖像，暫且不學，竟從第十三個圖像開始學習。

其實雲鳳如按初定主意，不問三七二十一，竟從頭一圖學起，日子一久，自可悟出玄門上乘大道。只為天資過分聰明了些，心略一活動，這一改主意，反倒捨近求遠。等把壁間圖解學完，悟出走錯了路，已該是下山時候，無暇虔修。日後到了峨嵋，不能與三英二雲比肩，仍要隨定一輩道行略次的同門，在太元洞內，苦練三百六十五日。差一點便和雷、楊等人同樣走火入魔，白費多年的辛苦。這且不提。

十三圖起，儘是些人物鳥獸各式各樣的動定狀態。雲鳳便照著上面熊經鳥伸，一一練習起來。先只是打算照本畫符，以為不知怎麼難法。原擬每次功課完畢，每一像學上幾次，不問有效無效，能通與否，先練習上十多次，再挨次往下練去。反正不惜辛苦，把這三百六十四像一一練完，看是如何，再作計較。及至照圖才練了兩式，便覺出有些意思，一式有一式的朕兆，不禁心裡頭怦怦跳動。連飲食都顧不得用，照式勤練不已。

第一日連著幾次，練了二十餘式。坐完了功課便練，練完又坐，雖已入了悟境，尚不能將各式融會貫通。等到第三日過去，已會了百十來式。有一次練完，試照幼年在家練習武功之法，將各式先挨次連貫如打拳般練了一遍。然後又顛倒錯置，再練一遍。練時猛覺氣機隨著流行，和坐功時相仿，益發狂喜。不消十來天的工夫，壁間圖像俱已練到。雖然只知依樣葫蘆，不能深悉其中微妙，對於運氣功夫，卻是已有進境。

崔五姑去時，曾說每隔旬日，必來看望一次。這日雲鳳做完功課，一算日期，已有半個多月，五姑說來傳授劍法，並未來到。可是洞角所留的食糧，看去還是那麼多，絲毫不見減少。起初只顧每日苦練，沒有注意到此，這時一經想起，覺著奇怪。暗忖：「神仙決不打謊語，但是飛行絕跡，來去無蹤。」一想到這裡，便留了神，將所餘食糧，分別估了數目，打了記號，照自己每日食量一估，還敷月餘之用。過了兩三天，一查看竟少了些。尤其是自己最喜煮來吃的山芋，一根無存，好生後悔，不該暗破玄機，又去打什記號。

光陰易過，雲鳳在白陽崖花雨洞中，不覺過了一個多月，五姑始終未見一臨，眼看著食糧將罄。喜得那日五姑曾說四九期滿，便可出洞覓食，如今相隔已無多日。洞外罡風凜冽，日前也曾試過兩次，除風力稍勁外，並無所說之甚。連日忙著用功，僅在洞前稍立，偌大一座仙山，俱未涉足。再過兩日，如五姑還不見到，便準備在本洞左近，先採辦一點食糧存儲，省得用完之後，急切無處採辦。雖然仙法未得傳授，好在自己原有一身武藝，又有一口仙家寶劍，還有那根神針防身，縱遇山魈木魅，自信尚能應付。出家人山居修道，一切艱危災害，原所難免，也怕不了許多。

正在沉思，偶望壁間圖像，個個姿態生動，彷彿欲活，仙人手筆果是靈奇，越看越出神。猛然想起自己曾將三百五十二像一口氣連貫習完，覺著與坐功真氣運行流替雖有動靜之分，但殊途同歸，並無二致。五姑去時未傳劍法，正苦無法練習，何不用這口仙劍，照著壁圖也試它一試，看是如何？萬一也和上次一般，悟出些道理來，豈非絕妙？雲鳳想到就做，當下拔出那口玄都劍，按著圖形，參以平日心得，一招一式，擊刺縱躍起來。頭兩次練罷，得心應手，頗能合用。只因圖形部位變化不同，有的式子專用右手便難演習，非換手不可。如真照了樣做去，到時勢非撒手丟劍不可，覺著有些美中不足。練到十次以上，動作益發純熟。快練到一百零三式時，又該兩手交劍，才能過去。心想強它一強，看看有無別的解法。心裡雖這麼想，身法並未停住，就這微一遲疑之際，已然練到那一式上。這中間一截，共有七十多式，多是禽鳥之形，大半都是爪翼動作，並無器械。雲鳳用劍照式體會，都能領悟用法。

那一百零一、零二兩式：一個是飛鷹拿兔，盤定遠矚；一個是野鶴衝霄，振翼高騫。一上一下，本就不易變轉，偏生一百零三式單單是個神龍掉首，揚爪攫珠之形。雲鳳先將身縱起，右手持劍，去伐飛鷹右爪，作勢下擊。剛一落地，倏又縱起，去學第二式。因第一式未悟出著力之點，只知橫劍齊眉，卻伐鶴的右翼，如要跟著提氣飛身回首旁擊，格於圖中形勢，非兩手換劍不可。當時略一慌亂，想變個辦法，只顧照式練習下去，不料那些圖形一式跟著一式。

雲鳳急於速成，動作又快，身在空中，剛照式一個翻騰，猛見眼前寒光一閃，自己的頭正向手中寶劍擦去。這時雲鳳的劍原是用虎口含著，大、二、中三指按握劍柄，平臥在手臂之上，再想換式將劍交與左手，已是無及。情知危險萬分，心裡一著急，就著回轉之勢，右手一緊，中指用力照著劍頭一按，同時右臂平斜向上，往外一推，那口劍便離了手，斜著往洞頂上飛去。

雲鳳身子已盤轉起來，見劍出了手，心裡一驚。這些動作每日勤練，非常純熟，不知不覺中照著龍蟠之勢，身子一躬一伸，便凌空直穿出去。她原是一時手忙腳亂，想將那脫手的劍收回來。誰知熟能生巧，妙出自然，又加氣功已經練到擊虛抓空境地，平日獨自苦練，尚無覺察，忽然慌亂中的動作，竟然合了規矩，這一來恰好成了飛龍探珠之勢。說時遲，那時快，劍又是口仙劍，既發出去，何等迅速。

照理雲鳳只是情急空抓，萬不料手剛往前一探，那股真氣便自自然然到了五指。猛覺手中發出的力量絕大，那劍飛出去快要及頂，竟倒退飛回，到了手中。能發能收，大出意料之外。且喜人未受傷，連忙收式落地。暗忖：「那劍明明脫手，怎會一抓便回？好生奇怪！」後一想：「連日苦練，只覺真氣越練越純，也不知進境深淺，壁間圖解是否可與劍法相合。難道這麼短的時日，已可隨心收發不成？」想著想著，試將劍輕輕往前一擲，跟著忙用力往前一抓，果然又抓了回來。歡喜了一陣，該是進食的時候，一查食糧，所餘已是無多。一時乘興，帶了那口玄都劍和飛針，逕自出洞，去尋覓食糧。

到了洞外一看，恰值雲起之際，離崖洞數丈以下，只是一片溟漾，暗雲低壓，遠岫遙岑，全都迷了本來面目，不知去向。崖洞上面，照例常時清明，不見雲雨，這時也有從雲層中掙出來成團成塊的雲絮，浮沉上下，附石傍崖，若即若離，別有一番閒遠之致。雲鳳先見下面雲厚，雖然前幾日看出一條方向路徑，到底不曾親身經歷過，怎敢冒昧穿雲而下。方自有些遲疑，忽然一團雪也似的白雲從崖下飛起，緩緩上升，往身旁飄來。覺著有趣，伸手一抓，偏巧一陣風過，那雲已是升高丈許，往前飛去。雲鳳一撈，撈了個空，心中不捨，便追了去。

這風一吹，不但這團孤雲飛行轉速，便連下面的雲海也似鍋開水漲，波捲濤飛，滾滾突突，往上湧來，轉瞬之間，已與崖平。雲鳳只顧縱身捉雲，忘了存身之處已離崖邊不遠。剛將身縱起，見那雲突又前移，暗罵：「雲兒也這般狡猾，我今日若不將你捉住才怪。」不便在空中施展近日新學來的解數，往前一探，又懸空飛出了兩三丈遠近，恰好將那雲團雙手抱住，身子才往下落。

猛一低頭，見腳底雲濤泱漭，浩瀚無涯，哪裡還有著腳之所。知是一時疏忽，已經縱在崖外，不禁大驚，急切間想不出好主意。等到想起提氣盤空，凌虛迴旋，身子已墜入雲層之中，睜眼不辨五指，哪裡還來得及。又不知腳底下是崖的哪一面，仗著膽大心靈，立時變了方法，把氣緊緊提住，隨時留神著腳底的地方，使下落之勢略緩，只要覺著腳一挨著實地，便可站定。正落之間，漸覺涼風侵肌，冷雲撲面，周身業已濕透。正猜雲中有雨，猛聽雲底下風雨大作，聲如江濤怒吼，四周的雲越暗，水氣越厚，幾如浴身江河之中。約有頓飯光景，才將這千百丈厚的雲層穿過，風雨之聲，也越發聽得真切。定睛往下面一看，底下也是一座山脊，因為終年上面有雲封蔽，尚未見過它的形勢。身子正從狂風暴雨中飛落，離地少說也有數十丈高下，一旦失足，萬想不到下落這麼低速。自己如非在洞中練習了這四十多日圖解和坐功，一旦自天墜地，直落千丈，還不是個粉身碎骨麼？想到這裡，好生害怕心寒，哪敢絲毫怠慢。先將氣一舒，使其速降，轉眼離地只有十來丈，才忙將氣重新提住。緊接著再做出一個俊鶻盤空之勢，以便覓地降落。

第三章　仙鄉何處

且說雲鳳想不到自己的一口真氣已提了好一會，畢竟練功日子太淺，根基未固，又處在驚急忙亂之中，下落太高，這氣一散，便不易再為調勻，勢子也不能隨意變化，想和初下來時那般緩緩提氣下落已不能夠。

雲鳳見下墜甚速，恐心身受了震傷，正在拚命往上提氣，一眼看見前面綠蔭叢密之中有一株古樹，大約十圍，槎丫怒挺，突出群杪。雲鳳下時，原是兩臂平分，雙足朝上的式子，往下斜飛墜落。打算萬一不濟，臨時再化成一個風飄柳絮的招式，翻折而下，雖保不住要受一點震傷，到底好些。一見這株古樹，正好攀附，好生心喜。

說時遲，那時快，想起這主意時，已經超過樹頂兩三丈以下，離地只有四五丈光景。也顧不得看清樹上有什麼東西，雙手一分，雙足用力往上一踹，凌空一個魚鷹入水的招式，竟往樹腰的一枝老幹上斜穿下去。等到近前，左手一伸，撈住樹幹。因從千百丈高處墜落，勢子又疾又猛，一經抓住實在東西，便似鞦韆般蕩了起來。等到把力勻住，右手攀枝上翻，準備坐在樹幹上略微喘息，再行下落時，身子已經蕩了兩蕩。

只這略一耽擱工夫，忽聽樹葉叢裡窣窣有聲。身剛翻到幹上坐定，回頭一看，叢枝密葉間忽然現出許多雙頭怪蛇。有的長有丈許，粗若碗口，大小不一，順著樹頂繁枝密幹，各自將雙頭昂起，紅信吞吐，宛如火焰，蜿蜒而下，其行甚速。雲鳳驚魂乍定之際，一見來了這許多的怪蛇，知道此蛇厲害，其毒無比，身在樹上不易防禦，慌不迭地便往樹下縱去。身才及地，抬頭往上一看，為首幾條已經飛竄到才落坐的老幹上面，將頭懸了下來。用手一摸寶劍，且喜不曾失落。順手拔出，兩足一頓，正想縱起，朝那為首幾條怪蛇頭上揮去。猛覺腳底一陣奇緊，雙足似被什麼東西纏住。

幸是雲鳳武功已臻上乘，身靈心巧，一覺雙足受縛，連忙穩住勢子站定。如換旁人，早已絆倒。雲鳳疑是下面還有蛇群，身被絞住，不禁大吃一驚，哪還顧得細看，手中劍早順腳而下，嚓嚓兩聲，綁纏斷落。低頭一看，乃是一大片似藤非藤，似索非索的東西，無枝無葉，都有拇指粗細，遍地都是，廣約畝許，根根互相糾結，形如獵網，卻又有好些不類。荒山寂寂，更無人蹤，也不知這東西怎能自己捆人？仰望樹巔怪蛇，業都全身畢現，一條條將尾巴鉤住枝幹，身子恰似千百彩繩，懸了下來。為首幾條大的已經鬆了尾巴，大有下竄之勢。不敢怠慢，二次舉劍，剛將身縱起，兩條大蛇已劈面飛來。

那白陽真人壁間圖解，原是昆蟲鱗介，人物鳥獸，各樣各式的動作，無不包含在內。

雲鳳天資穎異，又加刻意勤求，雖因日淺，功候尚差得多，還未悟徹精微，但外表式子已能融會貫通。一見那蛇來勢，正與平時所習的蛇形相合，不知不覺，便靜心運氣，照著圖解，將頭一低，劍尖朝內，護住面門。兩臂如環，由白鶴衝霄的式子，運足渾身氣力，將兩腿交叉著一絞一踹，兩臂一合一分之間，化成一個龍躍天門，暗藏靈鷲搏鵰的招式。身子便翻轉過來，成了仰面朝上，不但沒有向左右避開，竟從蛇頭底下，斜著平穿上去。剛一讓過蛇頭，更不怠慢，一個撥浪推波的解數，右手的劍早朝二蛇頭上反削出去。

那蛇與敵人迎面錯過，離樹凌空不能轉折，還待下落時揮尾下擊，劍已臨身。雖然生得那般長大猛毒，仙家寶劍畢竟禁受不起，一道寒光閃過，立時身首異處。凡是怪蛇，多半命長，雖然被劍斬斷，那四顆怪頭一負痛，再就著前躥之勢，竟平飛出二三百步遠近，才行墜落，在地上亂蹦起一兩丈高下。

這裡雲鳳一劍斬去雙蛇，知道樹上毒蛇還多，必不甘休，未容蛇尾下擊，早轉招變式，就著那撥浪推波之勢，一個鷂子翻身，緊接著掉頭轉身，又一個龍歸滄海，身子一拱一伸，往斜刺裡躥去，腳才落地，恐被地面上怪藤纏住，這番有了經歷，用腳略一撥劃，立時脫了綁纏，變成寸斷。再看那兩條毒蛇的身子，也躥出老遠，才行墜落，一到地便被怪藤纏住。蛇頭雖斷，蛇性猶存，只管掙扎屈伸，蹦躍不已。那怪藤說也稀奇，蛇身不掙猶可，越掙糾纏越緊，眨眼工夫，便被纏作一團。雲鳳見了暗自心驚，幸而有此利器在手，否則休說毒蛇，便落在這些怪藤上面，也難脫身，不禁伸舌，道聲：「好險！」因適才倉猝應變之際，接連幾個盡妙奇險的動作，俱都身子懸空，不曾著地，端的變化自然，神速無比。想不到那圖解初學不多日子，已有這許多妙用。異日悟出深微，火候純青，那還了得！一面心喜，一面想起進境甚速，也頗自負，膽氣益發壯了起來。

蛇類復仇之心極盛，樹上群蛇何止千百。內中還有三四條次大的，上半截業已伸出，大蛇一死便縮了回去，口中紅信焰焰，噓噓亂叫。群蛇也互為和應，好似商量報仇一般。似這樣怪叫了一陣，忽然停住。內中一條大的，猛往前一躥，似要朝雲鳳立處穿來。

雲鳳胸中有了成竹，那兩條最大的已容容易易地除去，何懼其餘。再加相隔比前要遠出兩倍，易於看清群蛇動作，便於相機應付，不似先時手忙腳亂，所以一毫也不著慌。地下怪藤密佈，如同網羅。不願縱向別處去費手腳，乘著蛇叫未下之際，只將附近周圍的藤網用劍一陣亂削亂斫，清出一片兩丈許方圓的石地，將斷藤用劍撥開。一面想著肅清毒蛇之策，以為世人除害。

及見群蛇叫聲甫息，又有一蛇作勢躥來，心想：「這些毒蛇雖然大的只有幾條，可是數目太多，最小的也有三四尺長短。如果全數一擁齊來，雖然自己所練壁像圖解上曾有好幾式破法，畢竟也要涉多少險，費好些手腳氣力，方能脫險。何況這東西其毒無比，一毫大意不得，休說使牠沾身，就為毒氣所中，也難禁受。也照先前二蛇榜樣，便可來兩個死一雙，略微施展，登時了賬，那就妙了。」

正在籌思，準備不迎上去，以靜制動。不料頭一條蛇身剛離樹，第二條大蛇便接縱飛起，兩顆怪頭一交叉，逕將前蛇的尾巴緊緊夾住，與前蛇首尾相連，一同朝前飛躥過來。第三條蛇也跟著飛起，又將第二條的尾巴夾住。似這樣連二連三，晃眼之間，連上了五六條，如空中長虹也似，成了一條直線。

看神氣，後面的蛇還在接連不已。這幾條蛇雖沒頭兩條蛇長大，也差不了許多。後兩條較短的，也長有丈許。當頭一蛇，相離雲鳳存身所在僅五丈遠近，只要再接上四五條，次大的便可到達。同時樹上千百條毒蛇都照樣發動，一個連一個飛躥出來，化成數十條粗細不等的長虹，附樹凌空，筆直挺出，頓成奇觀。

雲鳳原早料到群蛇要齊來拚命，只是這般奇特來法，卻未想到。圖解上雖有金針刺萬蜂和一鷹落群鴉諸式，俱是以寡勝眾，半個不留。但這蛇卻是以一為主，數身相連，你用劍斬了頭一個，勢必第二個又如箭一般連珠射到，叫你緩不過勢子來。反不如四面八方，合圍而上，或是勢如潮湧，千蛇同進，一個可用風捲殘雲的解數，近身則死；一個可用力劃鴻溝的解數，劍到頭落，比較容易發付。

先只想到群蛇齊上較難，卻不想這等來法，更難得多。才知天下事無奇不有，不經一事，不長一智。不敢冒昧上前，先要防到敗路。往後一看，只見一片廣原，儘是藤網糾結，甚為繁茂。猛想起適才兩條蛇身為藤所纏之事，自己有劍在手，不怕藤纏。少時蛇來，如真無法應付，索性以毒攻毒，誘牠入網，豈不是好？這口仙劍，不曾在空中墜落時失去，如今才得仗它防身免禍，真是萬幸。

想到這裡，猛又想起五姑所賜防身法寶飛針，傳時說是能發能收。因為一放出去，不見血、不傷人物不歸，雖然傳了一次，也未試過。想必比劍還妙，怎便忘了取用？伸手往懷中一掏，剛剛取出那根飛針，最前頭的一連串大蛇已離身不足兩丈遠近，口中紅信吐出二尺多長。只見群蛇似波紋般一陣亂彎亂拱，噓的一聲怪叫，後蛇把雙頭一開，當頭一蛇忽如弩箭脫弦，直射過來。

雲鳳不知因兩個蛇王被斬，群蛇齊出拚命，一見蛇到，喊聲：「來得好！」兩足一點勁，平空縱起數丈高下，準備讓過蛇頭，再使一水中撈月之勢，將牠斬為兩段，以免當頭迎去，被牠噴出毒氣。誰想那蛇竟靈警非凡，雲鳳剛一縱起飛躥中，把身子一拱，尾尖著地，雙頭朝天，也跟著夭矯直上，穿了起來。

還算雲鳳滿身解數，變化無窮，一見這條蛇不似先前那兩條勢子迅急躥過了頭，也跟著自己往上穿來。忙即改變招式，不等那蛇過頭，口鼻閉住了氣，一個玉帶圍腰的解數，攔頸一劍斫去。立時迎刃而過，兩個蛇頭左右飛起多高，頸中鮮血飛濺如泉。那蛇餘勢未完，身子兀自不倒，仍往上穿。雲鳳百忙中忽聽噓噓之聲四起，知是後蛇繼起，不敢下落。不顧血污，左手袖子一遮面目，一個大鵬展翅的招式，旋過身來，就勢雙足往蛇身橫著一踹，借勁往斜刺裡一縱，死蛇身子便往後直倒下去。

群蛇來勢，原是一個跟著一個射來。就在這瞬息之間，第二條蛇跟著躥到，見仇人飛身直上，為首一條大蛇夭矯升空，同仇敵愾，也跟著仰頭往上穿起。還沒到前蛇一半的高，前蛇屍身已被踹倒落，一前一後，兩下勢子都急，撞個正著。無巧不巧，那又粗又大的蛇身中段越過蛇尾，何止數倍，這一來正嵌在次蛇雙頭交叉之中，填得緊緊。原是一個猛勁，蛇頭本大，二頸中空，入口處窄，急切間再也掙它不脫。偏那死蛇命長，半腰被次蛇夾住，頭又斬去，一護痛，前後兩半截死力一陣亂絞，將次蛇前半身纏了個又緊又結實。急得次蛇連聲怪叫，目露凶光，雙頭亂擺，下半身一條長尾直豎起來，橫七豎八，一路亂擺，打得塵土飛揚，石地山響。

落處原在雲鳳存身的那一片地上，忽然一尾打去，正打在藤網上面，立時被纏住。那蛇比最先死那兩條原小不了許多，尾已被纏，越發情急，拚命奮力往上一掙，只見身子越發鼓脹，略一兩次屈伸之際，一片喳喳裂麻之聲，地下藤網竟被牠掙斷了畝許方圓一大塊，附在蛇尾之上，飛將起來。二蛇剛剛糾纏之際，第三條也跟著飛出，其餘蛇虹也都連成，紛紛躥起。第三條飛臨切近，先被次蛇一尾巴打在左邊頭上，那蛇護痛，一閃身子，正落在藤網上面，立即被纏住。一則牠比次蛇略小，二則全身被纏，不比次蛇前半身在空地上容易著力，於是掙頭纏尾，掙尾纏頭，越纏越緊，越緊越纏，團作一堆，餘下數十條蛇虹，剛剛相次脫身飛出，正值次蛇性起發威，長尾亂舞之際。雲鳳開闢的那片地方原本不大，次蛇長尾亂舞，本就將群蛇來路阻住。末後次蛇又帶起那一片藤網，舞得風雨不透，這些小蛇不是被次蛇打暈，便是中途被阻，落在藤網之中，將身纏住。

群蛇生長此間，想是知道地下藤網厲害，除了結成長虹飛渡而外，其勢不能繞道旁處來襲。除幾條乖巧一點的見勢不佳，縮了回去外，餘者十九自投羅網，頃刻之間已去了一大半。這一來，只便宜了雲鳳。先見次蛇落地，本想飛身上前，給牠一劍。及至見了這般光景，樂得由牠去做擋箭牌，還省卻許多氣力，不由喜出望外，便停上手，仁觀奇景，只見大小長蛇，滿空飛舞，無數彩條遍地糾纏，噓噓怪叫之聲四起如潮，雖然不得近前，聲勢確也著實驚人。

那次蛇帶著頭一條蛇的屍身和尾後網一般的斷藤，亂掙了一陣，漸漸力竭，雙頭之間血已淋漓，勢子方緩了下來。忽然一聲怒叫，頭尾雙翹、肚腹貼地，拚死命一躥，不想躥錯了方向，應朝雲鳳躥來，反往側面躥去。畢竟力已用盡，又加兩頭沉重，躥出去不過六七丈遠近。蛇頭上夾著的前蛇屍身性早消失，前後兩半截都有丈許下垂。次蛇一個支持不住，頭往下一沉，蛇身一擦地，便吃藤網纏住。次蛇餘勢未歇，還在前躥，冷不防被藤網纏住的蛇屍一扯，蛇頭一低、身子便由凹而凸，拱起多高。蛇尾吃不住勁，也跟著垂下。

尾巴上掛著的那一片形如圓扇，大約畝許的藤網，又吃地下的藤網纏住。藤纏藤，自然更要結實得多，兩頭俱被纏住，真似一座大圓拱橋，橫亙地上，哪裡還能動得了身。只見牠身子往上挺了幾挺，便即力竭而死。

那古樹上的雙頭怪蛇，還有百十來條，大半俱是中號的，差不多也有五七丈長短。這些蛇比較狡猾。先見許多同類飛躥出去，都被次蛇打落的打落，阻住的阻住，條條墜地，被藤網纏住不能脫身，便將身縮回樹上，只管吐舌發威，卻不上前。等次蛇一死，讓出道路，各自一陣噓噓亂叫，重又一條接一條地待要連著鉤接起十來道蛇虹飛出。雲鳳仁視了半個多時辰，雖知這種毒蛇報仇心急，能捨命來拚，並非易與，心已不似前時驚慌；再加蛇的來路已經看清，想出應付之法。便不等牠連接長了，便將飛針取出。照準樹上較為長大的幾條發去。

才一出手，便聽一聲霹靂過處，一道紅光，帶起一溜火焰，朝群蛇飛去。星飛電駛，飛到蛇前，只一閃，便即不見。晃眼工夫，火光重明，已從末蛇尾中穿出叢樹密幹之間，梭一般地照著蛇多之處往來上下，穿射起來。同時那當頭四五條怪蛇接成的長虹，被紅光由首到尾接連穿過，叭嚨連聲，身子一彎一縮，也整條墜落在樹下藤網之中。餘者想是知道厲害，忙即縮回身子，往樹上逃竄時，火光所到之處，無論蛇大蛇小，挨著就是個死。群蛇也是惡貫滿盈，該當全數伏誅。上有飛針，下有藤網，本已無可逃死。偏那古樹年深日久，雖然樹杪蔭濃葉密，但是枯朽之枝甚多，千年古木原易著火，再加飛針上的火焰與尋常之火不同，略一繞轉，便有幾處被火引燃。

雲鳳使用飛針尚是初次，發時心想此針雖能發收，無奈蛇數太多，總得連連收發多少次，才能除盡，還恐一條條去殺，阻不住群蛇齊來之勢。不料針一出手，未等自己收回，竟自動地追殺群蛇起來。正在驚喜，樹上業已著火，霎時之間，濃煙突突亂冒，火焰四射。群蛇一見火起，益發亂驚亂竄，紛紛離樹穿出，還沒多遠便即墜入藤網之中，不多一會，那蔭蔽數畝的一株參天古樹，竟和一座火山相似，上半株全部燃著。地下藤網也被逃蛇帶下來的殘枝餘火引燃，直似無數條大小火蛇，滿地遊竄，火頭越引越多，火勢越來越大，漸漸融會成一片烈火，順著地下怪藤密網，往四外蔓延開來，成了一個火海。樹上的蛇，個個死亡逃竄了個盡。

地下的蛇，總數何止千條，大半未死，更被藤網纏住，脫身不得，眼看火勢燒來，急得齊聲慘叫。那飛針兀自追逐不休。雲鳳見火已成了野燒，群蛇俱在網中，必無倖理。看火勢，少時便要燒到身前，不便在此久停，忙收回飛針，轉身奮力往後面縱去。落地之處，俱有藤網纏足，每到一處，須用寶劍將附近一片藤網削斷，才能往前再縱，須要縱出里許遠的地面，方是空地。仗著身輕縱遠，約十幾縱，才出了藤地。縱時見藤網中不時有小衣小鞋出現，當時也未在意。回顧火勢，益發猛烈，連附近大小樹木俱都引燃，轟轟發發，火光燭天，上千群蛇，俱都葬身火裡。不時看見一條條的大蛇，因纏藤為火燒斷，奮力從火光中縱起，被火煙一壓，重又落到火中。時聞奇腥焦臭之氣，中人欲嘔。喜得還是站在上風地位，否則怕不被牠薰倒。連忙奔向高處，上下一看，這時雨勢早止，天空濕雲被火煙衝開了一個雲衖，雲密層厚，映成無數片斷的彩霞，別成一種奇觀。正愁那火無法熄滅，忽聽天上轟轟作響，一陣狂風過處，當頭雲衖，漸往中央合攏。倏地眼前金光閃了兩閃，接著便是一個震天價的大霹靂打將下來。

雲鳳見大雨快降，山頂無有避雨之處，雖然四外大樹甚多，有了前車之鑒，不敢造次。剛尋了一座危崖下面站好，又聽卡嚓一聲巨響，那株大古樹在風火中齊腰折斷，滾入火中。同時比豆粒還大的暴雨傾盆降落。一時之間，雷鳴電閃，雨驟風狂，四下交作。那麼大的一片火海，不消頓飯光景，全都被雨澆滅。又過有半個多時辰，才行雨住天明。被燒之處，變為一堆堆的劫灰，只剩那株古樹，兀立山原之中。

樹幹上黏伏著無數殘頭斷尾，尺許數寸，長短不等的小蛇。細看樹心，卻是空的，才知那樹是雙頭怪蛇的老巢，無怪乎那般多法。那怪藤，東南西三面俱都蔓延甚廣，只北面離樹十丈便行絕跡，算計群蛇必由樹北去了。雖未必就此絕種，總算除了無數的害，冒了這些奇險也還值得。

觀看了片刻，仰望雲空蒼莽，仙山萬丈，杳無蹤影。自身幾同天外飛落，再想上去，其勢甚難，不禁著起慌來。仔細尋思了一陣，仙山雖然高不可見，決不會憑空懸立。記得失足墜落時，縱起的那一個勢子，至多身子離崖踏空處，相隔不過十數丈。就算被風力所吹，距離山的根腳，也不會差得過遠。可是舉目四望，高山雖多，新霽之後，多半俱能見頂，縱有幾處高出雲外的，也都不似。自己好容易得遇曠世仙緣，五姑只見過一面，過了所約之日不來，必有原因。也許是試探自己，能否有這恆心毅力。好端端捉什雲兒，一個失足，便成了人間天上，判絕雲泥，無可攀躋。萬一五姑恰恰今日回山，她不知是無心失足，卻當作難耐勞苦，私行離山他去，豈不誤了大事？成敗所關，不由著起急來。

愁思了一陣，無計可施。見天色雖不算晚，如照自己從空下墜那些時候計算，即使真能尋到原來山腳，冒著艱險，穿雲攀登，也非一日半日之功所能到頂。萬般無奈，心想：「天下事不進則退，終以前進為是。曾祖母是位神仙，只要能回到洞中，必蒙鑒宥。這麼大一座山，既無懸空之理，總有它的所在，不畏辛苦艱危，照前尋去，必有發現之時，走一程到底是一程。」想到這裡，便坐下去，把心氣平寧下來，細心揣度好了下落時的風頭方向，將氣一提，施展輕身功夫，翻山越嶺，往前跑去。

一路留神觀察，群山突兀，大半相似，並無一座特別高大，看不見頂巔的。隨跑隨採取些野生的果實，連吃帶藏，腳底卻不停歇。走到黃昏將近，已行有三五百里山路，翻過了十好幾座山頭嶺脊。因為這些山嶺均極高峭險峻，重重阻隔，上下費事，不比平地飛行，路走得雖然不近，如照平時算，前行仍無好遠。仙山渺渺，全無一些跡兆。眼看山勢越進越高，前面有兩座高山，有積雪蓋頂。日薄西山，斜陽影裡，雁陣橫空，歸鴉噪晚，天色業已向暮。

暗忖：「適才所見諸山，並不曾見山頂有雪，此時才剛剛看見。原來的山，說不定被這兩座高山阻住，非翻越過去，或是到達這兩座山頂，不能看出。估量前路尚遙，自己這一日內，飽嘗了許多奇危至險，辛苦勞煩，精力已經疲敝，需要覓地休息一會，方能再走。加以日落天黑，路昏莫辨，再要翻越懸崖峭壁，深壑大澗，去攀登比來路艱難好多倍的高山，勢所不能。與其賈著餘勇，喘息前進，去做那辦不到的事，還不如尋一可避風雨的崖洞，就著殘陽之光，多尋一點食糧，飽餐一頓，坐下用功歇息，養精蓄銳，天色微明，便即上路，一口氣攀登上去，較為穩妥。」

主意打定，且喜路旁不遠，便有一個山窟。而且各種果樹，遍山都是。雲鳳先擇好了當晚安身之所，然後把果實一樣樣連枝採取了些，以便攜帶。兩手提著山果，正要往山窟之中走去，忽然一眼看見桃林深處，夾著一棵枇杷樹，實大如拳，映著穿林斜陽，金光湛湛，甚是鮮肥，訝為平生僅見。忙跑進林去一看，四外都是桃樹，一株緊接一株，叢生甚密，柯幹相交。只中間有一塊兩三丈方圓的空地，當中種著這麼一棵枇杷，樹根生在一個六角形的土堆之上。堆外圍著一圈野花野藤交錯而成的短籬，高有二尺。這時天色愈晚，雲鳳也未細看，見著這等稀奇珍果，頓觸夙嗜，就枝頭摘了一個下來。皮才剝去，便聞清香撲鼻，果肉白嫩如玉，漿汁都成乳色。因見大得異樣，先拔下頭上銀針試了試，看出無毒。剛咬了一口，立覺甜香滿頰，涼沁心脾，爽滑無比，心神為之一快。

只惜適才採摘各種果實時邊採邊吃，腹已漸飽，這枇杷的肉又極肥厚，不能多用。勉強吃了兩個，舒服已極。一數樹上所結枇杷並不甚多，共總不過三十來個。有心想將它一齊摘走，又想天氣甚暖，離樹久了，如若變味，豈不可惜？反正今日已吃不下許多，不如只採一個回洞，等隔了這一夜，明日起來，試試它變味沒有。如不變味，便將它一齊帶走；否則只將種帶些回山去培植，以免暴殄天物，仍任它自生自落好了。想到這裡，便帶葉摘了一個，連別的果枝一同拿著。

回身走沒兩步，覺著左腳踹在一個軟東西上。低頭一看，乃是一頂小孩所戴的帽子，形式奇特，質料非絲非麻，與除雙頭怪蛇時在藤網中所見小人衣履相類，比較編製精絕，色彩猶新，好似遺在那裡不久。猛想起枇杷樹下土堆形式，頗似人工培壅。轉近前去一看，不但土堆，那花籬也出於人工編就，盤結之處並還綁有粗麻，不禁驚異。暗忖：「這半日來，屢次臨高遠望，都未見一點人跡。沿途所見，猛惡禽獸，卻不在少，忙著行路，也未睬它。這藤中衣履和樹下小帽，俱似幼童穿戴之物。難道這等洪荒未闢的深山，還有人家寄居麼？」越想越奇怪。仰視夕陽，已墜入山後，月光又被山角擋住，景物更暗，只得回洞再說。出林時，見左側有一條沒有草的窄徑，也似人闢，便不從原路上走，特地繞道回去。因不知這些小人是人是魈，有了戒心，又把寶劍拔出，以防萬一。劍上寒光照在地上，新雨之後，土地上竟現出許多小人腳印，都是四五個一排，成為直行，算計為數定多。林中地上俱是芳草綿綿，獨這條窄徑上寸草不生，兩旁桃林也甚整齊，益知所料不差。

沿路循跡，走了兩箭之地，才走完這片桃林，到達洞窟前面，匆匆抄山路跑回洞窟。洞外恰好有松枝柏葉，用劍斫削下兩大抱，鋪在地面，權當茵席。又搬了幾塊大石，將洞窟堵塞，以防萬一。再拾起兩根枯枝，擊石取火，將它點燃。四外一照，這洞窟不過兩丈方圓，乃是一個天生石穴。洞門高可及人，上下四面潔淨無塵。當中卻有一大塊類似油漬的黃斑，用火一燒，聞著一股松子般的清香，猜是松脂遺跡。除此之外，絲毫不見有蟲豸蛇蠍盤伏的跡象，足可放心安歇。

因為日間從雲中墜落時正逢驟雨，周身衣履皆濕，跋涉了這半日的崎嶇險峻的山徑，外衣受風日吹曬雖然乾燥，貼身的兩件衣服仍是濕的。好在洞已封堵，索性生起一堆火來，將內衣換下，準備烤乾了，明晨上路。自被五姑接引入山，事起倉猝，除了一身衣履外，並無一件富餘，又不知在山中要住多少日子。雲鳳愛乾淨，平時在白陽洞潛修，總是裡外衣互為洗換，甚是愛惜，惟恐殘敝了，沒有換的。等把內衣烘乾著好，又想起鞋襪也都濕透，何不趁著餘火，烤它一烤？便盤膝坐在火旁，脫下鞋襪一看，鞋底已被山石磨穿了兩個手指大小的破洞，襪線也有好些綻落之處。想起五姑不知何日回洞，分別之時也忘了求她帶些衣服回來，就算明日能趕將回去，這雙鞋襪經過這般長途山石擦損，哪裡還可再著？便是這幾件衣服，常服不換，也難曠日持久。何況外衣上又被藤綱掛破了好些，洞中並乏針線可以縫補，日後難道赤身度日不成？

愁思了一會。那鞋曾被水浸飽，急切間不能乾透。閒中無聊，左手用一根松枝挑著去火上烤，右手便去撫摩那一雙白足，覺著玉肌映雪，滑比凝脂，踁踝豐妍，底平指斂，入手便溫潤纖綿，柔若無骨，真個誰見誰憐。暗暗好笑：「幸虧小時喪母，性子倔強，老父垂憐過甚，由著自己性兒，沒有纏足；否則縱然學會一身功夫，遇到今日這等境地，沒處去尋裹腳布，怎能行動？明日回山，如五姑再不回轉，想法弄來衣履，衣服破了，尚可用獸皮圍身，鞋卻無法，說不得只好做一個赤足大仙了。」

正在胡思亂想，似聽洞外遠處有多人吶喊之聲，疑是黃昏時所見小人。夜靜山空，入耳甚是真切。連忙拔上半乾的鞋，輕輕走向洞口，就石縫往外一看，只見月光已上，左近峰巒林木清澈如畫，到處都可畢睹。除那片桃林外，地多平曠，看得甚遠。只聽萬樹搖風，聲如潮湧，與多人吶喊相似，卻不見一個人影。細看並無可疑之兆，知是起了山風，自己一時聽錯。再看天上星光，時已不早，鞋已半乾，懶得再烤，便將殘火弄熄，放置火旁，就在松枝上打起坐來。雲鳳這多日來，起初是勤於用功，坐了歇，歇了坐。後來功候精進，成了習慣，一直未曾倒身睡過。當日雖是過於勞乏，等到氣機調勻，運行過了十二周天，身體便即復原。做完功課起身，略微走動，覺著百骸通暢，迥非日間疲敝之狀。自思：「難怪真修道人多享遐齡，自己才得數十日功夫，已到如此境地。只要照此去練，再得五姑指點，前程遠大，真可預卜。」

正在欣喜，猛又想起昨日失足，不啻天邊飛墜，下落深淵，雖然前進方向不誤，目光被雪山擋住，只一翻越過去，便可到達白陽山麓，究是出於臆斷。再者，下落時雲層那般濃密，即使到達山麓，由數千百丈的高山絕嶺穿雲上升，知道有多少危險？想到這裡，不由又怕又急，恨不能當時就走往洞窟外觀看。月光業已隱去，四外黑沉沉的，風勢彷彿已止，不時看見曠地上有一叢叢的黑影。先疑是原野中的矮樹，算計月光被山頭遮住，天色離明尚早。決意再做一次功課，把精力養得健健的，那時天也明了，再多採集一點山果食糧上路，以免前途尋不到吃的。於是二次又把心氣沉穩，調息凝神坐起功來。

等到坐完，微聞洞外有了響動。剛一走到洞口，便聽洞外眾聲喧馳，聲如鳥語，又尖又細，腳步甚輕，好似多人在近處飛跑。就石隙往外一看，天已微明，上次所見一叢叢的黑影，俱都不知去向，也不見一個人影。方在奇怪，忽聽一聲驚叫，三五個二尺長短的黑影，從洞窟外飛起，疾如飛鳥，直往前側面土坡之下投去，一瞥即逝。雲鳳眼光何等銳利，早看出是幾個小人影子，料是昨日所見無疑。心裡一好奇，也不管是人是怪，忙將堵洞大石推開，拔劍在手，縱身追出一看，只見洞窟外面已滿積樹枝，堆有尺許高下，便往土坡上縱去。剛一到達，便見土坡下面一片平地上，聚著千百鮮花衣帽的小人，每個高僅二尺，各佩弓刀，班行雁列，排得甚是整齊。中間三把小木椅上，坐著一男二女。男的身材略高，像是小人之王。面前跪著三人，正在曉曉陳訴，神態急迫。雲鳳才一現身，那群小人便像蚊蟲聚哄般，嘩的一聲吶喊，如飛分散開來，成了一個橫行，站在小王前面，各自張弓搭箭，作出朝上欲發之勢。那小王倏地從座中起立，走向前面，嘴裡「咿呀」了一聲。群小中便閃出一人，戰兢兢地朝雲鳳走近了幾步，先將手中弓刀擲下，不住地手指足劃，嘴裡咕咕呱呱說個不休。

雲鳳看出群小空自人多，並無什麼本領。雖不通他言語，看出並不是懷有惡意。知道走近前去，必定將他驚走，便不下去，只將手連招，引他上前，捉住看看到底是人是怪。那小人見狀，仍是怯畏不前。雲鳳也學他將劍還鞘，以示並無惡意。那小王原疑雲鳳是妖怪，見用火攻未遂，雲鳳業已追來，要派那人求和，問雲鳳要什麼東西。及見雲鳳將手連招，又以為想吃那小人。

那個派出去的小人，只管膽怯不前，恐將雲鳳招惱，亂子更大，又咕呱咕呱叫了兩聲。便從身後隊裡面又走出五個小人，內中四個先走上前去，把先派出的那一個小人按倒，從身旁取出藤索捆起，押往小王面前跪下；另一個便將衣服脫下，露出一身雪白皮肉，戰兢兢往坡上走來。雲鳳才恍然大悟，原來這些小人轉把自己當成妖怪，特地選出一個臣民，來供犧牲，不禁又好氣、又好笑。本心想考查他是否人類，這般送上門來，正合心意，暫且由他。等那小人近前，索性伸手提起一看，只見他生得如週歲嬰兒一般長短，只是筋骨健壯，皮肉堅實得多，其餘五官手足，均與常人無異。背上還印著一行彎曲歪斜類似象形的朱文字跡，不知是何用意。小人因為受驚太甚，業已暈死過去。

雲鳳見他二目緊閉，心頭微微起伏不停，知道氣還未絕。人小脆弱，禁不起挫折，反倒憐惜起來。暗忖：「古稱僬僥之國，莫非便是這種人麼？可惜言語不通，沒法詢問。」想到這裡，便坐了下來，把小人仰放在膝頭上，輕輕撫摸，想將他救轉。忽聽「嚶嚶」啜泣之聲，起自下面。低頭一看，那小王已復了原位。先派出來答話的一個，正被四個手持藤鞭的同類按在地下痛打呢。那小王看去法令頗嚴，被打的人伏在地下，一任行刑的鞭如雨下，連一動也不敢動，也不敢高聲哭泣，只管咬牙忍受，嗚咽不止。

雲鳳見點點小人受此酷刑，好生不忍。知這些人把自己畏若神明，便放下膝間小人，緩緩走下坡去，連喝帶比道：「你們不要打他，我並不要吃人。你們找一個懂人話的來，我有話問。」雲鳳往下走沒兩步，下面群小又暴噪一聲，各將片刀舉起。雲鳳仔細一看，人數少了好些，不知何時溜走，自己竟未看出。知他疑要加害，再如前進，勢必群起來拚，這等小人，怎禁一擊？既不像是山妖木魅，何苦多殺生靈，以傷天和？便把步履停住，仍把那幾句幼稚的話比說不休。經過幾次，那小王好似有些懂得，口裡咿了一聲，便即停刑。眾小中又走出數人，也是走到雲鳳面前，將周身脫淨，戰兢兢站在那裡，意似等雲鳳自己取食。雲鳳將手連擺，隨意又提起兩個一看，生相均與先一個大同小異，只背上字跡和身著衣飾不同罷了。這幾個膽子似較略微大些，雲鳳放了手，他們也不走，只管仰頭注視雲鳳動作。再看坡下那一個，業已醒轉，仍伏在原處不動。雲鳳見怎麼比說，也是不懂，心急上路。又想起昨日所採大枇杷和許多果實尚在洞中，打算回洞取了起身，不再和群小逗弄，以免誤了正事。

雲鳳才回到坡上，又聽身後群小吶喊之聲。回頭一看，那赤身小人連先前那一個，共是七個，俱都滿臉驚懼之色，跟隨在身後不去，不禁心中一動。暗忖：「山居寂寞，這種小人倒也好玩，何不捉兩個藏在懷裡，帶回山去，無事時照樣教他們練習功夫，日久通了言語，豈不有趣？」

便解開胸前衣服，挑了兩個面目清俊的包在懷裡，外用帶子紮好，逕自回洞，取了昨晚所採的果實，走將出來。正待起身，見餘下五人赤身小人跟出跟進，仍未離開。猛想起自己還愁沒有衣履，仙山高寒，這小人不知能否禁受？他們現有衣服，何不給兩小多要一些帶走？於是重又往坡下走去。剛一到達，還未看見群小所在，便聽下面一聲暴噪，那數寸長的竹箭，如暴雨也似射將上來。

雲鳳劍已還鞘，手裡滿持著連枝帶葉的果實，猝不及防，只得拿果枝當了兵器，去擋那亂箭。好在此時雲鳳身子已練到尋常刀劍不能損傷的地步，何況這些小人弓箭，施展身法略一撥弄，那箭紛紛墜落，一枝也未射中身上。

因見小人這般詭詐，不由心裡有氣，往前一探身，剛要往坡下縱去，擒那小王。忽見路邊桃林內又衝出一隊小人，約有百十來個。內中三十多個，用幾根竹竿抬著一個藤兜，中坐一個身材傴僂，和常人相似的女子，後面數十人，分抬著幾個大蛇的頭，飛也似往小王面前跑來。還未近前，駝女已咭咭呱呱，高聲大喊。喊聲甫息，那小王將手中一面綠色小旗一麾，口中喝了一聲。群小立即各棄弓刀，跟著小王朝雲鳳跪下，舉手膜拜不置。

雲鳳見他前倨後恭，方要喝問，忽聽那駝女用人言高叫道：「這位女仙休要見怪。他們都是這山中天生的小人，適才無知得罪，望乞原諒一二，等小女子上前跪稟。」隨說隨從兜中扒起，左腳已殘，只有一隻右腳。

旁立小人遞過一對枴杖，駝女接過，將兩杖夾在脅下，一跳一跳走來，雖是獨腳，行動卻是敏捷。一到便擲杖跪下說道：「小女子閔湘娃，原是楚南世家。十數歲上，因受繼母虐待，輾轉逃入此山，被猛虎吞去一足，眼看待死。多蒙這裡老王用毒箭射死老虎，救到王洞，割去一腿，用土產靈草治痛，才得活命。他們雖舌頭太尖，不能學我們說話，其他卻同我們一樣。小女子多年不見同類生人，也學會了他們所說的語言。這裡耕織狩獵，大半為小女子所傳。新王又是小女子徒弟，故爾相待極厚。

「王洞先前原不在此，只因那裡近年不知從何處移來成千條雙頭怪蛇，新王的臣民被牠們吞吃不少。雖然小女子也曾設計驅除，毒箭火攻，般般用到，無奈人小力微，蛇數太多，實無法想。去年小女子見情勢危急，才勸新王遷居，只留下小女子和數百不怕死的勇士，留守原洞，立誓要將群蛇除盡，以報老王相救之恩。

「費了無數心機，在蛇窟大樹之下，乘蛇群每日照例翻山曬皮，傾巢而出之際，在樹下周圍，偷偷撒了九爪鉤連藤子。此藤名子母吃人草，一根藤上有九根子藤，每根子藤上又各有九根小藤，俱都生有倒鬚堅刺，層層糾結，自織為網，能收能合。凡是有血肉的東西，不論是人是獸，只要沾著它，便被網住，非等被陷的人獸血消肉盡，只剩幾根殘骨，不會鬆開。人若誤踹上去，如身旁帶有極快的刀，尋到母藤上的結環，用刀尖慢慢將它刺斷，再挑開子藤，如是藤少，還可脫身。手仍不能挨觸它一點，否則越掙越纏得緊，不消片時，全身皆被纏住，除死方休了。

「這東西生長雖然極速，但是生在深壑絕壁之下，要十年工夫才開花結籽。籽一落地，老藤便即枯死。不久新藤出土，一株可長到半畝方圓地面。那雙頭蛇不但厲害凶毒，而且行動如飛，能在草地樹枝上滑行，如魚游水，迅速非常，簡直無法可制。去冬恰趕上此藤結籽的時候，費了許多心力，遭了無數危難，還傷去幾條人命，才在挨近藤邊上採集了數千粒藤籽。做蛇窟的古樹，三面靠平原，一面靠山。撒籽時，原想四面合圍，都給撒上，等藤一長成，便可使群蛇一齊落網。撒到靠山的一面，籽剛撒好，忽被山洪衝去好些，僅離樹十餘丈有藤。

「先還以為蛇出遊時，總是身在樹上，一躥多少丈遠。等曬罷太陽歸巢，多半慢騰騰地遊行而上，那藤子又非慢慢生長，冬天撒了籽，便漸漸往土內鑽去，地面上看不出一點痕跡。但一交春，趕上一夜大雷雨，第二日一早，便枝枝糾結，遍地佈滿，和織成的獵網相似。那蛇決想不到，無論如何，總要纏死牠好些條。誰知那蛇甚是靈巧，藤長成之後，僅有一條半大不大的蛇落網。餘蛇以首尾銜接，由樹上掛起一條長虹般的蛇橋，直達無藤之處。等將樹上小蛇渡完，再微一伸屈，甩將過去，一條也不會落在網裡。回巢時也是如此，總是沒奈牠何。靠山的一面藤少，更成了牠必由之路。此藤油重易燃，本想放火去燒，也因這面藤少，恐將群蛇驚散，為禍更烈。

「正在日夜焦思，昨日忽聽一個小夥伴急匆匆跑來，向小女子報道：蛇窟下來了一個天神，生得比小女子還高，手持一口有電光的寶劍，先將兩條蛇王殺死。站在藤地裡，藤竟會纏她不住。也不知使什法兒，讓一條大蛇用尾巴將樹上的蛇打落了一多半，在藤地裡纏住。後來手上又放出一道雷火，滿枝亂穿，將餘蛇弄死了個乾淨。最末後將全藤地點燃，將死蛇和窟中小蛇鬼一齊燒死。才飛到山頂上去，放下一場大雨，將火熄滅。他見了害怕，等天神走了，才跑來告訴我。全洞中人得了喜信，自是快活。連忙趕到蛇窟一看，果然群蛇俱成灰燼，只是在靠山那一面尋到蛇王的兩個大頭。大家望空叩拜謝神之後，便即命人抬了蛇頭，冒雨起程趕來，與小王報喜。我心裡還可惜得信晚了，不曾見到神仙是什麼樣子。昨晚月光甚好，急於和小王見面，也未歇腳。適才行到離此數里的綠梅嶺，忽見小王的兵在那裡埋伏火石，又遇見傳小王令旨的人，才知昨晚這裡來了一個大人，不知是神是怪，宿在桃林坡山洞之內。

「小王因小女子不在，本想講和，命人上前答話，問要什麼禮物，才可離開此地。先疑心她和早先的殃神一般想吃活人。等把人送過去，先是不要，後來又揣了兩個在懷裡，想是留著慢慢受用。

「小王見她得了不走，仍回洞內，本恐貪得無厭，萬一索要王妃，那還了得？再加有人報信，說昨晚還盜了兩個黃金果，這才著了急。一面命人請小女子速來，想法應付；一面準備弓箭手，四面埋伏了火石，決計一拚。小女子一問昨日見神的小夥伴，所說天神裝束身材，竟與天仙一般無二，知要闖出大禍，連忙趕來。雖然晚了一步，小王已有冒犯，還望仙人寬洪大量，念其情急無知。本山還有一害，雖不似雙頭蛇惡毒殘忍，每年這時也要傷些人命，還望大發慈悲，一併除去才好。」說罷，叩頭不止。

雲鳳聞言，好生驚異，想不到深山之中，竟有這等小人種族生長。那一害不知是什物事，這小小種族，怎禁得起蛇獸怪物蠶食？本想助他除害，又恐誤了回山正事。欲將不管，一則上天有好生之德，修道人最重要是積修外功，豈能見死不救？二則這等聰明靈秀的小人種族，平時只是傳聞古有僬僥之國，不料果有其事，造物之神，真是無奇不有，任其滅種，未免可惜。

自己本想帶兩個回去訓練，難得還有通話之人，可見緣法湊巧。昨日無心代他們除了大害，何必為德不終？好在還是為生靈除害，並非畏難逗留，五姑仙人定能前知。這口仙傳寶劍頗有靈異，何不向空卜上一卦，以定去留，或者不會見怪。這些小人行動如飛，甚是敏捷，既在此間聚族多年，也許能知仙山根腳所在，說不定還能從他們口中尋得一點線索。

再四尋思為難了一陣，便對駝女閔湘娃說道：「你命他們起來。昨日我從雲中墜下，見群蛇猖獗，將牠們除去，原出無心。我回山心急，此事尚難自主，還須向仙祖默祝，才能定準。許了無須歡喜，不許我此時就走，強留也是無用。」

說罷，摘下身佩寶劍，捧在手內，向空跪祝道：「曾孫女一時雲中失足，由仙山墜落此地，無心中誅了千百怪蛇。今日又遇見這群小人，言說尚有一害未除，虔誠挽留，須要耽擱兩日，惟恐仙祖回山，誤了仙緣，難決去留。仙祖道法玄深，無遠弗照，如荷鑒督，許為生靈除害，此劍便當時示警。」

剛剛祝罷，便聽嗆的一聲，一道寒光，寶劍出匣，約有尺許。雲鳳驚喜交集，還不敢遂以為信，將劍還匣，重又默祝，那劍連鳴三次。這一來不但看出五姑准她暫留，連事完回山，都可料到，不致影響仙緣，不由興高采烈，大放寬心。小王等人見寶劍無故出匣，自然益發加了敬畏。

雲鳳拜罷起身，對駝女道：「仙祖已允我留此，為你們除害。那害在何處？快快說出，我即刻便去如何？」

駝女道：「啟稟大仙，這東西的巢穴，似在前面雪山腳下，約有半天多途程即可到達。不過他也和我們大人一樣，只相貌裝束要醜怪些。每年只出來兩次，每次須要送上二十四名小人作為供獻，便好好回去；否則無論逃到何處，都被追來搜著，那死傷的人就多了。我們只躲過他一回，又對抗過一回，就嚇破了膽。

「小女子的恩人老王，便死在他手裡。這幾年，年年供獻，並未缺過一次。他每次出來，俱有定時。每一次都是這黃金果熟之際。還有三天，便是他來的時候。此時如去尋他，那雪山大有千百里，一則不知真正所在，難以尋找；二則也無人敢於領了前去。他每次受享，就在左側里許傷心崖頂一塊大石上面。來時他滿身都是煙霧圍繞。大仙昨晚住的洞內，早備下二十四名送死的小人，各捧著一個黃金果。等他一到，便脫了衣服，自己走出，跪在崖下。小女子曾在左近，偷看過兩次，見他用一根幡往下一擺，一陣大風，連他和二十四名小人立時刮走，不知去向。家在雪山，也是他自己說的，並無人去過。如今算起年份，為害已有十數年了。」

雲鳳心裡一驚，聽駝女之言，妖怪既然修成人形，又能空中飛行，自己怎是對手？如是左道妖人，更非其敵，不禁有些膽怯起來。又一想：「自己說出，不能不算；何況適才默祝，仙劍三番示警，自己有仙傳寶劍飛針，許能獲勝，也未可知。是福是禍，冥冥中早已注定。便無此事，今日趕往雪山，也難保不與妖人遇上，轉不如事前知道得好。事已到此，也管不了許多，且等三日再說。」

因為期還有兩三天，駝女轉述小王之意，再三虔請大仙，去往王洞暫居。雲鳳好奇，也想藉這暫留的一二日工夫，一覘小人的風俗習尚，當下點頭應允。駝女再將話傳譯給眾人，小王聞得神仙肯光降他的洞府，並為除害，連忙率眾跪謝，一時歡聲雷動。駝女便命眾小人，抬過他的兜子，請大仙乘坐，同往王洞。雲鳳估量路途匪遙，知道駝女不良於行，執意步行前往。駝女不敢勉強，只得和小王說了，請小王率領一半人趕速回洞，準備歡宴。等小王拜辭起身，才恭恭敬敬，隨侍雲鳳起身。

雲鳳見手中果實還有一只未被小人弓箭殘毀，便隨手揣入懷內，將餘下的連枝棄去。等上路之日，再行採集。行時見適才追隨的幾個小人已將衣服穿好，想起懷中還有兩個小人，尚赤著身子。解衣取出一看，那兩個小人想是在懷中聽見駝女和小王問答，知得就裡，俱已轉憂為喜，貼在雲鳳手間，甚為依戀。這兩個小人原本生得清秀，這一喜笑顏開，更加顯出可愛。雲鳳決計後日回山，仍帶這兩個同行。便命駝女取來衣服，與他們穿好，說了自己意思，問其可否。

駝女聞言驚喜道：「本國人只有兩姓，男姓希里，女姓溫靈。人種雖小，卻與大人一般能幹，有的竟比大人還要靈巧。無論禽言獸語，俱都通曉。可惜只有語言，並無文字，又是生就歧舌，無法教授。小女子因受老王救命之恩，幼時又讀過幾年書，初來那些年，屢次想盡方法，打算把文字傳給他們，俱因限於那根舌頭，毫無成效。事隔多年，以為絕望，自己也學會了他們的語言，不再想及前事了。

「他們的嬰兒生下地，大半指物定名。如天上的星叫作沙沙，黃羊叫作咪咪，這兩人一名就叫沙沙，一名咪咪。他們生來力氣大些，又比眾人聰明能幹，十四歲就被選充小王的近身侍衛。上月因隨王打獵，二人誤走岔道，迷失了路途，口乾嘴渴，誤食了一粒毒果，舌上長了一個療瘡。後來雖經小王賜他們靈藥治好，舌尖已經爛去。

「小女子恰好殺了一條雙頭怪蛇，來見小王，得知此事，聽出他們發音與前不同，試一教他們人言，居然一學便會。知他們也和八哥等禽鳥一樣，只要團了舌頭，便能言語。當時忙著除害，沒待兩日，便回舊洞。意欲等皇天鑒憐，殺死群蛇之後，再和小王說了，挑出些聰明的年輕臣民，團了歧舌，教他們中朝的語言文字。不曾想今日竟被大仙垂青。

起初拿他們當供品，尚且不辭，能蒙度上仙山修道，真是幾百世修來的福分，豈有不願之理？至於仙山高居半天，罡風凜冽，雖不知能否禁受，可是這裡小人俱比常人還要能耐寒暑得多。好在有大仙攜帶，決無妨害。」雲鳳聞言甚喜。駝女又向小人把話略微翻譯，喜得沙沙、咪咪二人跪在雲鳳腳前，歡呼叩頭不止。

雲鳳見駝女因自己步行，不敢坐那兜子，雖然獨腳步行，卻能盤旋於危坡峻坂之間，運轉如飛，雖不似小人矯捷，卻也不顯吃力，好生驚異。勸她乘兜，再三遜謝，也就罷了。二人且談且行，約有十里之遙。忽見峭壁前橫，排天直上，似乎無路可通。沿壁走了里許，地勢忽又寬廣，漸聞鼓樂之聲起自壁內。正稀奇間，前面一群百十個領路的小人忽往壁中鑽去。

近前一看，壁上下滿是薜蘿香蘭之類，萬花如繡，五色芳菲，碧葉平鋪，濃鮮肥潤，時聞異香，越顯幽艷。再看小人入口，乃是峭壁下面的一個圭竇。也有兩扇門，乃是用藤青花草紮成的，編排得甚是靈巧。底面附有尺多厚的泥土，藤蔓盤糾，草葉掩映，紅紫相間，關起來，與崖壁成了一體。不知底細的人，決看不出來。門是六角形，方圓只有四五尺，拿小人的身量站在門中，自然還下得去；如是大人，再拿那片雄偉高大的崖壁一陪襯，就顯得太渺小了。

雲鳳見前面群小俱已進完，駝女正傴僂揖客，只得俯身而入。

進門不遠，又是一座崖壁當路，前後兩壁，排天直上，高矮相差無幾，離地二十丈以上。壁上滿插著許多奇形怪狀的兵器和長大竹箭，鋒頭俱都斜著向上。當頂老藤交覆，濃蔭密佈。藤下面時有片雲附壁黏崖，升沉游散，益發把上面天光遮住。不時看見日光從藤隙漏下來的淡白點子，倏隱倏現，景物甚是陰森。

暗忖：「這些人種雖小，心思卻也周密，難為他們開闢出這等隱秘的地方，來做巢穴。休說外人到此尋它不著，便是在崖頂望下來，也只當是一條無底深壑，又怎能看出下面會藏有亙古希見的僬僥之邦呢？」

駝女見雲鳳且行且望，笑道：「大仙，看這裡形勢好麼？」雲鳳點了點頭。

駝女道：「他們捨明就暗，也是沒法子事。因為他們身材太小，山中野獸雖多，還可用人力齊心防禦驅除；惟獨天空中的東西，休說是那些奇怪凶惡的大鳥，便是本山常見的大鵰鷹鶚之類，俱甚厲害，假使兩三個人出外行走，便被飛下來啣去吃了。所以他們住的地方既要嚴密，出門時至少總是百十成群。平日患難相共，不知不覺，便養成了合群的心。否則似他們這等渺小脆弱，早就絕種不知多少年了。

「這兩座崖壁，總名叫做通天壑。兩邊崖壑，越上越往裡湊，下面相隔不下十五丈，可是盡上頭相隔只有丈許，並有千年古藤盤繞。只要洞門要地不被知曉，決難攻下。去年夏天，從藤縫中鑽下來一隻一丈多高的三頭怪鳥。彼時正值小王出獵回來，小人被牠啄死了好幾個，可是刀斫箭射，俱都不能近身。嚇得小王率眾逃入洞內，將門用石頭堵緊。每日只聽那鳥在外怪叫，聲如兒啼，兩翼撲騰，用爪抓壁，一刻也不休息，聲勢非常驚人。鳥不飛走，誰也不敢出來。小女子又不在此地。似這樣過了八九天，漸漸不聞聲息。小王才派了二十個膽大的出來一看，那鳥因找不到出路，飛上前便被藤網擋注，性子又烈，又尋不著吃的，已經力竭飢餓，伏在地上，奄奄一息了。

「那鳥的六隻眼睛，其紅如火，目光靈敏無比。先時一任刀矛弓箭朝牠亂發，俱能用牠兩翼兩爪，連抓帶撲，一些也傷不了牠。這時卻是無用，經他們刀矛亂下，一會便分了屍。那六隻眼睛挖出來，俱有鴨蛋大小，紅光四射，現在還掛在洞內當燈呢。自從出了這回事，防牠同類下來報仇，小王把小女子接回商量，帶了多人，爬上崖頂，將藤隙補勻密。又在藤下面兩壁中間，安置好了繃箭、繃刀、繃矛之類。無論是什麼東西下來時，只要觸動一處，立時上面刀矛箭戟同時發動，不怕弄牠不死。可是至今沒有再出過亂子。以前這裡只是避暑的別洞，如論起形勢來，那舊洞經數十代老王苦心佈置，如非蛇禍，一切都比這裡強得多呢。」

雲鳳這時隨著駝女，沿二層崖壁走去，正聽到有趣的當兒，忽聞鼓樂之聲大作。循聲走沒數十步，前面一個凹進去的壁間，小王已率領洞中臣民，手執一根點燃的木條，青煙繚繞，雜以鼓樂，迎將上來。近前一看，小王率領二妃、臣民跪在當地，手中擎著的那根木條比別人都長大些，顏色黝黑，發出來的香味清醇無比。身後方是一座高大洞門，也是六角形，約有兩丈方圓，門中刀輪隱現，不知何用。雲鳳忙將小王與二妃扶起，謙謝了幾句。經駝女轉譯之後，所有臣民、鼓樂隊全都起立，分列兩旁。

雲鳳偕小王、二妃、駝女、咪咪、沙沙六人，從樂聲中款步而入，門裡面是一座廣大石窟。四顧兩座刀輪，竟與門洞一般大小，犬牙相錯。沿門四周，還安有綳簧，上置刀箭。一問駝女，這些佈置俱為防敵備患之用。外人至此，如不經小王允許，只一進那門，兩旁刀輪便即運轉如飛，上下四面的刀箭也亂發如雨，不論人獸，俱都絞成肉泥。並說舊洞那邊，比這裡的各種埋伏佈置還要多出幾倍。休看他們人小，因為肯用心思，同心合力，不恤煩勞，除那雙頭怪蛇和雪山妖人的侵害外，頗能安居樂業，向來俱是以小御大，以眾勝寡，極少遇見什麼過分的災害哩。

雲鳳正暗讚他們的毅力巧思，忽見路旁有一小池，隨著壁上面掛下來的兩條尺許寬的瀑布，流水潺潺，珠飛露湧。池旁設有一圈欄桿。小王和二妃便將手中木香擲入池內，回首向駝女說了幾句。

駝女便對雲鳳道：「小王因感大仙為國除害之恩，無以為報。他說這裡經數十百代老王採集收藏的寶物甚多，有好些陳列在外，請大仙隨意取上一些，無不可以奉贈。」雲鳳對於後日斬除妖人之事毫無把握，再者修道人最忌貪心，怎肯妄取，再三遜謝。駝女只得向小王說了。

又前行沒幾步，忽見前面又有一座石壁，居中洞門形式高大，俱和二層洞門一般，門前立著兩排手執弓刀的衛士。門內隱隱有紅光透出。入內一看，裡面比外面還要高大得多，到處都是奇石拔地而起，懸崖危峨，大小參差，孤峰連嶺，自為丘壑。

因著石形地勢，蓋上了千所小房舍，高低錯落，頗有奇致。當中一條丈許寬的平路，直通到底，現出一座方圓數畝的大石台。台上建著百十間方形和六角形的房子，高約丈許，比別的房子約要高出一倍。這些房子不論大小，俱都是方形和六角形，整齊如削成的豆腐塊，所以精巧玲瓏。顏色卻不一致，除當中王居是正白色外，餘者五光十色，什麼都有。這些木屋，也不知用什麼顏料漆的，卻漆得那般鮮明光亮。全洞並不見什麼燈火，卻是到處通明，纖微畢睹。

微一查看光的來源，才看出離地二十來丈處，懸著許多寶物。單是徑寸的夜明珠，就不下幾十粒。其餘介貝珠玉，各色各樣的異品奇珍，更是不知凡幾，有發光的，有不發光的。間或也有世間常用之物，如鍬、犁、獵槍、釣竿之類，但是為數極少，只七八件，懸的地方俱在顯目之處。大概物以稀為貴，雖只是世間佃漁畜牧中幾件不足奇的營生致用之器，到此都成貴品，與奇珍異寶等量齊觀了。這些寶物，每件俱用一些不曾見過的麻縷，從洞頂繫將下來，差不多每所房子頂上都有那麼一件。駝女說：「這裡的珍寶，歷代收藏甚富。因為山中時常發現，近兩代老王都不甚注重。再加小人中名份雖有高低，因為集群聯居緣故，除為王的人能發號施令，役使臣民，生死取捨外，其待遇都差不了多少。為供合族中的臣民鑒賞，一齊懸在外面，並不秘藏起來，也從無盜竊之事發生。

「至於那七八件佃漁畜牧的用器，在我們看起來並不在意，可是都經前兩輩老王費盡萬苦千辛，跋涉險阻，冒著許多危難，遠出數百里以外的大人國山中居民那裡去潛伏多日，看熟了用處，才行盜來。照著它們的樣式，改造成了小的，拿去做用，全族才知學人耕田釣魚等事。他們常說，珠寶奇珍，除發光的可以代火照亮外，餘者不過供大家看看而已。只有這幾件東西，為利無窮，何況又是經老王犯死得來的呢。每次得到大人國的東西，仿造以後，總是把原物高高懸起，算是第一等的國寶哩。」

說時，雲鳳已隨小王離階而升。這些小人雖然奔走山林，一縱數丈，那些台階，每級卻止兩寸多高，在在看出具體而微，雲鳳甚是好笑。

剛一到台上，還未進屋，小王忽率兩妃回身向雲鳳跪倒。立時鼓樂暴發，樂聲也格外奇特，比外面所聞迥不相同。有的如同鳥鳴，有的如同獸吼，萬噪雜呈，匯為繁響，又加聲音洪亮，襯著空洞回音，益發震耳，雲鳳二次扶起小王、二妃。再回顧四外台的兩面，猛現出兩列樂隊，約有百十名之多。樂器式樣甚多，俱為平生未見，大都竹木金石所製，大小繁簡不一，有的五六人共奏一器。各處小峰短嶺，斷崖曲板上的房舍前，不知何時出現了上千小人，隨著樂聲，歡呼拜舞。一個個都是頭戴六角方中，身穿長衣拖及足後，渾身上下雪也似白。高高下下，疏疏落落，恭恭敬敬站在那些峰麓山頭，危崖絕登之間，舉動卻是整齊不亂。端的別有一番景象，令人歡喜不勝。

小王夫婦三人起身以後，便分拉著雲鳳的衣角扯了一下，由駝女留雲鳳在外，朝當中宮室內緩緩倒退進去。台下左右兩排樂隊，跟著又奏了起來。

雲鳳因見樂器多半象形，式樣奇特，一問駝女閔湘娃，才知就裡。原來駝女幼喜音樂，宮外所聞，乃駝女到後，按照古今樂器和當地的國樂，加以仿製修改而成。石台的兩面，方是小人真正的國樂。雖非大人上邦之地，也經小人歷代先王仰觀日月星辰之形，俯察山川草木之狀，耳聽風雨雷霆、千禽百獸鳴嘯之聲，博收萬籟，證聲體形而成。一樂之微，往往不憚百試，務求與原聲相合，其中奧妙，一時也說它不完。

駝女初來時，也聽它不懂，只覺千聲龐雜，細大不諧，好似一味窮吹亂吼，怪聲怪氣，一些也難以入耳。恰巧幼喜音樂，頗有根底，想將大人國的正始之音傳給這一班蕞爾細民。三年後通了言語，幾次力勸，可是老王別的都言聽計從，惟獨談到改動他的國樂，卻是一味搖頭。知他固執守舊，多說無用。仗著與小王交誼甚厚，恰巧不久老王死去，小王因見駝女將外面的東西傳到此地全有了利益，果然一說便試辦了幾件。等到樂器製成，排練熟了，小王先聽，不住誇好。日子一久，便顯出不甚愛聽的神氣。可是他對於舊樂，每遇祭祀大獵宴會，以及婚喪之事，奏將起來卻是百聽不厭。

駝女心中大忿，幾次詰問，小王只管微笑不答，卻教慢慢留神細聽，日久自知此間國樂的妙處。並說傳聞他們萬多年前的祖先，也和世間大人一般。在幾千年當中，不特文治武功，禮樂教化，號稱極盛；便是起居服食之微，也是舉世無兩。

同樣和中朝一般，擁有廣土眾民，天時地利，真可稱得起泱泱大國之風。只為後世子孫不爭氣，風俗日衰，人情日薄，那自取滅亡之道，少說點也有幾千百條，以致國家亡了。人種因耽宴適，萬種剝削，到了末世，休說像中古時代那種身長九尺多的大人沒有，便是七尺之軀也為希見。後來逐漸退化到今日地步，再不能與別的大國一較長短。同時人種也受了許多殘殺壓迫，實在沒法再混下去，只得遁入深山。

經過了些朝代，出了一位英主，苦口婆心，生聚教養，方才全國悔悟，發奮圖強。雖然千百年來無多進展，仍是局處山中一隅之地，可是到底還算回到原始那一時代，穴居野外，個個身輕力健，能以群力追飛逐走；不似初來時，個個和嬰兒一般，受了禽災獸害，只知向天哭泣。人種也一天比一天生育得多。

據本族祖先傳的圖讖，若干年以後，只要眾心如一，仍能恢復以前冠裳文物之盛呢。這些話，即使小王本人也將信將疑。可是這裡的樂器，確是從上古傳來。又因這裡的人聽明，又有好音樂的天性，儘管國破家亡，人微族寡，依然代有改進。只要靜心領略，自能悟徹它的微妙。

小王的這一席話說了沒幾天，便值他們這裡祭天告廟的慶典乞復節。該節起源於亡國入山的那一時代。那時全國的人專務虛名，不求實際，競尚奢華，耽樂遊宴。年輕的終日叫囂呼號，標新立異，看去彷彿激烈慷慨，其實是一味盲從，一犬吠形，百犬吠聲，專與自己為難，一些也著不得邊際。要是叫他們更正去做，不但捨不得命，連一絲一毫的虧苦都吃不得。年老的多半暮氣沉沉。經驗閱歷稍富的人，一則怵於少壯威勢，不敢拿出來使用；一則時危機蹙，那些比較穩妥一點的辦法，也只能苟安一時，並無多大用處。這兩派人中，縱有幾個公忠謀國，老成持重的人，當不起滔滔天下，舉國如是，隻手擎天，狂瀾莫挽。

最厲害是全國上下十有八九為口是心非，說了不算，一張嘴能在頃刻之間說出多少樣話語。因為五官四肢、心思智能都不長於運用，單擅長於口舌，以哄騙一時，所以人身各部都逐漸縮小短少下去，惟獨這片舌頭竟變成了一個雙料的。還算國亡的前夜，有幾個明白點的人，帶了些孑遺之民逃到這裡，總算沒有真絕了種。可是這些廢民都享慣了福的，荒山生活俱要自己謀求，如何能過得了？出山又經不起敵國的殺戮，每日只好痛哭呼天，坐吃餘糧和山中天生的草果。習慣已深，仍然不知振作，既懶得操作，又沒有多少現成吃的，舌頭依然，人種還是照舊小了下去。直到過了好幾代，人也死得差不多了，才生出一個有能為的英主。

為首一個老王，名叫寒俄的，起始以身作則，修明賞罰，無論何人，俱不能不勞而食。漸漸從一些臣民著述中查知，古時凡是飲食、服用、車馬、宮室，俱都應有盡有，享受無窮。國亡逃入山時，祖先沒有打長久的主意，除帶了些兵器和眼前動用的傢俱食糧外，凡是漁獵耕織等類實用的東西，一件也未帶來。於是才募集忠勇耐苦之士，出山盜取。這些東西，有時不覺得它的好處，失了再求，無殊從頭製造，難如升天。經好幾代老王和無數險阻艱難，才初具規模，以有今日。

由此大家互相勉勵，人也就不再小下去了，近兩代的比前還長了數寸呢。當寒俄老王臨死之前，留有遺言，說夜夢天神垂訓，國家之亡，都壞在這根舌頭上，因為能說而不能行，才鬧到不可救藥。本族是極優秀的人物，上天必不願使其顛覆絕滅。目前所處境遇，乃是上天故意降罰。將來仍有中興復國的那一天，並且人也能增長到七尺八尺之軀。只看幾時這片歧舌反古恢復了原狀，便有望了。說罷，便即死去。

全族上下，一則害怕天罰；一則眷懷先王締造之艱，身歷之苦，便定寒俄老王逝世那一天為乞復舌節，簡稱又叫乞復節。一面盛樂隆祭，以答天庥，一面把這一年中舉族王臣上下的所行所為，虔心默祝，告之先王。並由當王的為首，自舉善惡，跪在先王靈位之前大聲宣讀，明示於眾。說到好處，全體臣民奏樂示慶；說到壞處，便齊聲數責不已。當王的聽到臣民指摘，便在靈位前自責請罪，臣民又奏樂賀其過而能改。王告之後，繼以民告。由王起立，抓起一把小紅豆，向台下撒去，臣民爭先恐後，各自拾起一粒。拾到的，便去靈位前跪禱，陳告這一年來的善惡。完了，再由王領臣民，互相勸勉。這一番盛典，最為整齊嚴肅，比起這裡的落花節還要過之。祭時，由當天未明前起始，一直要到午夜才止。整日不食，每人只是飲一點山泉。除了老人產婦和小孩外，沒有不與會的。

駝女初來時，以外人未奉王命，不能參與。後因歷次代他們闢劃墾植，建造器具之功，尊為客卿，奉命無論何處，均可隨意遊行，才得看過兩次。皆因身有殘疾，不耐久立飢餓，又見情態過於悲壯，看了令人難過，均未待多大時辰，便即離去。這次打聽好了奏樂時刻，隨樂進止，清早與完了祭，便覓地歇息，樂起又去。如是進出了十七八次。

頭一兩次還不覺怎樣，三次以後，漸漸才聽出這裡的樂，不但宮律詳明，喜怒哀樂之情全分得出。而且上參風露雷霆之變化，下合山川泉石之動止，中應鳥獸草木之鳴聲，真是窮極萬籟，妙合自然。從此深為歎服，不敢再贊一辭了。這台下兩排樂隊，暫時容或聽不出好處。一會小王排好筵位，出來延請，等入席之後，必令樂人奏那各種象形細樂，以娛仙賓，雖然不能比天府仙音於萬一，也能看出他們的巧心慧思呢！雲鳳聽駝女說完，暗中驚異。

第四章 異果解毒

原來這些小人也是大人國種，退化到此，難怪他們形態面目，居處服裝，都與常人一般無二。怎麼幾千年來，不見於傳載呢？雲鳳見小王夫妻進宮未出，暗忖：「這裡既然歷國久遠，代有聖明，語言因為歧舌所限，文字當不會沒有。況且耕織佃漁之具，和他本族痛史，俱從載籍中查出，想必不會沒書。」便問駝女：「小人國書史冊，當有掌管收藏之人，可能取來一視？」

駝女嘆口氣道：「說起來真是可憐可恨！他們舊日文字書籍，也和我們中原上邦一般，浩如煙海。只為亡國的前一兩世，一班在朝在野的渾蟲只知標新立異，以傳浮名，把固有幾千年傳流的邦家精粹，看得一文不值。流弊所及，由數典忘祖，變而為認賊作父。幾千年立國的基礎，由此根本動搖，致於顛覆，而別人的致強之道，並未學到分毫。起先專學人家皮毛，以通自己語言文字為恥，漸漸不識本來面目，鬧得本國人不說本國話，國還未亡，語言文字先亡。後來索性嫌它討厭無用，將所有書籍文字一火而焚。縱然有一些沒有燒盡的，如我們魯壁藏書之類，可是當國亡家破，逃難入山之際，誰還想得起這些東西？就是寒俄老王所見幾本遺民記載，內中說到本族以往光榮事跡，以及耕織漁獵諸般器物，一則半出臆度，語焉弗詳；二則面目全非，已不似他們舊日的文字，而且星星點點，也不能據以立言教化。此時又忙於求生，與鳥獸天災相抗，實無餘暇再去謀求。日子一久，從此亦無人能識，便是他們的語言也變得不大相同。

「戈戈載籍，總共才十餘本，如今尚存在小王宮中，當作前朝遺物看待。這十多年來，從沒見他們取閱過。他們自己人尚且不解，何況外人。少時宴後取來，大仙如能曉諭他們，更要感激不盡呢。至於適才所說數千年前盛朝軼事，小女子未來此時，也曾讀過幾年書，遠稽往古，近察當世，九洲萬國之中，並不曾聽說有這麼一個亡了的大國。他們又是歷代老人用口傳述，無可參考，實難令人相信。也許他們不過是古稱僬僥之國，說不定是前朝好說誑的人編造出來的吧？可是他們每年幾個祭節，又那般隆重壯烈，深入人心；而且除人體大小外，一切衣食起居，無不與我們大致相同，看去又似真有其事，疑團至今未釋。大仙從天上來，當能前知，看能明示一二麼？」

雲鳳聞言，笑道：「我雖在仙人門下，學道日子無多，除身有仙傳法寶，略知劍術外，別的知識，還不是和你一樣？不特這種小人尚是初見，連說也未聽人說到過。我想所傳文王八尺，湯交九尺，大概古人稟賦至厚，所以軀幹要長大些。後世人心日壞，嗜欲日多，人身本來脆弱，長一輩的受了侵奪剝削，自然遺毒子孫，一代一代傳將下去，年代一久，自然人種便日趨矮小，不過當時不顯罷了。他們本是萬千年古國，語言文字又絕了種，所以後世無從稽考。我們從黃帝算到如今，也只幾千年光景。現在的人體，已逐漸比古人小，照目前風俗人情看下去，再過相當年代，焉知不是後車之續呢？他們立國，還要古遠，算起來，也並非不在情理之中。且等我異日回山，見了仙祖，問明白他們來歷劫運，如能有所助力，我必再來，那時自見分曉。」駝女聞言大喜。

正談說間，台側樂聲起處，六角宮牆上九座宮門同時開放。旁邊八座門內先走出一對羽衣花冠的童男女，各執幡幢儀仗之類。這些童男女身高不及二尺，俱是一般高矮，個個秀髮披肩，容顏韶秀。那各種儀仗的頭上，都雕有一個鳥獸的頭。口中含著一小片點燃的木香，香味和初入門時小人手中所持的相似，氤氳裊繞，清馨馥郁，聞之神爽。雲鳳方要問駝女這種木香採自何處，小王已率二妃恭迎出來，躬身肅客，三揖退去。駝女閔湘娃便改向前面引導，雲鳳跟著進門，小王夫妻率八對童男女在後。

雲鳳入宮一看，在大人眼裡，宮廷廣才數丈，並不算大。可是畫棟雕樑，丹壁繡柱，都工細已極；再加上陳設精緻，物事玲瓏，處處頗顯得富麗靈巧之致。這時盛筵業已擺好，共設了五個座位。當中一座歸雲鳳坐，像個平時王位，比較高大；兩旁四個六角雕花的木墩，高才尺許，上首坐小王、駝女，下首坐兩個王妃。入席之前，小王、二妃向中座三拜三揖，主客就位，樂聲便起。菜已預先擺好。所用杯箸，比常人所用，倒小不了許多。杯子都是貝殼做的。菜餚有十八味，大中小各六味。大菜用小鼎，中菜用木製的盒，小菜用貝殼製成的盤盂，俱是六角形式。多半俱是冷食，除豬羊兩樣外，葷的俱是山禽野獸的醃肉，素的俱是野菜、黃精、奇花、異果之類，五顏六色，配搭勻稱，看去甚是鮮艷。因是岩鹽所製，味道極好。飯食是黃精的粉和山芋、山麥製成的六角方饃。

雲鳳多日不曾肉食，吃得頗為香甜。吃到差不多時，隨侍女童才捧上一大葫蘆酒來，顏色碧綠而清，色香味俱臻絕頂。駝女說是用山中幾十百種異花和果子製成。雲鳳連聲讚美。小王又慇勤勸飲，酒到杯空，不覺一大葫蘆酒飲去了一半。有了醉意，才行終席。

小王夫妻和駝女恭請雲鳳往別處安置，仍由持儀仗的童男女焚香後隨。由一片綠竹編成的屏風轉將過去，面前便現出一座半畝方圓的院落。當中一排五間房舍，乃小王夫妻的寢宮。兩旁台階上也各有一排房舍。駝女便領雲鳳向左邊這一排房子走去。升階入室，裡面也甚明潔，牆上掛著弓刀，地下鋪著竹蓆，小几矮榻，尚可容身。小王夫妻躬身道了安置，說要午朝與臣民會商大事，便自退去。

雲鳳也到了做功課的時候，因想詢問小人國中許多事跡，便對駝女說了，留她一旁少候，逕自調息入定。做完功課醒來，見駝女不知何時走去，只門外侍立著兩個童子：一個頭頂一六角木盤清水，手持盥中；一個捧著一大葫蘆酒。身後腳旁卻伏跪著相從回山的沙沙、咪咪二人，手持弓刀，狀若戒備。見雲鳳睜開眼睛，先過來叩拜之後，口裡「嚶嚶」兩聲。門側持著盥具、葫蘆的兩小人躬身走進，到了雲鳳面前，將盥具和葫蘆高舉過頂，跪在地上。

雲鳳比著手勢將四小喚起。聞著葫蘆酒香，剛接過手，便覺沙、咪二人在扯自己衣襟，也未介意。逕摘下上面掛著的介杯，倒出來一看，酒色殷紅，入口香腴，比起適才筵間所飲，還要醇厚得多。雲鳳原有酒量，因酒味特佳，越喝越愛，不由又飲了幾杯。正欲再飲，忽覺又有人在扯自己衣角，低頭一看，正是沙沙，滿臉帶著驚懼之容，眼睛不住流轉，意似有所顧忌，不敢出口。捧葫蘆、盥具的兩小卻是面有喜容。

雲鳳猛地靈機一動，心想：「小人全族奉自己若天神，既命駝女在此陪侍，如無特殊之事，怎會久離不歸？這等小人，到底非我族類。適聽駝女說，沙、迷二人因聞自己要將他們攜上仙山，喜出望外。赴宴時，不知他二人何往，此時伏在自己身側，手中卻帶著弓刀，大有護衛之意。看他們臉上神情，與這執役小人迥異，又用手連扯自己衣角，莫非酒中有了毛病？」

剛一想到這裡，漸覺頭腦有些昏沉，神倦欲眠。照平日和小王宴上所飲的酒量相比，並不算多，何以醉得這般奇怪？便把酒葫蘆往地下一擲，正欲喝問，忽然身子一軟，竟要往榻上倒去。知道不妙，忙運真氣將神一提。猛聽「呀」的一聲慘叫，兩眼迷糊中，見一點寒星從身側飛出，面前執役兩小已倒了一個。另一個正要逃跑，沙、咪二人早飛身縱起，將他按倒擒住。

雲鳳靈明未失，眼睛也能強睜，只是四肢綿軟，真氣一時提不上來。情知事有變故，方在焦急無計，沙、咪二人已慌不迭地走向身旁，逕將雲鳳腰間革囊解開，將昨晚所得的那枚大枇杷取出，爭先恐後上榻扶著雲鳳，將枇杷外皮撕破，塞向雲鳳口邊。

雲鳳心中明白，正覺那毒酒被自己一提真氣，發作更快，互相交戰，口渴欲焚。見沙、咪二人如此作法，暗忖：「莫非異果能夠解毒消酒麼？」

忙張口時，偏又口噤難開。眼看沙、咪二人滿面俱是淚痕，心中著急，不顧周身火熱，奮力運氣，將口一張，一下咬了一滿口。立覺滿頰清涼，汁水咽到肚裡，心中便爽快了許多。接著又吃了兩口，已不似先時費力難受。等到吃完再吃第二枚時，手足已能轉動，襟前汁水淋漓一片。再看沙、咪二人，已是破涕為笑。等到第二枚枇杷吃完，雖然頭腦還有些昏脹，身子已差不多復原了。身方立起，沙、咪二人歡笑著跑上前去，將地下躺著的服役兩小一刀一個，全行刺死。

咪咪拉著雲鳳的手，去取身旁寶劍。沙沙便將身偏俯，學駝女走路神氣，再做出被人禁閉之狀，然後上前拉了雲鳳的手，往外就走。雲鳳恍然大悟。只不知小王那般虔誠厚待，怎會頃刻之間，變成惡意？好生不解。兩個言語不通，無法詢問，比手勢費時費事。看沙沙、咪咪神色惶速，彷彿事在緊急，地下又殺死了兩個。雖然自信憑著自身本領和法寶足能對付群小，畢竟身居重地，不知對方使的是什奸謀，總是從速了結才好。

當下隨著沙、咪二人出室一看，除那死去的兩小外，更無一人防守。三面宮室，都是靜悄悄的，不聽一毫聲息。小王既然對自己要下毒手，何以只派兩個進毒酒的，還把沙、咪二人也放了進來？心中正自奇怪，沙、咪二人已一路比著手勢，領著自己，往外走去。雲鳳也不管他們，且看到了那裡，見著駝女再作計較。一連跟著穿過兩處宮院，都未遇一人。最後走到宮側一個小門，才看見門內群小喧嘩之聲。沙沙回身擺手，雲鳳會意，把腳步放輕。

縱身入門一看，門中也是一座小院落，兩間上房，高約丈許。鞭撻呼叱，與駝女怒罵之聲混成一片。沙、咪二人將手往室中一指，逕自避開。雲鳳走近門側，才一探頭，便見室中站定一個小人，衣飾打扮，俱與小王相同，卻不是小王本人。地下綁著駝女閔湘娃和小王的次妃，周圍站著數十個短衣赤臂，腰懸弓刀，手持荊條和帶著小刺長鞭的小人武士。這些武士正在行刑，拷打駝女。那王妃本來眉目如畫，這時上身衣服全被剝去，已被打得雪膚凝紫，菽乳泛青，玉容無主，痛暈過去。那駝女一任群小用荊條毒打，卻是滿臉憤怒，戟指怒罵不絕。那為首身著王服的小人面帶奸狡，手執皮鞭，繞室緩步，不時揮鞭向駝女身上打去，狀頗焦急。

雲鳳雖不明個中原委，駝女和自己究竟是同種的人類，一見她受群小如此荼毒，早按捺不住，一聲大喝，拔劍奮身闖入。為首小人正回過身來，一見雲鳳來到，大吃一驚，口裡一聲怪叫，身子早慌不迭地往側室中退去。其餘群小，俱知雲鳳是手誅千蛇，來自天上的大神仙，哪裡還敢交手，登時一陣大亂，紛紛相隨往側室逃竄。有的竟嚇的暈倒地上，動轉不得。

雲鳳也不管他們，走向駝女身前，用劍將綁索割斷，放起身來。駝女先時自分難以活命，只盼仙人不曾中毒，沙、咪二人不變心叛王，還有一線生機。一見雲鳳果然平安到來，不由悲喜交集，不顧說話，先過去將王妃解綁扶起。雲鳳見她痛苦吃力，連忙過去相助。

駝女顫顫巍巍，指著側室說道：「這裡出了叛逆。小王藏身地底密室，正在設法求援，我和王妃抵死不說，未被賊子發現。小女子受傷難行。如今外層洞內，群賊正在劫殺臣民，賊首便是適才逃去的那廝。小女子救了王妃，便去與小王送信。請大仙帶沙沙、咪咪二人出去平亂。那叛黨，多半是受了凶逆挾持，並非出於本願，望乞大仙手下留情，只將逆首擒住。等小女子到來，再行稟明經過。」

這時沙、咪二人見雲鳳嚇退逆黨，早跟了進來。地上嚇倒的小人，因雲鳳沒有動手傷害，一個個都溜起來，往側室中的間道逃了出去。僅有兩個行刑的黨羽逃慢了一些，吃沙、咪二人一人斫了他一刀，負傷逃走。雲鳳等駝女說完便道：「你身上受傷，我去之後，不怕逆黨再來侵害麼？」

駝女忙道：「他們懼怕大仙，知道未被毒酒醉倒，益發畏懼。小女子深知他們習性，決不敢再來了。」說罷，又連連叩頭，催雲鳳速去。

雲鳳依言命沙、咪二人帶路，這次逕由側室出去，裡面兩扇小門，已被逃人由外關閉甚固。沙沙說有辦法，正要繞出去開，雲鳳已用劍朝門縫中斫去，跟著一腳踢開，乃是一條甬道，高才通人。沙沙說左面通著王宮，右面通著外洞。

雲鳳便率二人直奔外洞，盡頭處，也有小門緊閉，破門出去，乃是適才石台的後面。耳聽群小喊殺之聲匯成一片。轉到前面一看，洞中臣民業已聞聲齊集，人數何止數千，正在台下與逆黨交戰，不令逃走，只是不見那為首叛逆一人。雲鳳大喝一聲，群小回顧，見仙人出來，歡呼之聲轟然暴發，震撼全洞。那些叛黨知難逃走，嚇得紛紛擲了弓刀，伏地哀鳴。沙、咪二人跳上石台高處，朝眾小高聲指說。

雲鳳言語不通，料是向臣民說明經過。再看叛逆那一面也不下千人，自沙、咪二人一說，便被王黨臣民收了他們的弓刀，逼向台側空處，分出多人，持兵看守。雲鳳對這些叛黨，也不知怎樣處治。正向小人群中尋覓逆首蹤跡，咪咪走過來連說帶比，意思似說逆首一見仙人無恙，奸謀敗露，業已逃走，無法再去擒捉，須等駝女到來，再作商量的神氣。

便不再搜尋，逕在石台欄桿上坐下，看群小神情，彷佛兒戲。暗忖：「世間的殺伐征逐，治亂興衰，迭為消長，無非為了雞蟲得失，不惜箕豆相煎，到頭來獲得些什麼？不想這彈丸小邦，僬僥細民，也是如此。以彼例此，看起來，還不是和這些小人兒戲一般，真是好笑。」正在沉思，駝女已領著小王、王妃穿著一身黑服，哭喪著臉，幾名護衛抬著受傷次妃，奔了出來。先向台前臣民哭訴，意似自責；然後回身，朝著雲鳳跪拜。

駝女述說了經過，才知小王原是弟兄二人，小王雖然居長，卻是老王次妃所生。老王人甚英明，看小王文武兼備，賢能仁厚，自幼鍾愛，立為太子。不久正妃生子，取名鴉利。有兼人之勇，十幾歲上，便能力舉百斤，縱躍於高崖峻岭之間。只是性情乖戾，貪殘好殺。老王極不喜他，臨終之時，面諭小王和駝女：次子不才，不特不可使當大事，還要嚴加管束；如若犯了大過，更須按著國法公判，不許姑息。

老王死後，鴉利年漸長大，益發橫恣，乃母正妃因之憂鬱而死。鴉利索性嘯聚黨徒，肆意橫行。小王天性友愛，既不忍置之於死，又恐養成大變，想來想去無法，只得命他去至白虎峪，統率流人，以免留在洞中為患。那白虎峪在山陰一面，相隔舊王洞三百餘里，地極荒寒，可是出產甚多。小人洞中犯罪的臣民，只有兩種處治：重罪由小王當眾宣示完了罪狀，如無異議，若有什大功善行，可以折抵，便即賜毒賜刀，令犯罪的人自裁，算是死刑；其次是流放到白虎峪去，年限不等，由他們每日耕織打獵，月納貢物，滿了年限，始許自請寬恕，改過回洞。照例有一個王族的官，率領監督。小人法簡而公，並且極愛同類，犯了罪，多半用的是鞭打之刑。這些流人，差不多都是小人中的敗類，害群之馬。小王原意，統率流人的官兒，非有智有力不可。鴉利去了，必能勝任，縱然處治這些流人難免太過，也是各有應得，豈非以暴制暴，一舉兩全？

誰知鴉利詭計多端，久有謀篡王位之志，聞命正合心意。到任以後，竟和流人沆瀣一氣。流人對小王本來難免怨望，再加鴉利常年蠱惑，暴力與小惠並用，不久都成了他的死黨。他知歷代王朝都得民心，尤以小王為最。一旦有事，全洞臣民俱能捨生赴義，決無反顧。

篡位為千年來的創舉，定非容易。流人雖經自己教練，又加上山陰天時地利的鍛煉，個個筋骨堅強，武勇過人，畢竟人數太少，成不得事。於是借了朝王納貢之便，勾結舊日洞中死黨，命他們暗以利祿招納同類，故意犯了該流的國法，等發遣到了山陰，便成了他的死黨。縱有幾個半途悔悟，想要退出，或是逃歸的，經不起他的防禦周密，捉回去便受盡荼毒，碎體裂膚而死。這一敲山震虎，群流益發畏如鬼神，不敢絲毫違命，再作自拔之想。三五年後，竟招聚了上千的徒黨。

小王命他去時，駝女原再三攔阻，說此行無異放虎歸山，使其同惡相濟。既不忍按國法處治，也應嚴加管束，閒散終身才是。小王終因骨肉情重，違眾行事。後來見洞中臣民犯罪日多，流人更沒有一個悔過求歸的。因有毒蛇之變，遷洞以後，駝女不在身側，雖然啟疑焦思，無人為之劃策，鴉利又做得異常嚴密，禍在肘腋，還未覺察。鴉利本心，最好等駝女和那數百忠勇之士在舊王洞內為毒蛇害死，方行下手，要省事得多。所以時常派遣不怕死的心腹，冒著危險，往舊王洞左近潛伏，打探駝女除蛇消息。

這日正當朝貢之期，行至中途，遇見去人歸報，得著雲鳳在雲中失足，巧誅群蛇的消息。知道駝女起初是無暇及此，毒蛇一去必然回洞，不特小王又有了好幫手，自己諸事掣肘，奸謀難免還要敗露，不由著起急來。與手下逆黨一商議，決計乘駝女初回無備，提早發難。一面命人飛召白虎峪全數逆黨趕到王洞外面，聽候調遣；自己仍借朝貢為名，相機行事。剛達王洞，又聽人說，金果林來了一個妖物，小王帶領千餘兵將，前去驅除。心想：「這倒是個好機會。如果小王為妖物所傷，豈不坐享現成？否則便乘朝賀之便，率領死士入宮，先將他拘禁挾持起來，等過些日，勒逼他禪了位，再行處死。」

暗中部署方定，小王前驅歸報，說昨晚盜御果的並非妖物，就是手誅千蛇的神仙，經駝女趕回認明，受了小王和駝女拜求，已允來王洞暫住，後日便去雪山，為全洞除害等語。鴉利一聽，益發又驚又急。偏巧又有洞中兩個逆黨向他告密，說小王近來對他十分疑忌，便是駝女不歸，也難相容。此次來朝如不早定大計，先發制人，無異送死。鴉利還在疑信參半，一會小王便已先回，吩咐全體臣民用隆禮歡迎神仙。鴉利上前朝拜，小王急匆匆地並未怎樣答理，迥異平時見面那等友愛神氣。更以為逆黨之言不差，暗中咬牙切齒，謀逆之心更急。

小王宴請雲鳳時，白虎峪逆黨也都趕達洞外。鴉利想了想，索性一不作，二不休，趁著仙人與小王還未廝熟，不知洞中實情之時，來個偷天換日，拚個成敗。等小王宴罷，逕自入見，說白虎峪上千流民，經自己數年間宣示王朝德意，恩威並用，業俱翻然改悔，不特化莠為良，而且練成了勁旅。因想使兄王喜歡，所以一直沒命他們上書悔過，零散來歸。今乘朝貢之期，全數來此投效，擬以死力效忠王朝。等三日後，親率他們，去往雪山，與妖人決一死戰。

不想到此，方知天降神仙，已經應允為王除害。雖是天降洪福，只是這些流人至誠，不宜辜負，擬請兄王特乘盛典，召入內廷朝覲，使其自陳前非，洗心革面，為王效死。這一套花言巧語，果然將小王打動。平日會見臣民，都在外層洞中石台之上，除非骨肉宗親、軍國重臣，或是特降殊恩，不得輕入內洞。小王因全洞臣民，連有職務散處在洞外的不過萬數。這幾年犯罪日多，流徙在山陰白虎峪去的竟逾千人，常時想起，不免內疚。忽然聽說全數悔過來投，不由喜出望外，立時傳命，吩咐守洞將士放群流入洞，由鴉利率領，直入內廷朝見。鴉利奸謀得售，自是心喜而去。

此時駝女隨侍雲鳳，不在前面，無人勸阻，小王一些也沒有覺察奸謀。次妃人最賢能機警，深知鴉利狼子野心，言不可信。又見他說話時眼光不定，滿臉奸狡之容，甚覺可疑，只是當時不便陳說。鴉利一走，便請小王改在外洞相見，以防有詐。小王不肯，說本朝近千年來，從無一個敢為叛逆，而且深受全民愛戴，洞中臣民將要近萬，他只有千餘流人，除非至愚，即使有心作亂，決無能成之理，也決無如此膽大妄為之人。自己為全洞元首，言出必行，豈能隨便更易，使流人灰心，以為不信？

正妃聽次妃一諫，也覺其中有詐，幫同力勸，即使不便更改，也應多召護衛之士，以備萬一。小王仍是不肯。二妃無法，只得力請小王，就在原坐之處召見，命流人分班入內，不要因其人多，出廷相見。小王強不過兩個愛妃，只得答應了。原來小人最懼外患，洞宮室內俱製造有隱密暗道，恐一旦有變，立時可以逃走藏匿起來。

不一會，便聽群流進洞，嘩噪之聲甚是嘈雜，全不似往日臣民覲見敬肅之象。小王夫妻剛一皺眉頭，便聽內洞石門關閉之聲。小王方始動疑，正要起立出問，正妃素來力大，忙一把將小王拉住道：「鴉利素來悖謬，先王早有遺命，王雖神勇，應以宗社臣民為念，萬不可以身試驗，且看次妃宣諭之後，相機應付為是。」

這時小王原因鴉利初回，打算先見了他，再往外洞石台，補行晨間朝會。平時除了集群外出遊獵，或是遇見什麼王朝要政盛典，才有儀仗音樂。像適才迎仙之類，洞中燕居朝會，只是有八名輪值的侍衛，本就不多。這時身在內廷，僅有幾個隨侍的宮女。執戈衛士，只沙沙、咪咪二人，還是因為仙人垂青，不久就攜帶同行，適才宴會時，在外侍命，小王又有事問他們，才召在身側沒有退去的。二妃俱都會武，一旦覺出情形不對，正妃攔阻小王出外，次妃早率沙、咪二人奔向門外。一眼看到鴉利和上千流人俱都弓上弦，刀出鞘，閉了二門，蜂擁而來，益知狼已入室。外面雖有許多忠勇臣民，宮廷阻隔，消息難通，也是枉然。剛高聲大喝道：「我有王命，爾等去了弓刀，由王弟率領，分班入見。」言還未了，鴉利早喝一聲：「將她綁了！」

沙沙有個兄長，名叫利利，也是叛眾之一，甚是武勇。以前曾充過廷衛，與咪咪交好。因罪被流山陰，頗得鴉利寵愛。見沙、咪二人站在次妃身側同出，意欲救他們，便乘擒捉次妃之際，搶步上前，丟了一個眼色與沙、咪二人，大喝道：「王弟親率山陰全數臣民來即王位，宮外要口俱已佔領，臣民已降伏，你二人還不急速過來投降，同享富貴麼？」

這時次妃正拿防身佩刀，攔門一站，準備與逆黨拚死。一面用手向後連揮，示意正妃保住小王，速出室中暗遁逃走。眾逆黨正喊殺上前，沙、咪二人也將弓刀舉起，待要效忠王室，一聞利利之言，又見賊勢甚盛，暗忖：「徒死無益，何不假裝投降，乘機混到鴉利身旁，將他刺死，豈不是奇功一件？」想到這裡，頓生急智，雙雙不約而同，將弓刀高舉過頂，跑入逆黨陣中。利利忙將二人接住，吩咐站在一旁稍候。

次妃寡不敵眾，不多一會，便被逆黨擄去，擁入內廷一看，小王、正妃俱都不知去向。鴉利忙問次妃，次妃只是戟指怒罵，不肯說出。再喚沙、咪二人來問，沙、咪二人答是小王降旨以後，正妃看出王弟有詐，早勸著小王一同往後走去，當時不許人跟，只命次妃在室外觀察動靜，執意延宕，以作緩兵之計，看神氣也許到新來仙人那裡去了。

當初駝女為小王秘製全洞機括暗道時，除全體臣民避外患的幾個所在，凡是宮裡頭的，都留了一番心，沒讓鴉利知道，早防萬一生變，身在遠處，不能兼顧。鴉利聞言，心中並未疑及室中另有出路。因提起仙人，想起駝女還在那裡，此人如不迫其歸順，縱把小王擒住，也不能濟事。

當下使命眾逆黨將次妃押往僻靜之處，少時拷問。又命人將內廷門戶緊閉，不許人進。自己匆匆帶了利利等幾個主要心腹，奔往內廷偏殿。探頭一看，仙人正在閉目打坐，身後面寶劍隱隱放光，懾於傳言，不敢妄動。悄悄站在門外，比手勢將駝女引到院中，說是小王相召。

駝女說：「仙人有諭，不能擅離，請轉陳小王，少時自去。」言還未了，鴉利舉手一個暗號，群小已一擁上前，將駝女扳倒，口裡塞了東西，連聲也未容出，便被捆起。餘下兩名執役少女，也被引出擒走。鴉利又看了看，仙人仍是端坐不覺，心喜未被覺察，只要駝女一歸順，必可成功。知道駝女居室最是僻靜，又有許多出路和甬道可通內外，有事時呼應靈便。便命人一面大搜宮中，緊守各處出口，以防小王逃出來救。一面將駝女、次妃一同押往駝女居室，先將駝女按坐在榻上，倒地便拜。說自己是先王嫡室所生，本該繼承王位，誰知先王次妃進讒，庶兄嗣立以後，不念手足親情，屢對自己屈辱，又貶往山陰荒寒之區，歲貢朝貢，已歷數年，與流人無異。並且濫施刑罰，罪及無辜，不殺即流，近年罪人之多，歷代所無。

今得群流擁戴，臣民歸心，意欲廢昏立明。誰知發難之際，偏值仙人到來。雖然雪山除妖，為國之福，但是她得前王先見，頃刻易主，難免生疑，如有阻滯，無人能敵。你能解得仙語，如果投順相助，擒到小王，再對仙人去說：前王現因犯了國法，自己閉宮悔過，要幾個月不見賓客，洞中臣民現已交由王弟代為執掌。只瞞過幾天，等她除妖後自去，然後對臣民宣示，說是毒蛇與雪山妖人，俱是先王不德所致。今者天降大神，代為除去，並有天帝仙旨，廢王而立自己。事成之後，不但永遠尊為國之上賓，凡有所欲，無不惟命。

駝女蒙老王救命優禮之恩，又受託孤之重，自然不從，先曉以忠孝大義，繼以大罵。鴉利大怒，便改了主意，打算勒逼小王。又恐仙人打坐回醒，不見駝女，身邊無人與她支吾，諸多不利。當下一發狠心，聽小王說仙人好酒，反正駝女不降，仙人不為己用，能將她醉死更好。否則洞中藥酒，自己曾經用猴子來試過，只灌下點滴，一會便昏沉醉倒，身輕如棉，要十天半月，方能醒轉，有一次竟是死去。仙人酒量雖勝過常人千倍，一大葫蘆酒，最不濟總得醉臥三日。那時再看情勢如何，好便留她，不好連她一起害死。那仙人不過生得長大多力，來時也是步行，還不如雪山妖人能駕風雲來往，弄巧還許是和駝女同種的大人，害死她也未必會出什變故。主意打定，一面佈置逆黨，出前洞去劫殺重臣；一面派了兩名心腹，將一大葫蘆用毒草千日紅製成的藥酒，裝作侍役，前往內宮偏殿，等仙人醒來，進了上去。跟著自己再拷打駝女、王妃，追問小王、正妃的下落。

派遣之際，逆黨中的利利見事成在即，急於想令沙、咪二人建功，便對鴉利說，仙人言語不通，醒來見駝女不在，只是有兩個面生之人，難免生疑。仙人頗喜沙、咪二人，曾欲攜帶回山，可命他二人同往，勸她飲用，併力保其無他。

正說之間，駝女早見沙、咪二人雖然從賊，站在群逆身後眼望自己，甚是惶急，幾次互相按刀，大有刺賊之意，知二人平時忠義，投降必有深心。此時局勢，只要仙人一到，立刻撥亂反正，正巴不得有人與雲鳳通個消息。一聞利利之言，偷偷先朝沙、咪二人使了個眼色，然後指定他二人大罵。沙、咪二人會意，也報了幾句惡聲，裝作氣憤，上前跪稟，要求鴉利拷打駝女。鴉利本信利利之言，再見二人做作，益發放心，不特命他二人隨往，還賜了兩人一把毒刀、三枝毒箭，准其與隨去心腹，便宜行事。

四人到了偏殿，又等了一會，好容易等到雲鳳醒轉。沙、咪二人因同去二人乃鴉利手下第一等勇士，萬非敵手，自己和仙人言語不通，惟恐壞事。見雲鳳已端酒欲飲，只偷偷扯了一下衣角。雲鳳竟未理會，酒已喝了下去。二人知此酒點滴必醉，一見雲鳳並未醉倒，哪知事前吃了異果之功，還以為仙人不怕此酒，心中大喜。只顧籌思，如何能使雲鳳知道那來的二人是叛逆，雲鳳已連飲了好多杯。

沙沙猛一抬頭，見雲鳳雖然不曾醉倒，玉靨已是通紅，與常人醉倒之前無異，這才大驚，二次又用手連扯雲鳳衣角示警。雲鳳剛在生疑，人已昏沉欲眠。同時兩名逆黨也自看破，望他二人冷笑。

二人知道危機頃刻，雲鳳不醉還可，只一醉倒，自己首先沒命。一時情急，互相以目示意，乘二逆注視仙人得意洋洋之際，猛地張弓，照準捧藥酒的一個當胸就是一箭，一逆應聲而倒。另一個持盥具的雖然武勇，手裡拿著東西，見同伴受傷倒地，並加仙人在前，到底有些畏懼，急切間還沒拔出刀來，沙、咪二人已同時縱出一齊動手，將他擒住綁起。回看仙人，雖未醉死，已是口噤身軟，不能言動。二人知道殺了兩個逆黨，仙人萬一醉倒，再被鴉利手下看見，必遭暗殺。張皇無計中，猛想起早晨隨仙人入洞時，曾見她囊內藏了兩枚金果，現在中了酒毒，看去本人已不能動，何不代她取出一試？

原來雲鳳昨晚所採的大枇杷，乃小人王室禁果。每隔三年，方一成熟，比起尋常枇杷，大出十倍。不特明目生精，輕身益氣，而且專解百毒，尤其是解那毒酒的聖藥。只是此果僅有一株，結實不多，又不能貯藏，每當樹頭採果之時，小人傾洞而出，視為盛典。當日由當王的採了頭一枚，朝天供完列祖列宗之後，然後同享。因為數目太少，多時總共不過百十個，除王室尊貴和秉政有功之臣、國賓駝女等十來個人，各得分啖一枚半枚外，餘者用一個絕大的石缸貯了清泉，將果連皮一齊搗成漿，和入水內，分給全體臣民同飲。這些小人個個目明身輕，得此果之益不少。雲鳳來時，偏值此果三年成熟之期，否則持久藥性發作，任是平時練過仙家內功，服過靈藥，也須醉死多日，始能醒轉了。

沙、咪二人深知此果功用，一經想到，便慌不迭地，居然將那枚大枇杷找將出來，強塞在雲鳳嘴裡，解救復原。又一同尋到駝女，她和次妃已被鴉利毒打得遍身傷痕。駝女請雲鳳往外洞平亂，自己將次妃扶起，忍痛挨向側室，一按壁上機括，一陣隆隆之聲，一塊五尺見方的大石便倒翻下來，現出下面台階。地下原有天生石洞，又經駝女相度形勢，安上機括，使其與各處相通，並有專人看守。走人暗道不遠，便見一個衛士跑來，才知適才變起，小王還要親出宣示。正妃見次妃連連擺手示意，逆黨聲勢囂張，知道出必無幸，連忙諫止，強拉小王潛入暗道。

地底看守的衛士因為成年無事，還是以前駝女再三勸說，才設了四名，按時輪值。小王尋了好遠，才尋著人。先命一個從密徑抄向前面，告知全洞臣民，入宮平亂。去了一會，猛想起駝女隨侍仙人，現在後宮偏殿，不知是否得著叛眾信息，如得為助，豈不立時可以無事?便命一個衛士速往送信。那地底廣闊，與上層石洞相差無幾。那衛士新補不久，本來生疏，路途又多而曲折，未免更耽延了些時候。及至尋到地頭，上去一看，地下死著兩人，仙人和駝女俱不知去向，只得回報。小王又命他往駝女室中探視，中途相遇，助駝女扶了次妃，見著小王，說起仙人，已得信前去平亂。小王又驚又喜，知道仙人一出，鴉利死難不免。雖然骨肉情重，這顛覆宗室之罪，照國中刑典，決說不出寬赦的話。心中只盼鴉利能見機逃去才好。匆匆同駝女、二妃走向前洞。

先時外洞臣民因鴉利率了上千流民，奉召入宮，半晌不見出來，又見內廷洞門緊閉，早就起了疑心。內中有幾個謀國公忠的大臣，便帶人前往叩宮見王，中門進不去，便由間道闖入，遇著鴉利手下逆黨，正在防守，便打將起來。全洞臣民益知出了大變，喊殺連天，一擁而上。逆黨也都成群出戰。兩下剛一動手，小王派出傳信的衛士已到。同時鴉利也被雲鳳嚇住，知道事不可為，乘忙亂中，帶了手下數十名死黨半溜半殺，出了王洞，逕往山陰深谷之中逃去。

等小王到達，雲鳳已率沙、咪二人將亂事平定。接著外洞口防守的人來報，鴉利逃走。小王向眾宣示，查點雙方死傷，幸而亂事旋起旋平，死亡還不多。小王定日告廟自責。然後請駝女轉代請示仙人，如何處治。雲鳳懶得管這等形同兒戲的事，推說自己不明小人國法，不便為謀。

駝女連請不允，便對小王說：「叛眾上千，脅從受愚者必多。莫如先行綁禁，再派出公正大臣，審問議罪。暫時先顧待承仙人，以備後日除妖之害為重。只是鴉利不除，不但留下隱患，也無以對先王和臣民，務要此時派遣勁旅，前往搜捕正法為是。」

小王說他窮途逃亡，決不敢再回山陰。逃走已久，此時派人追搜，恐難尋到。不如容他多活些日，等除妖以後，打探躲在什麼地方，派人前往，一舉成擒，較為穩妥。駝女連說兩三次，終是不忍，只管設辭推托。小王一時婦人之仁，以致後來鬧出絕大亂子，如非沙、咪二人相隨雲鳳學成劍術，回洞省王，二次為他平亂，幾乎全洞臣民俱遭毒手。此是後話不提。

變亂敉平以後，全洞臣民更把雲鳳奉若天神。小王還有好幾處外藩，俱是有功多能之臣，奉命在外闢地耕植山糧野籟，不久也都得信趕來勤王。洞中添了兩三千臣民，熙來攘往，慶王無恙。小王又趁內外臣民咸集之際，告廟自責，與民更始，越顯熱鬧非常。不過小王對於叛王之弟鴉利，雖按國法論了大罪，仍沒派兵搜拿的話。駝女一說，王便流淚痛哭。駝女和眾大臣不願過於傷他心。好在鴉利只帶了數十個死黨逃走，連山陰殘餘之眾不足百人。經此一來，人民對他格外唾棄，決不致再同流合污。天奪其魄，早晚自斃，料他造不出多大的反，只得暫時擱起不提。只請小王將受擒的叛黨分別首從治罪，擇尤處刑，以彰國紀，而做將來。

小王又說：「都是臣民，決不叛我，不過受了王弟挾制，脅從為亂罷了。只要肯洗心革面，何必再究既往？」駝女力爭未得，結果由小王召集叛眾，宣諭王室德意，令其改過自新，並將他們分別發往各藩屬，相隨耕植效力，日後論功贖罪。那些藩屬大半都是駝女門下，忠心耿耿，同仇敵愾之心甚盛。先見小王不肯治那叛逆之罪，都覺不服，聞命以後，好生心喜。叛逆知道不會有好待承，自然是垂頭喪氣，不發一言。

雲鳳見小王卻也英武，只是一面故示仁慈，沽恩示德；一面又不放心把豺狼之眾留在肘腋，卻把他們分給外藩效力。告廟自責雖是祖宗以來成例，畢竟自己無過，何必多此一舉？崇善殫怒，國有明刑，身為一族之長，只賞功而不罰罪，不特民無畏心，大逆尚可倖免，何況小非。異日必致功過不能並立，人皆不計叢愆積惡，滴石鋸木，蔚為大患。法乃舉族之法，尊卑同凜，豈當位者所得而私，如何可以這等做法？想不到山陬僬僥之民，也有這許多做作，越想越忍不住要發笑。

等諸事就緒，小王重又大設盛宴，款待仙人。沙、咪二人救駕有功，又將隨仙人同往，益發簡在王心，早隨眾論功，封了爵位。沙沙的兄長利利，本來可獨邀恩免，不致隨藩歸耕，受那活罪，怎奈已隨王弟逃去，不便追尋，也就罷了。宴後，仍由駝女、沙、咪三人隨侍仙人。當日無話。

到了第二日深夜，第三日天未明以前，小王遵仙人之囑，仍將各種貢獻妖人的果品之物分別備好，送往歷來妖人接受貢品的高崖平石之上擺好，一些不露聲色。雲鳳持著仙劍、飛針，算準妖人將來以前，潛伏在側，相候對敵除害，以備萬一不濟，作為自己路過，並非小王請來，免得畫虎不成，反為小人族釀出大害。一切停當，行前，雲鳳又虔誠向天默祝，請曾祖姑垂佑相助，救此無辜細人。這兩日沙、咪二人已請駝女將歧舌用剪修圓，敷了洞中特產止血住痛靈藥，漸能通詞達意。為示心誠，自請願扮作祭品，雖死無憾。雲鳳原不捨他兩個去供犧牲，後一想，如非妖人之敵，不特祭壇上一些小人的命保不住，連自己也未必能以倖免，又加二人堅持要去，只得允了。一行到達峰前，將沙、咪等做貢祭的活小人與洗剝乾淨的牲口和山果如式排好。小王焚香告祭已畢，便和駝女率眾臣民，含淚退往峰側隱秘之處，潛觀候信。

這時銀河耿耿，殘月在天，四無人聲，甚是幽靜。雲鳳本人藏在祭壇側一株大樹後面，裝作倚幹假寐。早連說帶比，教了沙、咪二人，妖人來時，如何應付，誘他入伏，去時比往常提早了些。

雲鳳等了一會，還沒響動。仰望青空雲淨，流光下照，山原林木，如被銀裝，四圍風景清麗如繪。妖人來路雪山一面，月光中看去，仍如煙籠霧約，上接雲衢，看不見頂。只近雲高處，積雪皚皚，與月爭輝，是否上面可通白陽崖，尚無把握，不禁又焦急起來，哪還有心腸再流賞風華。正在愁煩，忽聽遠遠一陣尖銳的風聲，從雪山上吹來。咪咪忙跑過來用手比畫，意思似說妖人將至，請雲鳳早為戒備。雲鳳雖作色命他速回原處，免被妖人看破行藏，初臨大敵，心中也未免怦怦跳動。

似這樣過有半個時辰，雪山捲起一團濃霧，風沙滾滾旋轉不休，往上一起，又落下去。起落三次之後，倏地似拋球一般升起，在空中一個大旋轉，便往祭壇這一面飆輪急轉飛來。霧影中隱隱有青黃二色光華掣動，不時發出尖銳淒厲之聲。片刻工夫，已離峰頭不遠，眼看到達。忽然叭的一聲，煙霧一齊爆散，從中現出一個妖人，直往祭壇前面飛落。

雲鳳見那妖人是個道裝打扮，身材傴僂，大頭細頸，尖眼碧瞳，濃眉凹臉，缺口掀唇。頂上戴著一個金箍，亂髮如繩，披拂齊肩，中間還雜著一串串的紙錢和黃麻條。一手拖著兩個丈許長的大麻布袋；一手拿著一件似槊非槊，長約五尺的奇怪兵器。除尺許長的柄外，槊頭上插著許多三尖五刃的小叉。適才所見青黃光華，便從槊頭上發出。真個生相凶惡，醜怪無比。一落地，便將頭一個口袋的底一抖，那布袋立時和打了氣一般膨脹開來，斜擱在祭壇側面。然後坐定，抓起果子便吃，壇上群小見他到來，紛紛伏倒跪拜。

妖人將手一指口袋，群小便爭先恐後地把壇上許多貢品捧的捧，抬的抬，一齊放入口袋裡面，意若獻媚。獨沙、咪二人在旁不動，裝作害怕神氣。妖人因小人性靈，歷來受享時，都有幾個希意承旨，故意捨生取媚，為國求福，搶著代裝東西的，並且這兩年都留下過幾個，見群小動手時，雖比以前踴躍得多，先也沒有在意。正吃得高興，忽見內中兩個比較精壯的小人，竟自袖手一旁，神氣畏葸，幾次欲前又卻，頗似有什話要說之態，厲聲喝道：「你這兩個小孽畜，難道此時害怕，就有用麼？做這膿包樣兒，有什麼用處？」

雲鳳聽妖人說話口音，頗似閩南一帶，聲如梟鳥，甚是刺耳。知沙、咪二人快要引他入伏，算計妖人既能騰虛飛行，必然精於邪術，憑真打恐非敵手。自己雖然幾次祝告五姑垂佑，至今尚無跡兆。身在險地，一個不敵，不特自身難保，還要累及上萬眾生，不能不慎重一些，先發制人。仙劍光華燦爛，難於暗用，只有飛針最妥。剛在沉思，等和妖人一對面，先放飛針，再拔出寶劍防身時，那沙、咪二人已裝作戰兢兢的，對著妖人朝旁側不遠的一株盤松之後連比帶指。雲鳳藏身地方絕佳，一塊危石上，一株合抱古松盤旋如龍，下垂貼地，全身俱被松、石遮住，除了有人抄向石後，便在空中下望也看不到。

妖人見兩小直打手勢，心中起了疑心，不由立起身來，往那石後走去。兩小光指著前路，又裝作膽怯後退之狀。妖人不耐，將身一縱，便飛落松、石後面。剛一落地，還未看清人影，雲鳳早悄沒聲地一揚手，把飛針打將出去，立時便是一溜火光，朝妖人迎面打到，妖人也是自信過深，以為區區小人，還會有什伎倆，萬沒料到有人潛伏，一時粗心大意。落處相隔雲鳳不過數尺遠近，遽出不意，猛見一梭形的火光飛來，連忙騰身躲避，已是無及，一下正打中在左半邊臉上。雲鳳更是矯捷無比，飛針剛一發出去，緊接著腳底下一點勁，一個龍項探珠之勢，飛身直上，就勢一劍，朝妖人頸間刺去。

妖人剛被火光打中，奇痛驚忙中，知道遇見正派中的能手，稍不見機，決難活命，縱有一身邪法，也顧不得行使。身受重傷，逃命心切，慌不迭地一縱遁光，望空便起。同時雲鳳的劍已經刺到，見妖人要逃，立時一變招，化成一個銀龍舞爪之式，反手一劍，將妖人一隻左手齊腕斷落。只聽「呀」的一聲慘嘯，一道青黃光華挾著一團煙霧，如飛破空逃去。

雲鳳機警，知道不能騰空追趕，恐為人小招怨貽禍，便指著天空大喝道：「我乃白髮龍女崔五姑門下弟子凌雲鳳，雲遊過此，見你荼毒生靈，稍示薄儆，未肯窮追。再不悛改，使用飛劍取你首級了。」

說完，算計妖人必然聽見。過去祭壇一看，壇上兩個麻布口袋還遺在那裡。群小正伏地跪拜，歡呼不止。雲鳳命將內中祭品倒出，放起飛針，用火去燒，奇腥之味，中人欲嘔，一會成了灰燼。

雲鳳不耐久停，妖人負傷逃去，雖未就戮，可是自己也無法尋蹤。見天色已明，正打上路主意，回顧兩側，沙、咪二人不在，正要尋覓。忽聽崖下群小歡呼，聲如潮湧。低頭一看，沙、咪二人已去送了喜訊，小王、駝女率了眾臣民，正歡呼蜂擁而來，不一會，便到崖上。雲鳳告別欲行。小王因妖人未死，恐雲鳳走後尋來報仇，全族生靈無有噍類，率眾跪哭，再三堅留，仍請除了害再去。雲鳳心急回山，自然不肯，再三設辭譬說，已經警告妖人，況且妖人只知自己路過仗義，決不敢再來，也不會遷怒洩憤。小王等終是不聽，一同跪伏在雲鳳身前，痛哭不止。雲鳳心慈，也覺不忍，想了想，只得答應再留一日，如明晨妖人不來，便自己帶了沙、咪二人，命一個以前去過的小人領路，前往雪山之上尋找。找到時，當代小王斬草除根；否則妖人必然負傷身死。自己也就此尋路上山，回轉仙府，不再回來。小王、駝女知難堅留，只得允了。

當下又轉回小王洞內，歡聚了一日。半夜，又照前去往崖側潛伏，候至日中，沒有動靜。雲鳳二次告別。小王知雲鳳愛吃金果，早命人採了十枚。又由駝女指點，代雲鳳備好乾糧果品，外有四粒夜明珠，一齊獻上。雲鳳早就推辭過，不收謝禮。見是一些吃食及合用的東西，略微謙謝，也就收了。沙、咪二人，小王論功酬勞，也各賜了一些國寶，以代封賞。當下雲鳳便帶了沙、咪二人和一名小嚮導叫做尼尼的，一同別了小王、駝女等人，乘白天往雪山進發。仗著三小人都是久慣出行，身輕體健，捷逾猿猱，一路奔馳，走到未申之交，便到了雪山腳底。

這一路的地形，是越往前越高。雲鳳見高山前橫，先以為便到了雪山腳下。及至身臨切近，抬頭一看，雲霧瀰漫中，僅依稀看得見山頂。不禁大為失望，停了步坐在山下，呆呆地望著天空，半晌做聲不得。咪咪見雲鳳面有憂色，當是行路饑疲，便和沙沙將帶的乾糧果品取出獻上，雲鳳無心食用，隨便分了一些與三個小人。想起那日一朝失足，便隔仙凡，好容易盼著一點途徑，誰知走到近前，依然和別的山頭一般。仰望蒼穹萬丈，無可躋攀，越想越難受，一陣傷心，幾乎落下淚來，感傷了一陣。沙、咪等三小已將分給的糧果吃完，來請上路。

雲鳳暗忖：「自己平時目力頗能及遠，墜落時雖在風雨之際，因恐受傷，曾提起真氣，穩住身子下落，並非隨風飄蕩，決不致被風吹刮出老遠去。事後細細查看四外山形，只雪山這一面，不特方向風頭都對，而且雪封霧鎖，高矗雲際，定是仙山根腳無疑。如今變成幻想，目力所及，已無再高之山可以指望。如非福薄命淺，以致曠世仙緣得而復失；便是叔曾祖母賜了仙劍、飛針，知道自己把白陽真人洞壁遺圖練得有些門徑，特意故弄玄虛，使自己下山積修外功，磨煉一番，等日後機緣到時，二次再來渡化也說不定。昨早妖人逃去，尚未伏誅，何不趁此時機，尋上門去，為上萬生靈除害，豈不也是一件功德？」想到這裡，把先前許多愁煩，減去了好些，立時喊住三小，問妖人怎生起源，巢穴何在。

小人本來心靈，沙、咪二人自經駝女把歧舌剪圓，敷了洞中靈藥之後，連日夜地相從勤學，已能通詞學語。聞聲略詢尼尼幾句，便朝雲鳳連比帶說道：「尼尼說妖人實在巢穴，無人知曉。不過群小未受他害時，曾有數十小人奉了王命，前往雪山高處採雪蓮冰菊，來給全洞的人配那解毒聖藥，歸途在一處冰崖下面，看見他在一個凍冰築成，裡外透明的大茅篷裡面，閉目打坐。面前有好幾灘鮮血，大小參差，插著許多旗旛，均有五色煙霧圍繞。彼時眾小人除駝女外，尚是第一次看到這般大人，見他生相醜惡，周身常有電光閃動，疑是山神，沒敢驚動，只悄悄朝他叩拜，逕自跑回。

「跟小王和駝女一說，駝女說那大人定非善類，就是神，也是凶神惡煞。好在雪蓮冰菊，業已採回不少，足敷數年之用。再三告誡大家，不要前去招惹。萬一無心相遇，急速覓地藏起，休要被他看見，鬧出大禍。過沒一個月，也是該萬死的鴉利，因聽去的人說那大人身旁異寶甚多，又問出大人坐在那裡如死去一般，冰房當門一面全沒遮攔，一時動了貪心。藉著採糧行獵為名，帶了百十人出洞，行離雪山還有一多半路，假說恐驚大人，不能再進，把隨去的人支開埋伏。他裝作去引那山羊野兔出來，以便合圍，暗中卻帶了四名心腹，前往雪山盜寶。

「他為人雖是凶暴，心卻奸狡已極，尋到那裡，並不敢以身試險。只教兩名心腹先進去；餘下兩名伏在後面，準備放那毒箭，帶接東西；自己藏在一個極隱秘的雪窟窿裡，觀看動靜。遙望兩名心腹走到冰房前面，大人毫未覺察，寶物近在咫尺，還不手到拿來。誰知那兩名心腹才一踏進冰房門口，那大人倏地兩隻三角眼和電光一樣，放出綠森森的亮光，睜開來閃了兩閃，也沒見他起身來捉，只把大手一指，幡上一溜黃煙放起，兩名心腹便已跌倒。

「後面兩名心腹，一個便是沙沙的兄長利利，比較狡猾，見勢不佳，首先撥轉頭，不顧命地連滾帶爬，往回路逃走；另一個還不知死活，跑上前對準大人，張弓便射，一氣放了好幾箭，眼看射到大人身上，都化成灰煙而散。這才覺出不妙，再想逃躲，哪得能夠。

跑還沒到崖口，被那大人站起身來，慢騰騰走出冰房，只把手一招，便已飛了回去。抓在他手上，細看了看，怪笑了幾聲，一口咬向那心腹的頸上，把血吸盡，一陣聲哭喊，不能走動。那大人又閉目打坐，鴉利才偷偷逃了回來。這事除鴉利外，前幾年並無人知。雖死了三個，好在小人走單時，常有為鳥獸傷害的事，鴉利推說路上為大鳥抓去，利利又是他的死黨，更不會人前提起。

「誰知這一來，闖了大禍，不久妖人便尋上門來。還算好，他並不以人為食。又因有幾樣貢品是藥草，他不易尋覓。來的那日，恰好小王正率臣民在崖頂空地上煮藥，被他看見。經駝女再三傳話苦求，才答應每年只來兩次，一次人多，一次人少，貢獻他精壯年輕的小人二十一名，再加各種應時山果，和那深藏山腹之中的惜惜草等靈藥，才保得一年平安，不來隨便傷害。後來王弟鴉利被放山陰，利利故犯法條，隨後跟去，行時對沙沙說出實話，才知這禍是他們闖的。

「計算起來，人已死得多了。末一次採雪蓮冰菊時，尼尼曾在場親眼見過妖人，雖然事隔多年，那所冰屋還能記得。不過這座雪山，大人叫它著茫山，異常廣大高深。現時已到山腳，莫說上到高處，便是離那妖人住的冰屋，還有二百多里的上下山路呢。鴉利腿快力大，那年從冰屋逃回，一口氣走了一日夜，才到原打獵的所在。因為吃了這場虧，所以他造反時，明明見大仙閉著眼睛坐在殿裡，卻不敢亂動。我們此時要去，還得翻山過去，才能望到冰屋的峰上。就照這般走法，至快也要跑三個時辰，到了那裡，已是半夜了。」

雲鳳聽出言中大意，自己僅仗一劍一針，妖人必會邪法。昨日得勝，乃是出其不意，事有僥倖。深夜趕到，正可乘其入睡時，暗中下手，豈不比白日對敵還要強些？想到這裡，便催三小起身，先行往山上走去。半山以上，便有積雪，越往高，雪益厚。快到山頂的十來里路，冰雪受了白天陽光融化，入晚凍結，冰雪融成一片，冰壁參天，雲凍風寒。加上道路崎嶇轉折，甚是曲迴，剛剛猱升百丈，倏又一落平川，真個難走已極。山高只三十多里，竟走出兩三倍的途程，才行到頂。

雲鳳見上面很為平廣。時間業已子夜，三小雖然歡呼，俱都顯出疲乏之狀。離妖人所住的冰屋，還有一多半的路，不得不歇息一下。便命咪咪和尼尼說，擇一避風所在，吃點乾糧果子，歇一歇腳後再走。

咪咪欣然稟道：「今日因有大仙一路，膽壯高興，要快得多，這就快到了，大仙如是不用飲食，我們到了再吃吧。」

雲鳳驚問：「路才半途，怎說快到？」

沙沙接口答道：「路雖只走了一半，因是上山艱難，下山容易。尼尼記得地頭，不消多時，便可到達了。」雲鳳不便再問，便隨三小，迎著寒風，順山頂往側走去。

三小本來矯捷，這一上到山頂堅冰之上，走起路來，更是迅速非常。他們並不在冰上跑，各從所背行囊內取出一副形如半船，長約尺許，精鐵製成的套子，將雙足踏在裡面，兩足往冰上用力一蹬，便飛也似往前滑去，迅疾如箭駛，拿雲鳳的腳力，也不過剛剛跟上。一會到了一個所在，雪光中望去，別處山徑都是冰壁雪嶺，巉崖峭壁，獨這一面是個斜坡。雖然相隔地面太深，半山以下沒有冰雪映照，又有暗雲低浮，望不到底，看那形勢，卻是一溜坡下去的。

沙沙說他三人準備踏著那套子，往山下溜去，頃刻便到。雲鳳說是太險，萬一近底處遇有危石阻攔，定然沒命。三小以為雲鳳因了他們，不肯騰雲。力說平日均已熟練，在亡國以前便學會這等下山之法，不過前人用來荒嬉，如今卻濟了實用等語。

雲鳳見三小甚是自負，只得罷了。暗忖：「自己枉被稱為神仙，如若落在三小後面，豈非笑話？」

這等下山之法，又未習過，不敢輕易嘗試；加了愛憐三小，更恐他們先到，遭了妖人毒手。方在為難，猛想起自己從雲空墜落，尚還無害，適才見有一面是個垂直往下的峭壁，何不由此提著真氣，縱了下去？於是說：「你們既堅持要下，可放小心些。我自由上面緩落吧。」

三小領命，各自覓路，先行滑下，絲絲兩三聲響過，每個小影子真如彈丸走板，流星飛渡，晃眼工夫，沒入薄霧之中。雲鳳也跟著跑向來路，尋到那一處峭壁，料可直下無阻。施展白陽洞壁上悟出的內家真功，站在崖口，雙足先用力一蹬，平飛縱出去二十多丈遠近。然後將氣平勻，兩手平分，往下飛落。這次不比上次雲中失足，先就有了準備，絲毫也不驚慌，預計從空下落，也須片刻工夫，便在空中縱目瀏覽。才一起步，便見側面有一座山，比這一面要大得多。當時也未想到別的，只聽耳旁寒風呼呼，冷氣侵人。下到一半，冰雪已稀，眼前眼側的林木花草，奇峰怪石，似卷軸一般，電轉雲生，往上飛去。知道離地不遠，忙把真氣一提。低頭看那落腳之處，乃是一條谷徑。

崖上這一縱，恰好不遠不近，正落在谷徑當中。兩崖路旁，合抱參天的古樹，和那徑尺粗細的老藤，不知多少。有了上次遇見怪蛇的前車之鑒，自知無妨，便不打算再三攀附。眼看離地只有七八尺，一口真氣一緩下墜之勢，倏地在空中一個大翻轉過去，化成一個風捲落花之勢，逕朝平地上側面而下。等到足尖著地，身子站穩，竟和低處縱落一樣，連頭眼都不覺昏暈，不禁大喜。

心想：「這仙家內功，怎這般玄妙？要是上升也如此容易，豈不是好？」細一端詳上下方向，小人滑落之處還在前側面。聽沙沙說，他們滑落到了無雪之處，還得另換方法，尚有一些耽擱。雖然決無她下縱得快，到底他們人小力微，不甚放心，無暇瀏覽谷中景致，逕自出谷，順右側山麓，往三小滑落的一面尋去。

第五章　飛劍斬虺

雲鳳和三小起步之處，相隔原不過里許遠近。空中的風寒而不猛，並未將人吹向別處。這時的雲鳳腳程目力迥勝往常，原不難頃刻找到，剛往前跑出沒有半里，便見兩個小人在前行走。雲鳳當他們已然及地，竟和自己下落之時不相上下。妖巢密邇，恐有警覺，未便出聲遙喚。

正待追將過去，忽又想起，三個小人怎剩兩個？如說有一人受傷，行路不該如此從容；再者，走的又是相反的道路，他們路熟，不應如此。再一細看那小人衣著，雖和沙、咪等三人相差不多，背上卻未背著行囊，一個手上還提著一個小籃，裡面好似裝有花果之類，越看越覺不是。

猛想起這些年，妖人曾強索去許多小人，莫非留了一些，供他役使，沒有全數傷害，故爾在此出現？乍見生人，難免驚竄。好在彼此走的是同一方向，便把腳步益發放輕，一路掩藏著，跟蹤前進。等到相隔漸近，竟聽出那兩小人也會人言，正在低聲且談且行，雲鳳更是驚訝。偶然趁他們彼此轉臉問答，看清兩小面目。有一個竟是帶著凶狠神態，臉上都是戾氣，迥非小人洞中所見群小個個面容清俊之狀。另一個手裡持著一根帶刃的鋼鉤，隱隱放出黃光，與日裡所見妖人兵器上發出來的光華相似，益知所料不差。

看前面山麓下，三小尚無蹤影。嫌那兩小人的語聲聽不真切，索性又趕前了些，聽他們說些什麼。等到兩下裡相隔不過丈許，便聽那提籃的道：「小王手下雖有那駝婆會出主意，這些年也未見她找過一個山外的大人前來。再說先王留有遺命，也不准找，恐怕引鬼入室，自取滅亡。何況又是什麼劍仙的徒弟呢。我想那大人必是路過無疑。太祖師說，等七天傷好，前往一查，看他祭壇上供的有人和祭品沒有，便知分曉。並說你人聰明，還要帶了你去，命你入洞查問呢。這次說好便罷，不好，便要掃滅全洞，將人不分男女老少，全捉了來。費上七年苦功，用一萬生魂，煉那十地小人圈，去尋傷他的人報仇呢！你我父母宗族，俱在那裡，家法厲害，到時不容徇私，你看怎好？」

持鉤的道：「管他呢。反正如今我們十八個人，都學會了法術。太祖師說，不久便有半仙之分，還可隨時變成大人，和太祖師一樣，要什麼有什麼，多麼稱心。他們憐顧我們時，當時也不單挑我們上祭了。就拿現在說，除早晚輪班，採藥燒丹，看守法台外，哪一樣不任性舒服？每年太祖師受祭回來，還得吃兩次人肉果品。一人單走，也不怕蛇蟲鳥獸侵害。不比在洞中強得十倍嗎？譬如那年來時，和那幾個一樣，被他吸血祭旗，莫非這時也惦記他們麼？我們只聽太祖師的話，叫怎樣就怎樣，包有好處就是。」

提籃的道：「這都不提。不過我想那大人如是過路劍仙，與全洞的人何干？要是小王請來，只恐太祖師尋了去，也未必勝得過。我看他雖然臉臂受傷，須要調養。但據他說，當日仙法仙寶俱未顧得使用，僅可此時尋去，卻要等七日之後，不是有些怕那大人，便是打算故意挑剔，好將全洞小人一網打盡。你忘了上次他得那本仙書時，曾說今年恰巧是子年子月子日子時，天地交泰，只是不知小人洞中夠不夠九千九百九十九名人數這句話麼？」

持鉤的聞言怒道：「你怎麼說這些話？如非平日有交情，又為我受過罪，我便給你告發去。如不把他們都掃滅盡了，山陰鴉王怎得出頭呢？洞內外共有一萬七千多人，太祖師也用不了許多，正好趁此時機，讓鴉王即位。等仙法學成，再向太祖師稟明，回去當國師。鴉王聽話，便當國師；否則便去了他，自己為王。只是按時與太祖師進貢，什麼都不用怕。高興時再變作大人，出山去和別的大人玩上幾天，有多麼好呢！」提籃的聞言半晌不語。

一會說道：「那青白花，好容易昨日才被我尋到，這裡第二次了。我已得了一次功，你還沒有。好在太祖師剛剛入定不久，今日要到過午方起，又不值班，有的是閒工夫。你看雲兒開了，星月出來了，正好尋找。看看附近還有沒有，再尋到，大家同去報功。尋到日出開採時，如仍是那一株，便給了你去獻功吧。聽說這花又名晨露，果子中的一包汁水，吃了能成仙呢。」持鉤的聽說，要將功勞讓他，略轉了點喜容。

雲鳳才知持鉤小人是鴉利的同黨，難怪生相凶惡。順山麓遙望前面山腰，積雪皚皚，暗雲圍擁，沙、咪等三人尚無蹤影。暗忖：「那開青白花的仙草，既受妖人重視，定是靈藥無疑。何不隨這二小人前去，看明白了以後，再行處置？」便不露面，仍舊緊緊跟隨。

又走出數十步，持籃小人說：「到了，仙草就在上面岩石縫裡長著，我們快去守著，等花瓣一開，花心果子便熟，我們忙下手採摘，不要錯過了機會。」隨說隨往山上跑去。雲鳳聞言，往前一看，兩小人所去之處，乃是一片峭壁，高約百丈，廣才數丈，像一面鏡屏，懸嵌在離地三十餘丈的山崖中間。四周都是滿佈苔蘚的怪石，山徑也甚險陡，兩小人動作甚快，連爬帶縱，眨眼工夫，已到了峭壁之下。將手中籃、鉤背在身後，手足並用，似壁虎一般，附壁緩緩爬行而上，那般光滑直立的石壁，上起來竟似手足黏在上面一樣。

雲鳳志在得那仙草，如從正面上去，恐被覺察驚走。見側面不遠怪石甚多，高低錯落，散置山崖之間，如由此上去，不特可以隱身，還可繞行到那峭壁上去。先端詳好了形勢，將真氣一提，繞向側面，施展蜻蜓點水的功夫，一路鶴行鷺伏，且隱且縱，頃刻到達。見峭壁忽然中斷，靠山一面，現出一個可容三四個大人的洞穴。正不知走對了沒有，忽聞穴中清香撲鼻。探頭一看，穴壁斧裂，石縫中生著一株從未見過的奇花。花只一朵，形如牡丹，青邊白瓣，微露紅心，將開未開，含苞欲吐，隱放光華，異香襲人。未開時，已有尺許大小，估計全開了，少說也有二尺周圍。方在端詳，忽聽兩小人語聲由下漸近。忙將身藏入穴內，側耳一聽，只聽持籃的說道：「昨日黃昏時，我在無心中發現。這花最是奇怪，上次開放時，正值天色將明之際，花不開，果便不熟，而且不能先用手觸。有花之處，都有毒蛇怪物把守。最好等到它突然往外長出，去接晨露之時，你用鉤把它鉤住，我立時就採，到手便往下縱，才保不致被穴中蛇蟲怪物傷害。恰好有這石窩子，可坐可立，進退容易，成了固好，不成，好在還沒和太祖師說，也不妨事。」

雲鳳聞言，往穴中一看，並無蟲獸之類潛伏，只穴頂懸著一個形如蜂窩的東西，當時也沒在意。再聽兩小所說，俱是花怎樣才能採得之法，便一一記在心裡。高興頭上，猛想起沙、咪等三人快要下來，其勢不能在此久候。偏那兩小人只在壁口石窩裡等待，不肯上來。剛想誘他們入穴，將他們捉住，再接了沙、咪等三人。至於是先除妖人，還是先取仙草，算計好了時間，再作計較。

猛聽小人「噫」了一聲，雲鳳悄悄出穴，探頭往下一看，兩小人已貼壁飛墜，滑了下去。前側面山腳，沙、咪等三人正繞山麓跑來，眼看兩下裡快要遇上。這才明白小人飛墜之故，喊聲：「不好！」正要跟蹤縱下，忽聽身後穴壁似有爆裂之音，接著又是「喳」的一聲炸響。剛一回顧，一團光華突從身後擦面而過。閃開一看，正是那朵青白色的奇花，業已完全開放，中間紅心不見，現出一個金光閃閃的五色果子。雲鳳見那奇花竟不等清晨，遽然開放，固是喜出望外。但知道花開不久即隱，下面沙、咪等三人又將遇敵，事難兼顧。匆促中舉劍一揮，將花斫落在手。花一落，花葉立時縮了回去。再看洞壁裂縫，依然連莖帶葉，俱無蹤影，耳邊似聞洞頂窸窣有聲。不暇再做端詳，連忙跑向崖口，雙足一蹬，往下縱去。身才離崖，便聽花洞中轟地一聲，好似飛出一物，身已凌空，不及回觀。

那沙沙、咪咪、尼尼三人，先由冰雪中滑落，沿途倒也順溜。及至滑行到了半山以下無雪之處，再想照舊滑落，勢已不能。只得收住勢子，一路攀藤縋蘿，縱越而下。仗著小人都是身輕體靈，目力敏銳，那一帶的山徑峭壁甚多，上面大都附生著藤蔓，易於援落。雖不如雲鳳飛身直躍來得神速，兩下裡相差也不到半個時辰。及地以後，算計雲鳳仙人必定早到。以為妖人巢穴相隔還有二三十里，深藏在山凹深崖之內，此時正當深夜，不致被人發覺，又有仙人在前相候，不由膽壯氣豪，並沒怎樣留神觀察，便順山麓朝前跑去。才跑出二三十丈遠近，沙沙、尼尼正並肩前馳，忽聽咪咪在後喚止。

二人回身問故，咪咪道：「你們快看前邊轉角處跑來兩個小人，內中一個，不是鴉利的死黨吁吁麼？他自那年鴉利被放山陰，意圖行刺，不想奸謀被他父親勾勾發覺，奏知小王，知他詭計多端，發往山陰，必定生事。不幾日便值貢祭妖人之期，將他捆住，送往祭壇，做了祭品。怎麼還在這裡，沒被妖人吃了呢？」

尼尼也驚訝道：「那一個提籃的，不也是因犯大罪，與他同時綁去充祭品的顛顛麼？

怎都還在？這兩個東西，都是又奸又壞，既然未死，定做了妖人黨羽。大仙不知在前面沒有？我們最好藏起來，等他們走過再出去，見了大仙的面。再請示定奪。」

沙沙忿然道：「這兩個東西，一個是叛賊，一個是犯上的敗類，以前受他們害的人甚多。只說餵了妖人，不想還在，正好藉此除他們以正國法。看神氣，他們已看見了我們，躲有什用？有大仙在前面，還怕他們麼？再者妖人每年劫去的人甚多，你我三人都有親友在內，也許沒有全死，樂得相機行事，先朝這廝們打聽下落。你二人靠後，待我上前。」話一說罷，沙沙當先，二人隨後，一同迎上前去。雙方都走得快，一會便碰了頭。

吁吁原認得三人，並從妖人後兩年劫留未殺的小人口中，得知沙沙、咪咪、尼尼三人近年選充宮廷侍衛，已成了小王心腹將士。雪山左近，多年無人敢來，恰值妖人受傷敗回的第三天，便有人乘黑夜偷偷到此，當然必有所為，定是奉了王命，來打探妖人的死活。一心想把三人擒往妖人那裡獻功。將手中鉤一橫，喝問道：「大膽走狗，偷入仙山，想做什麼？快快說了實話便罷，否則將你三個捉住，獻與太祖師，教你們不得好死！」沙沙原有一番話語，想和兩小先禮後兵，略探妖人動靜，與劫去的小人死活。一見他目露凶光，勢焰逼人，全無一點同類情分；又聽他做了妖人徒孫，猜出自己來意，與他好說，定然無用，不禁氣往上撞。一看除這兩小外，並無別人，下手越快，越有便宜。忙和尼尼、咪咪一使眼色，口裡答道：「吁吁，你不要急。不錯，我們是奉王命來的，可是對於仙人，並無惡意。你兩個可能帶我們去見仙人麼？」一邊說，一邊身子往前湊。等到身臨切近，猛地一舉手中刀，朝著吁吁當頭就斫。

誰知吁吁奸狡，早就有了防備，一見刀到，罵聲：「該死的東西！」手中鉤往上一擋，鉤刀相碰，鉤上火星一亮，冒起一股黃煙。沙沙聞著一股子奇臭之氣，立時翻身栽倒。那咪咪、尼尼二人得了沙沙暗示，各舉手中刀，逕撲顛顛。沙沙一倒地，咪咪著了急。他在洞中原有神箭之稱，動起手來，總是刀弩同時並用。當下先朝顛顛放了一毒箭，然後刀弩齊施，直取吁吁。

那顛顛當初也非善類，見咪、尼二人奔來，回手拔出身後的一面小幡，正想行使邪法迷人。不防咪咪一箭先到，正中面門，立時應聲而倒。尼尼趕將過去，就勢又斫了一刀。近旁吁吁用黃煙將沙沙迷倒，打算生擒回去報功，忽見咪咪奔來，人未到箭先到，接連兩三箭射來。知他從小弩箭厲害，一面躲閃，一面又想施放鉤中暗藏的毒煙時，猛聽空中一聲大喝，一個大人飛將下來。

吁吁雖然凶狠刁猾，新近又學會一點小邪術，膽子越大，畢竟平生所見的大人只駝女和妖人兩個，乍見雲鳳自天飛墜，自然疑神疑怪，不由嚇了一大跳。就在這張皇顧盼的當兒，咪咪、尼尼相繼趕到。休看人小，卻是手疾眼快，機敏異常，還未容雲鳳動手，雙雙搶上前去，雙刀齊下，吁吁猝不及防，想逃已是遲了。雲鳳連喊：「不要殺死，留活的問話！」咪、尼二人聞言，忙將刀一偏。咪咪的刀先到，收勢略緩，只歪了歪。吁吁見勢不佳，想舉鉤來擋，連臂揚起，恰巧被這一刀連腕帶手中鉤一齊斫落。吁吁負痛，剛悲號了一聲，又被尼尼一刀背打在左肩之上，倒於就地，痛暈過去。尼尼連忙按住。咪咪拾起地上鐵鉤，忙跑過去，將沙沙拖了過來，對雲鳳述說經過。

雲鳳自幼闖蕩江湖，見過許多門派中的迷藥兵刃。接過一看，便認出中有機簧，藏著迷魂藥粉。再見那閃閃放光之處，乃是幾塊類似水晶的寶石嵌在上面，畫著一些符籙。細查形式，好似斷去了一截。

暗忖：「這鉤必是江湖下流綠林中人用的暗器，被妖人得來，畫上一些符籙，給與小人，以作防身之用。此山素無人跡，對頭只有蛇獸之類，這藥粉如能使蛇獸昏迷，藥性定然猛烈無比。適才從空下望，只見鉤上冒起一股黃煙，沙沙便已暈倒。好似上畫符籙，僅只是一種點綴，故作驚人嚇獸而已，並無多大作用，厲害的還是這些藥粉。小人隨手使用，未搶上風，必定預先聞有解藥。」

便命咪、尼二人搜搜兩小身上，果從兜囊中搜出一些東西，內有兩個二寸長短、手指粗細的玻璃瓶，中貯藥粉，一黃一綠。回望顛顛，身受重傷，呻吟垂絕，半睜雙目，望著眾人，還未死去。先把黃藥瓶塞拔開，往他鼻端一湊，立時閉目死去。拔塞時，雲鳳雖離較遠，但微聞奇臭，便覺有些頭悶心煩，連忙塞好。再把綠藥瓶塞拔開，覺有清馨之味透出，聞了神爽。再倒了一些在草葉上，倒入顛顛鼻中，不多一會，便聞呻吟之聲，知是解藥無疑。便用手指挑了些，彈在沙沙鼻孔之中，居然悠悠醒轉，見雲鳳在前，慌忙跪倒拜謝。這時那吁吁也甦醒轉來，顛顛毒發身死。

雲鳳因想知道服食青白花中仙果的詳情，吩咐將屍首藏過一旁，拿了兩小身上搜出來的零碎東西，將吁吁擒往僻靜之處，審問妖人現狀，以及妖窟中的虛實動靜。沙、咪等領命辦理，一同轉入右側山縫裡去。

吁吁先還不肯實說，經不起尼尼能說，用小人言語，連哄帶嚇。說雲鳳就是前日用法寶重傷妖人的神仙，因見小人每年無辜受害，奉了天帝之命前來降罰。上千條雙頭怪蛇，何等厲害，被她在一個時辰以內斬盡殺絕。現時到來，只誅妖人一個，與別人無干，顛顛和你一死一傷，乃由於自己不好，先要動手傷人之故，仙人並不管這些事。日前鴉利造反，也是大仙平定，叛逆大罪，俱未誅戮一人，何況你們。你只說了實話，大仙仙法高深，能起死回生，不但饒恕不死，還許特降鴻恩，將你斷臂醫好。除妖之後，與別的小人一同送回老家中去。

吁吁人極凶狡，聞言尋思了一會，才將信將疑，有了允意，忍痛趴伏在地，向雲鳳叩頭求饒。雲鳳知他最壞，能通人語，便先問他妖窟中情形，打算慢慢再拿話套他花中仙果服法用處，以免起疑。吁吁道：「太祖師自從近年得了白陽真人的十三頁天書圖解，時常自言自語，欲學天書，須把以前所學道法全部丟去，未免可惜；不然，又恐不能將天書道法學全。後來遇見太師伯湖北花山孫洞玄真人，教他兩樣都學之法。由此把每日打坐時刻分為兩次：一次練舊功，是在白日午未申三時；一次練新功，是從亥時起練到寅未卯初。因這次比日裡要緊得多，除了隨身換班的十一護法童子外，還埋伏了各種仙法。外人一進去，必要昏迷倒地，直到他功課做完，起身處治。一經被擒，休想活命。起初要去小人，俱被他將生魂收去，以作祭煉寶幡仙幢之用。

「自得仙書，聽了太師伯之勸，每次總要挑出幾個不殺，用仙法修了歧舌，教會人言，收為徒孫，各傳道法。如今連我和死去的顛顛，已有三十五個小人了。預計要收七十二個，還差著一半呢。此時他正在入定，人和死了一般，要到天明之後才醒。大仙如要前去殺他，倒是時候，不過屋中仙法厲害。那冰屋共有前、左、右三個門戶。左門看不出，內中仙法最是厲害。前門和右門，俱要差些，尤其是右門，更無什稀奇。大仙進了右門，只須將迎門那面長幡一搖，裡面埋伏便破去一半了。我將這機密洩漏，不敢指望別的，只求大仙先將我斷臂醫好，再把你手上那朵花賞給我聞上一聞，就感恩不盡了。」

雲鳳先聽妖人得了白陽真人十三頁圖解，不禁驚喜，知道又是一番仙緣巧遇，便靜心聽他說了下去。後來聽吁吁說那冰屋情形，既然左門厲害，當然願誘來人進入，為何不易使人看出？已知有詐。再一聽他索要仙花一聞，越猜這小人詭詐，不懷好意。故意問道：

「你知我這朵花哪裡來的麼？」

吁吁滿臉奸笑，答道：「這花聽太師祖說，乃山腹五金之精，與千萬年玄冰極寒真氣，融洽孕育而生，只本山才有。雖然難得，不過清香好看，聞了止痛，並無多大用處。大仙適才腳底沒有煙雲，又沒光華圍身。前日太師祖也說，大仙好似不會騰空，定是崔五姑新收徒弟，不知用什厲害法寶，出其不意取勝，故此當時未追。現在又同尼尼他們一路來，必非雲中飛落。落腳的地方，又當天鏡崖前，那裡正有一朵花出現，我們還沒採到手，不知怎地會落在大仙手中？大仙要它無用，如賜與我，本山奇花異果甚多，多取來奉上如何？」

雲鳳聞言，暗罵：「好一個不知死活的小孽障！死在眼前，還敢使詐愚人。」等他說完，喝道：「該死的東西！竟敢在我面前鬧鬼。此花名為晨露。你們採時，須等天明。我只路過，略施仙法，便唾手而得。你當我不知來歷麼？妖人窟穴所有埋伏，豈能困我？無論打從何門進入，妖術邪法，立時瓦解。我不過一念仁慈，想饒你一命，才命你供出實話。你卻一味花言巧語，打算行詐，豈非自尋死路？快些說了實話便罷，如若不然，休想活命！」

吁吁見雲鳳知道那花來歷，看出虛假，當時惜命，也頗害怕，只得含淚答道：「實不瞞大仙說，以前太祖師並不知本山有此仙花。後來在天書中悟出，便命我等閒時遍山尋找。

那花出現時，多在黃昏暗處。我等眼睛俱用仙水洗過，能在暗中看物。手裡又有法寶兵器，無論是什毒蛇猛獸，只須將法寶兵器一抖，冒出一股神煙，立時昏倒，不用解藥，萬不會醒。一年多工夫，只死了的顛顛尋見過一次，太祖師甚是歡喜。花片可以醫治各樣瘡傷，不能服食。

「如我這條斷臂，如得一片，齊斷處包紮，當時止血止痛，不消七日，即可接上。花中仙果，最為貴重，生吃下去，可抵道家百年修煉之功。只是從花心採摘時，須細細認準它向上微彎的一面，順著勢子一折就落。採到手，再就斷處一吸，果中仙露便就到了嘴。如果手勢稍偏，一折不斷，便難再折。尤其不可用刀去切，一切金鐵，必與金鐵同化，一般堅硬，汁水立枯。太祖師頭一次得了此花，不知就裡，除花片採下做藥外，仙果變成了一枚金果，至今尚在，效用全失，事後甚是懊悔。又命我等搜尋，終未尋到。

「今日傍晚，顛顛來說，他又尋到一朵，剛剛出現。因上次花開是在凌晨，天書上也有這種解說，不開不但不能採摘，手一觸動，立即縮入石中隱去，再也不出。更不能有三人在側。因上次得花時，曾在那花附近見有一朵，可惜被它隱去。以為這次或許也是兩朵，偷偷約我同去採來獻功。現在看出大仙這朵花片上，有上次我們同伴扯落的缺口手印，仍是以前隱去的那一朵，才知大仙得自崖上，以為大仙路過採得，不知就裡；顛顛又死，無人對證。想騙到手，吃了果中仙露，再求大仙釋放，逃回王洞。一切無知，望乞大仙不要怪罪，饒恕一命吧。」隨說隨哭，叩頭不止。

雲鳳原本心軟，見他臂血淋淋，哀哀哭訴，痛得面都變了紫色，心想：「我何必與這區區小人一般見識？且將仙果採下服了，如果所說不差，放他何妨？」

一看那花心中異果，果如吁吁所言，果柄向上面略彎。覷準向背，輕輕一折，隨手斷落。斷處水珠直冒，清香撲鼻。試用口一嘗，甘芳滿頰，涼沁心脾。一口氣把它吸光，立覺神爽身輕，舒適無比，知道不謬。不欲失信小人，便命咪咪去將斷臂尋來，將花交與沙沙拿著，摘下一片，親自與他綁紮停當，命其急速自行逃回老家去，以免少時玉石俱焚。

吁吁叩頭稱謝已畢，行時哭說，歸途大鳥蛇獸甚多，兵刃和囊中防身之物俱已失去，請求發還。並說祭壇被攝，多年未歸，要請沙、咪二人伴送到左側轉角之處，略微指點，便可尋路回去了。雲鳳因那有毒藥冒黃煙的兵器害人，不允發還。一查適才搜出之物，尚有兩張弓、六枝小箭，叫他試了試。除比小王手下所用弓勁箭利外，似無異狀，其餘也無什奇特的東西。只把兩面小妖幡扣下，餘者都給還了。她因為前面轉角是個登山的缺口，相隔不過十丈，不疑有變，便命沙、咪二人如言相送。沙、咪二人聞命無奈，只得同了吁吁起身。

因為那地方在妖窟的另一面，急等送完吁吁回來同行，沙沙一忙，也未將手中花放下。雲鳳知二人腿快，少去即轉，未喚住，只拿著那枚吸空了的仙果，在手裡端詳審視，全未在意。咪咪留心，知道吁吁的話靠不住，卻不知要鬧什鬼，正在心疑，已隨了吁吁走到山缺口邊。這時吁吁迥非初見時凶狠之態，滿口俱是悔過之言。

沙沙聽了他的甜言蜜語，還不怎樣。咪咪始終加以防備，見他到了缺口處，後面雲鳳、尼尼已被轉角處危石擋住，看不見人，還沒有作別之意；又見那缺口形勢只是山腹中裂，現一巨罅，不特望不見來的路徑，而且不能打此上山，與他所說在此可以指點路徑之言不符，越發疑心。忙喝問道：「吁吁，你要我們送你到哪裡去？這裡又不是登山的道路，看不見山那邊，怎麼指點你的歸途？你如真不知方向，就在這裡指說尚可，否則我們隨侍大仙，俱有要事在身，那我們就不奉陪了。」

吁吁早看出雲鳳不會騰雲駕霧，以為決非妖人對手，哪裡肯往回路走。不過心恨沙、咪二人勾引雲鳳來此，當時暗算力有不敵，特意假作請二人指點路徑為名，誘到山缺口裡，雲鳳看不見的地方，來個冷不防，用邪法將二人迷倒，繞山側小徑逃回去，與妖人報信。及見沙沙來時，手中仙花並未放下，更趁心意。口裡說著好聽的話，身子漸漸緊挨著沙沙並肩而行，只盼再走近缺口兩三丈，便即下手。

忽聞咪咪在身後喝問，吃了一驚，忙回臉答道：「你哪裡知道，這缺口出去，便是山那邊。現在暗中，你眼力不濟，再走十幾步，就可看出了。」

咪咪喝道：「幾十里厚的山，這一點遠近就可通過？你哄鬼呢！有話快說，再如往前，我們走了。」說罷，便去拉沙沙，忽聽空中嗡嗡作響，還未及抬頭觀望，吁吁情知咪咪起了疑心，又見他伸手拉住沙沙，回顧雲鳳、尼尼，已被山石隱住。心想：「再不下手，就來不及了。」忙答道：「兩位既不肯送我上路，我以前雪山實未來過，請你們把方向途徑略說一些如何？」

咪咪氣忿忿地正在解說，吁吁便乘此時機默誦邪咒，暗使妖法。沙沙也看出他聽話時神態不對，身子只往自己湊來，也覺有異，但未想到他斷臂初接，死裡逃生，會有那麼大膽子。剛在心疑，吁吁業已誦完邪咒，忽然將身朝沙沙一撲，一手將沙沙手中仙花奪去，縱步如飛，往山缺口中逃走。

其實吁吁當時如用妖法，沙、咪二人必然被害無疑。只因心涎那朵仙花，知此花不能沾土，恐二人迷倒時落在地上。又因右手新接，不能使用，剩下一隻左手，無法兼顧。意欲先將仙花劈手搶來，啣在口中，回身便跑，二人必然追趕，再用左手掐訣行法。誰想人算不如天算，命中注定該死。沙、咪二人見花被他搶去，又驚又怒，各舉刀箭拔步便追。就在二人剛剛起步，吁吁將要行法之際，忽聽空中嗡嗡之聲越近。

咪咪一按手中弩箭，尚未發出，忽又聽前面轟的一聲，從空中飛下數十條半尺長短黃晶晶的飛蜈蚣，一窩蜂似齊往吁吁頭上撲去。接著便聽一聲慘叫，吁吁連人帶花，被那數十條蜈蚣咬住，凌空而起，手足掙了幾掙，便沒聲息，想已被蜈蚣咬死。眨眼工夫，隱入暗雲之中，不知去向。後面雲鳳聞得二人喝喊與天空嗡嗡之聲，也已趕到，望見許多身有四翼，形如蜈蚣的怪蟲，將吁吁喞去。一問就裡，想起得花時所見洞頂蜂巢般的東西，與得花離崖所聞怪聲，定是此物循著花香而來。區區小蟲，如此厲害。那花如在沙沙手內，亦是必死；便是自己拿著，也不見得能不受一點傷害。不想吁吁一時行詐，倒做了替死鬼。好在果中仙液業已服食，那花不過能做傷藥，無什可惜。見沙沙失花害怕，反倒安慰了幾句。因這一來，那枚空果殼也不敢隨便拿著，忙裹入包中。帶了沙沙、咪咪、尼尼三人，往妖窟進發。

那妖窟深藏在一條暗谷中間的懸崖之上，相隔山麓還有多里，沿路俱是崆崖峭壁，鳥道蠶叢，形勢奇險，景物幽絕。前行不遠，雲霧忽開，山月漸吐，光照林壑，清澈如繪。又走出六七里路，轉過一個谷中的曲徑，行至崖腰高處。三小忽指前面，低聲說道：「那不是妖人住的冰屋麼？」

雲鳳聞言，順指處一看，谷盡處，地勢忽然展開，當中現出一座數十丈高下的四方廣崖，前臨幽谷，林木繁茂，後倚崇壁，積雪皚皚。妖人冰屋就設置在廣崖當中，大約一畝，高有十丈。尼尼說是比前高大得多，想是近年收了小人之故。白雪為頂，堅冰作牆，晶瑩朗澈，似與星月爭輝。冰屋外面有十來個小人，正在崖上馳逐舞踴作戲。細一看，那些小人的身底下，都是虛飄飄的，有時竟凌空飛翔，離地數尺。知是練習妖法，並非戲耍。冰屋外觀雖似透明，裡面人物情景，卻是用盡目力，一點也看它不見。

心想：「妖人此時雖在打坐，只是這些小人甚為惹厭，他們耳目異常敏銳，稍一近前，必被警覺。打草驚蛇，還是小事，這次不比上次，可以出其不意，暗中取勝。聽那已死小人之言，妖人似已看出自己僅憑法寶，道力有限。明裡交手，必非其敵。時機難再，又不便在此久延。」停步想了想，見廣崖下有一條小磴道，猜是妖人所設，以備群小上下之用。崖形陡峭，磴道鑿石附崖，逕甚纖曲。看神氣，不到將近崖頂，不易被上面的人窺破。不過由磴道上去，須從上下落谷底，然後小心貼壁猱升上去，也難不被上面群小看見。

正在尋思，沙沙來說：「尼尼說記得崖後並非垂直，乃是一個斜坡，老樹蔭濃，參天蔽日。頭一次小人採藥，初遇妖人，便打此道逃回。如由那裡上去，沿途皆有隱蔽之所。只不過多年未來，不知有什變動沒有。崖後大山，高到望不見頂，上面滿生各樣有用藥草。」雲鳳聞言心中一動，便命尼尼引路，隱藏著身子，急速往崖後繞過去。

尼尼路徑本熟，雖是多年未來，此時身臨其地，全都想起，逕引了雲鳳等三人，沿著崖壁，往上攀越。翻過谷旁峭壁下落，便是一條極深的枯澗。澗中蔓草叢生，老藤盤屈，日光不照，黑暗已極。一大三小四人，就在澗壁上攀蘿援葛，魚貫而進。不消片時，尼尼算計將到，微探頭往上一看，果然正當崖後。四人上望，由下往上，俱是斜坡，松杉競生，枝柯繁盛，陰森森的，都是千年以上古樹。崖上冰屋小人，俱被林木遮住，看他不見。雲鳳恐錯過時辰，忙引三小繞樹穿行，往坡上跑去。將近崖頂，樹林忽盡，削崖挺立，只有數丈高下，中間還有一條丈許寬的大道。

雲鳳想：「這般上去，反正要被群小覺察，崖高只有數丈，何不突然縱上，出其不意，逕自衝進冰屋，寶劍齊施，殺死妖人，再行處置群小，比較神速穩妥。沙、咪等三個雖然智勇，終敵不過人多；何況崖上群小俱會妖法，自己如勝了還好，不勝豈不白白送命？偏生三小俱都忠心，適在路上，連命尼尼引到地頭回去都不肯，沙、咪二人更是立誓相從，死生不二。如命他們藏在下面，見自己上崖多時沒有動靜，急速回走逃命，必然還是不肯。並且這話也不好說。上去又凶多吉少。」正要設詞囑咐他們，猛見咪咪已獨自順著當中那條坡道往上爬，將達崖頂，心中一驚，又不便高聲喝止。幸而咪咪探頭一看，便即飛至崖下。

雲鳳未及申斥，咪咪已拉雲鳳蹲下，附耳悄聲說道：「崖上小人，有好些都是我們三個的親友呢！我看他們一面跳著，不時三五成群附耳低語，指著冰屋，滿臉慶幸之容。下來時，彷彿聽到近身處兩個小人在盼妖人死了好回去，絕不似先見的顛顛、吁吁兩個那麼可惡，說得都是大仙一樣的話語。如引下兩個一問，豈不有用麼？」

雲鳳暗忖：「有小人臥底固好，但恐其心難測，一個不巧，反倒壞事。」正在躊躇，忽聽沙沙微吁了一聲，立時箭射一般，往側下面樹中便縱。咪咪、尼尼也已相繼縱去。雲鳳趕近前一看，乃是兩個小人，一跪一立，業被沙、咪等三人按倒在地。內中一個，似與三小相熟，低聲急喊：「沙沙好人快放手，稍遲沒有命了。」

接著便聽身側吁氣之聲。偏頭一看，離二小人不遠，蹲伏著一個怪物，形如壁虎，長有丈許，卻有兩條寸許粗細，比身子長出兩倍的尾巴，巨頭闊口。目閃碧光，其大如碗，凸出在前額之上。口裡平吐出七八條如蛇信一般的火焰。通體皮肉，是暗綠色中夾雜著一些灰紋，上面滿是污泥，爛糟糟的，像腐了一般，看去異常污穢，時聞惡臭。本來蹲伏在地，見了生人，緩緩站起，這才看出那東西頭頸間還綁著一根細鐵鏈，繫在一株古樹幹上。那兩條細長尾巴，竟是可伸可縮。只往前爬了兩步，便即停止。倏地肚皮一鼓，兩條長尾，直向眾人立處先後飛射過來。可是並不傷人，只在挨近人身數尺以內的地上抽打了一下，便即縮轉。

雲鳳時刻留心，寶劍原在手內握著，情知不是善類。因牠行動遲緩，又被鏈子鎖著，長尾打出雖快，卻打不著人的。想屏氣忍著奇臭，仔細觀察，到底是什怪獸之類。說時遲，那時快，怪物的長尾又二次打到。雲鳳立處靠前，與怪物相隔較近，只覺身上微微打了一個寒噤。偶一回臉，見那兩個被按倒的小人業已嚇得面如土色，齒牙震顫，拉著沙沙低聲急語。正要過去詢問，咪咪忽然卻步急語道：「大仙還不將這怪物殺死，牠那毒發出來，我們都沒命了。」言還未了，怪物長尾又在近處地上打了一下。雲鳳剛聽叭的一聲輕響，身上又是一個寒噤，猛地醒悟，知是這東西在那裡作怪。更不怠慢，連忙一橫手中劍，身子一縱，飛上前去。正要斫落，忽聞惡臭愈烈，頭腦悶脹，暗道不好，忙往外搶先噴氣，以防把毒嗅入，再將口鼻閉住。那怪物也甚警覺，一見敵人飛來，口裡一聲梟鳥般的低叫，兩條長尾相次往上揮起。

雲鳳身法何等矯捷，撥草尋蛇，往雙尾上一揮，就勢一劍，朝下斫去。怪物身子被鎖，無法逃走，連第二聲都未叫出，立時長尾飛空，屍橫就地。雲鳳恐中了毒，一得手，便提劍凌空，斜飛出去。那怪物雙尾雖斷，仍有知覺，竟如飛蛇一般，朝雲鳳身上射來。幸得雲鳳輕靈，身剛飛出，聞得腦後風聲，一眼瞥見前面有一株古樹，手按樹身，往側一偏，轉風車似翻向樹後。方一落地，便聽滋滋兩聲，偏頭一看，兩條怪尾已先後如長竿也似筆直釘向樹上。

正要往眾小人身前走近，忽見沙沙放了那兩小人，五小一同起立，就在原處站定，不住搖手，連說帶比，不要雲鳳近前。這次相隔較遠，小人語聲本來不大，五小恐被崖上人聽見，說得更低。雲鳳知有緣故，只得停住。沙沙這才帶了一個小人，留神看著地面走來，走到相隔怪物長尾打落之處約有七八尺以外，方行立定。招手將雲鳳喚至離身一丈遠近之處，重又用手止住說道：「大仙殺的，是這裡妖人餵的怪物，名為七步響尾壁龍。最厲害是那兩條尾巴，牠吃人時，先用兩尾一遮一下朝那人身旁不遠的地上打去，打過的地方便留下一條黑印和極細的涎絲。人一挨近，牠那長尾能屈能伸，立時覺察，飛將過來，將人絞死，勒成粉碎吃了，其毒無比。如今雖被大仙殺死，毒氣還在，不但地上，凡是長尾下落的那一片都有，踹上去便不得活。現在這兩面的地皮都被壁龍長尾打過，人不能進出，後面又有埋伏，我們五人都困在這裡，不敢出來。須請大仙從七丈高處飛越進來，再帶我們照樣飛出，才保無患。」雲鳳雖不信怪物已死，毒涎絲仍停留空中，因沙沙說得急切，便依言縱過，問道：「你們這樣大驚小怪則甚？前面說有怪物遺留的毒絲，後面走有什妨礙？你三人不是打從後面來的麼？」

咪咪已領了那兩小人上前拜見，聞言答道：「這兩個俱是我們三人親族，只因前年祭獻時洞中犯罪人少，湊不齊那麼多小人，小王當眾招募，他們自願捨身，被妖人攝到此地。見他二人伶俐，挑選下來，團了舌頭，做了徒孫，沒有殺害，兩個取名健兒、玄兒。他兩人原是親兄弟。今早玄兒犯了錯，想要逃走，被妖人捉住，用妖法將他困在此地。如果三日內壁龍沒將他吃去，再行責打釋放。那壁龍長尾挨著人七步必死。可是身子被妖人用法鎖在樹上，整天鑽在污泥裡睡覺。

「玄兒被困的地方，就在這樹底下，只要三天三夜，時刻留神，不出聲音將壁龍驚動，等牠發威想吃人，用長尾打地時，記準打的地方，知道避開，或者也能逃得一死。適才健兒乘妖人入定，偷些吃的前來看望。不想這次換了一樣妖法，只要進到玄兒跪的地方三丈方圓以內，前進便是送死；仍從來路後走，便要被惡物吃掉，不能回去。他二人正在著急，大仙同我們便先後來了。說是前面沒有埋伏，怪物已死，只是求大仙帶了大家，飛身縱出，便可活命。我三人已對他們說了來意。他們知道這裡小人十有八九都恨畏妖人入骨，無奈一逃出去，只要走過我們來的那片雪山，不知怎的，身子便被陷住，不多一會，仍被妖人平空攝還，不是立時被妖人殺死祭幡，便是捉來跪在這裡餵壁龍。即或妖人安心不要這逃人的命，行法時暗中加以阻隔，使長尾打不近人，也要嚇個半死。十人中至多只活得一兩個。

「他們終日提心吊膽，除了已死的顛顛、吁吁和兩個名叫葛兒、福兒的外，巴不得妖人遭了天誅。個個曉得這四個心腹小人算是全小人中的小頭目，妖人打坐時，總是這四人分班領了別人，在冰屋之中護法輪值。偏巧今晚葛兒和福兒俱在冰屋之中，另兩個又死。餘人在上面並無職司，只因無處可去，又不似那四個整天想討妖人的好，閒來滿山遍野，代他去找青白仙花。妖人回醒還有老大半天，一時沒事做，在那裡練習佈陣，上去一招，便可全引下來。他二人已經死裡逃生。」

雲鳳聞言甚喜，雖則小人力弱，不能倚以為助，到底分去妖人一點力量，自己也可逕自衝入冰屋下手，無須有所顧忌。略一尋思，便尋健兒、玄兒說道：「我用不著你們做什內應，只要你們能對我說出冰屋虛實，妖人有無什麼克忌之處，從哪一個門進去，裡面有何妖法埋伏，有無趨避之法，那十三頁白陽真人天書藏放何處，你們當他打坐時是否可以隨便出入，我進冰屋時你們或是先向別處躲開，或是裝作不見，這就行了。」

健兒道：「冰屋中妖法，全在那些幡上。這三個門戶，中門、左門最險。中門人一進去，便即暈倒。左門進去有烈火燒人，甚是厲害。只右邊一門可入，卻又隱而不露，外人不易進去。以前他打坐時，除身旁輪值護法的人外，別人本不准進去。還是去年冬天，他偶占一卦，說是災劫將來。他學那白陽真人天書上的道法，人一入定，有時竟和死去一般，雖然預先行有禁法護身，冰屋中滿佈埋伏，終恐外人乘虛入內，萬一道法高強，雖不能傷他本人，卻可將他辛苦煉成的法寶破去。又恐我們這些小人為人劫走。這才在這班人中，除葛兒、福兒等四人外，又連我弟兄兩個挑出十四人來，各人給了一道符，傳了一些法術。進屋時只須往右一照，門戶道路立時現出。走進去不從幡下過，繞行上去，在他面前懸的一架小鐘上一敲，他便立時醒轉。

「不過人也只能走到鐘前為止，再近前仍是不能。這符我倒得有一張，大仙如用，當行奉上。那白陽真人十三頁天書，他視如至寶奇珍。偏生那書甚大，不能帶在身上法寶囊內。他為此事，特地用千年黃桶做了一個匣子，供在屋頂上面。四外俱有妖幡圍繞，看去只是一片光華，並不見書，只恐不易先取到呢。壁龍被大仙所殺，我又不該私自與弟相見，他如不死，我二人決活不了。只盼大仙能滅了他，叫做什就做什。至於克制他的法子，卻不曉得。我們不能由後面來路出去，要大仙帶著跳出，便是因那裡放有一面小幡在作怪。」

雲鳳順他指處一看，果然身後崖壁插著一面極薄的白麻小幡，滿是用鮮血畫就的符籙，隱隱見有人影印在上面，看不甚清。此外並無什別的異處。因聽小人說，近前不過被阻，除非硬要逃出，才行昏倒。自己還要深入虎穴，豈可見此卻步？便把飛針也取在手內，打算試它一試。為求謹慎，先挾著五小，如言飛越，一一帶出了圈子。然後囑咐五小暫候，重新縱入，故意往前。

剛走上去丈許遠近，便見那幡無風自展。接著一團濃霧從幡上飛起，霧影中裹定五個渾身浴血，與小人一般大小的厲鬼，做出攫拿之勢，迎面緩緩飛來，漸近漸大。才知那幡便是被害小人生魂所煉，益發不在心上。迎上前去，剛一橫手中劍，那五個厲鬼好似知道厲害，便即停了步，做出又想傷人，又害怕的神氣，欲前又卻。雲鳳看出妖幡伎倆有限，本想用飛針將它毀去。後又想起在戴家場時，聽玉清大師等仙人說，左道妖法大半與本人相連。此時破了妖幡，難免被妖人警覺，即可縱將出去，何必多此一舉？

試往後一退，那五個厲鬼也跟著追來，追到原處，便即自行隱去。雲鳳見五鬼追有一定界限，並不苦苦窮追，知是專為禁制小人而發，便不理它。仍由高處縱出一看，只沙沙、咪咪、尼尼三人在等，健兒、玄兒已往崖上招人去了。

等了不多一會，健兒、玄兒領了崖上群小來到，齊向雲鳳下拜。一點人數，不算原來五小，已有四十五人。

玄兒又說：「在冰屋中輪值的還有好些，除葛、福二小人死心為妖人鷹犬，喜作威福，欺凌同類外，俱是受了脅迫禁制，無法逃歸，朝不保夕，並非本願。望乞大仙開恩，少時前去除妖，不要一體殺害。」

餘人也是異口同聲，一般說法。並說葛兒、福兒挨近妖人，站在身側，各執一面三角妖旗，指揮全冰屋中埋伏，極容易認出。雲鳳暗忖：「這些小人境遇可憐，萬一自己不能獲勝，豈不害了他們？」

故意低喝道：「你們所說，我也難以盡信。如今我命沙沙、咪咪、尼尼、健兒、玄兒五人監看著你們，等我除了妖人回來，再行發落。你們願否？」

群小知雲鳳是前日打傷妖人的神仙，如今趕來除害，甚是放心，並無異言。雲鳳行時又囑咐大家，都躲往林中僻靜之處。如見妖人被自己打敗，逃經此間，略有動靜，急速各自散開，以免萬一妖人漏網，當時不曾除去，等自己走後重來，你們也可推作自在林中閒遊，並不知道上面有什動靜。如被妖人看出破綻，可說正在玩耍，被一個手持枴杖，滿頭白髮的老婆婆帶到此地便了。妖人知你們能力本來不濟，也不致遷怒殺害。雲鳳原意，即使自己不濟，至多沙、咪等五人受害，不致累及群小。說完，便不容群小答話，從健兒手中要過那道妖符，便往崖頂飛縱上去。

行近冰屋一看，那冰屋中、左兩門甚是明顯，餘外都是煙霏霧湧，雲鳳不知哪是冰屋。自從妖人得了白陽真人十三頁圖解，打坐時，已使妖法在內遮蔽，以免護法小人看見外面景物分心。除妖人自己，裡外都看不見。還以為冰牆透明，由內可以看外。雲鳳恐被屋中人看出，不敢由中、左二門經過，特地駕伏鶴行，繞向右面。心裡默祝著五姑靈佑，手取妖符一照。

那妖符是一面兩寸來長、一指多寬的竹牌，上面繪著許多骷髏符籙。才向冰牆一照，牆上煙霧便即散開，現出一個二尺多高，僅供小人出入的門戶。悄悄探頭一看，屋中幡幢林立，二十多個小人，各執一面妖旗，閉目合睛，按八卦形式站在那裡。當中坐定前日所見的妖人。身旁果有兩個執三角小幡的，這兩小人眼卻未閉，一手還各持一根長鞭，向四外小人查看，只要稍有移動，便一聲不響，揮鞭打去。看去此鞭連柄不過三尺，可是無論多遠，都可打到。嚇得那些小人如泥塑木雕般，長鞭打到身上，氣都未見敢喘。

知是葛、福兩小，見他們倚勢凌踐同類，群小畏之如虎，好生忿恨。心想：「這兩個小壞種，如不同時除去，他們手中那兩面旗，便是妖法樞紐，見人揮動，妖法發作，事就更難辦了。」還算好，右門當中兩小的側面，相隔又不遠，算計一縱可達。當下仍照前會妖人之法，先把氣沉下去，取出飛針，一手握著寶劍，輕輕移進門去。進屋才數步，葛、福兩小似已有了覺察，心裡還只說是自己人有什要事進屋，向妖人稟告。剛一轉臉，雲鳳早急忙將身子一縱，飛上前去，右手舉劍，一個順水推舟之勢，平揮出去。兩小見一個從未見過的大人飛近身來，剛在吃驚，「咦」了一聲，還未及看清來人面目，劍光過處，身首異處，屍橫就地。

雲鳳右手劍才往上一推，左手飛針也跟著向妖人發出。這一針按說妖人本難活命，也是妖人積惡如山，不能讓他這等輕易死去。自從日前受傷回來，總是心神不定，屢次卜卦，都無佳朕。嘴裡雖說得硬，要去尋那日前所遇女子報仇，實則震於白髮龍女崔五姑的大名，不特不敢去尋她門人的晦氣，並且時刻都在提心吊膽，深恐人家跟蹤尋上門來。又加傷勢初癒，真氣受損，儘管照常用功，卻是不能久坐。

無巧不巧，恰在這時醒轉，聽見小人驚咦之聲，便疑有變。一開眼見面前光華一亮，正是前所遇仇人，正待施為，雲鳳飛針已是發出。妖人吃過大苦，驚弓之鳥，一見又是一溜雷火飛到，連忙將身從座上借遁光縱起。只顧急於逃避，卻忘了身後攝魂法壇和座位上插著的那面主幡，人雖沒有受傷，這兩件要緊法寶卻被雷火過處，炸的炸，毀的毀，數十百道黑煙飄散處，化為灰燼。他見來人一到，先殺了兩個主要的護壇使者，屋中妖法重重，也全無效用，又將這兩樣法寶毀去，他不知雲鳳事出無心，以為是個行家能手，尋常妖法必然無功，不由大吃一驚。更恐來人將多年辛苦經營的巢穴毀去，太覺可惜。明知不敵，癡心還想將敵人引出，作困獸之鬥，便往屋外飛去。妖人這一怯敵，無形中卻給雲鳳平添了不少便宜。一飛針雖沒傷著敵人，卻打毀一壇一幡，冒起好些黑煙，也不知有什麼玄虛，見妖人不戰而退，心中大喜，膽力越壯，喝聲：「該死妖人哪裡走！」便捨了屋中群小，追將出來。

雲鳳身法雖快，終是步下，哪有妖人迅速，到了外面，妖人已無蹤影。正不知應向何方追趕，猛想起日前除那許多雙頭怪蛇時，飛針原能隨意指揮收發，現在看不出妖人逃走方向，不知能否如意？且試它一試，再作計較。當下把針托在手上，心中剛一默祝，一溜雷火已飛起空中，只略一旋轉，便向來路崖下投去。奔向崖邊一看，妖人並未逃走，站在左側林前空地之上，禹步行法，身畔飛起一道夾著火星的青黃光華，將飛針敵住。再看群小，除尼尼臥在地外，沙沙、咪咪、玄兒三人不知藏向何處，餘人也都四散藏起。只健兒同了另外幾個小人，想因藏的地方不妙，恰是敵人所畫的圈子裡，已被發現，無法躲藏，俱紛紛向著妖人訴說雲鳳所教的那一番話。

雲鳳見妖人未去，卻在那裡口中喃喃，指天畫地。飛針又被妖人用法寶敵住，手中還剩一口寶劍，不知他使的是什邪術，絲毫不知應付之法。雖然腳底仍待飛身縱落，心中卻是有些憂慮。一聽健兒等所言，忽然靈機一動，就在將往下縱之際倏地停步，向後故意央懇道：「弟子初次行道，求仙師賞一全功，待弟子擒不住妖人時，再行相助不遲。」一面說，心中暗祝五姑默佑，休使曾孫女兒敗於妖人之手。一縱身往下跳去，大喝道：「大膽妖人，還敢負隅。我奉仙師白髮龍女崔五仙姑之命，前來拿你，快快束手受擒，饒爾不死！」隨之一手握寶劍，往前便跑。

妖人一聽雲鳳那般說法，又見所放法寶是一條梭形的雷火，隱隱帶有金芒異彩，與各派不同，極似平日所聞凌、崔夫婦二人的家數。自己的子母飛星架僅抵得片時，以備抽空行法，敵人一運功，便敵不住。以為真個五姑親來了，否則一個剛入門不久，連縱遁飛行尚且不會的幼女，決不致命她一人下山涉險，為師門丟臉；便是本人，也不會有此大膽。健兒等又是異口同音，都說在崖上玩耍，被一個銀髮持拐的老婆婆用手一招，便身不由主分落崖下，晃了一晃，無影無蹤。

兩下裡對證，越想越真。前輩劍仙中有名的辣手，自己如何能敵？不由情虛膽寒，幾乎將已拿出來要行使的數十面三角妖幡重新收起，見機逃走，免得和以往死在凌、崔夫婦手下的妖人一樣，身遭慘戮了。當這進退瞬息之際，猛一眼看見四外出現了好些個小人，十九俱是自己收的徒孫，內有一兩個面生小人在裡面，俱各滿面笑容，有的還對著自己戟指互語，頗有叛意，心中好生奇怪。

原來沙、咪和眾小人過信雲鳳，又見妖人逃下崖來，雲鳳便跟蹤追下，益發認為妖人必死無疑，大半放心大膽，從各藏處鑽出，看妖人怎生就戮，以洩平日之恨。不料這一來，卻幾乎害了雲鳳。

妖人見了群小，忽然心動。暗忖：「敵人兩次俱打著白髮龍女崔五姑旗號，始終未見五姑本人的面。一下崖，又只用虛聲恫嚇，並未急速追來，頗有怯敵之意。前日相遇，無心中吃了大虧，本猜是那小人的王約請來的幫手。適才剛制倒一個生人，未曾細問。如今又在眾徒孫中，發覺這兩個面生的小人。以前葛、福等四徒孫原說群小思家，心存叵測。自己還想小人雖極聰明，並無什能力，決無此事。

「看今天他們神氣甚是可疑，莫非在這兩日中，小王暗中派了他們同類，帶了仇敵，乘自己打坐入定之時，勾引他們內叛，打聽出虛實避忌，想行刺不成，再將自己嚇退？那賤婢或許是五姑的門徒，可是背師行事，五姑卻未親來，否則這等道法高強的人，要這些小人作內應則甚？此事還須慎重，休要溝裡翻船，中了賤婢的道兒。她不過是一寶一劍，並未見有什別的出奇之處。兩次俱是遽出不意，被她佔了便宜。就是敵不過她，只要留心應付，一見真不濟，再行捨此逃去，也來得及。」

說時遲，那時快，妖人念頭剛轉，雲鳳已跑到跟前。妖人見她不但沒有別的伎倆，連現成空中一件異寶都似新得到手，只知發放，不會以本身真氣運用。更料定來人剛入門不久，一些道法不會，便偷了師父法寶，下山闖禍。自己白虛驚了一場，不由氣往上撞，目露凶光，獰笑一聲，怒喝道：「不知死活的賤婢！那日你祖師爺遭你暗算，還未及尋你算賬，今日上門送死，又暗傷了我的法寶。現在馬腳已露，還要打著老虔婆的名號。休說是你，便是老虔婆本人親來，又當如何？少時就擒，你祖師爺如不將你這賤婢擺佈盡興，萬剮千刀，以報前仇，誓不為人！」說罷，手一揚，便是數十道五色煙霧，箭一般從空下落，將雲鳳團團罩住。

雲鳳人本謹慎仔細，知己知彼，雖然兩次出手，俱佔上風，並不以此自驕。總覺自己不會法術，只憑一寶一劍，一有不濟，萬事皆休。一聽妖人看破行藏，詐未使上，便知不妙，立刻停了腳步。再見數十道彩煙射落，心中大驚，不知如何禦敵，只得將新學劍法施展開來防身。妖人眼看敵人就要暈倒，忽見煙中現出一道光華，將敵人身形裹住，電閃星馳，上下飛舞，暫時竟難傷她。並非身劍合一，卻能人劍不分，也看不出是哪一派的家數，也自驚奇。

心想：「任你劍法多好，反正你逃不出去，稍有疏忽，只要我的五行神煙一射到身上，也不愁你不束手受綁。現在那些謀叛的小孽障，正好乘此時機，捉來審問明白。等敵人少時昏倒，再設法去收她那法寶。」

心中打著如意算盤。再一看四外小人，就這一轉瞬間，想是看出仙人被困，神氣不妙，俱都紛紛逃沒了影。只有健兒等，因自己先前重視敵人，打算佈置最厲害的迷魂法術，引他們入伏，恰巧他們都落在圈子裡，無法逃避。又想起五姑雖未見過，聞得人言，她雖生就滿頭銀髮，卻似一個半中年的美婦，既然聽說是老婆婆，適才所說，分明不對。以前只說小人們個個聰明，收為徒孫，免卻一死，以備異日大用，不料轉眼之間，全數背叛。越想越咬牙切齒痛恨，決計少時除了仇敵，捉住群小，都殺了祭幡，一個不留。一眼看見健兒等尚在圈內，一個個戰兢兢，望著他嚇得直抖，益發暴怒如雷。

一面行使妖法，去制雲鳳；一面圓睜怪眼走過去，伸出鳥爪一般的手臂，當胸一把，將健兒抓了過來，往地下一擲，怒罵道：「你們這些昧良的小孽種，師爺爺當初大發慈悲，饒你們幾個不死，又開宏恩，收為徒孫，哪些不好？為何一旦之間，勾通外賊，叛逆行事？還敢打著崔老虔婆的旗號，幫著仇敵行詐。你們沒見那賤婢胎毛未退，道法全無，至多盜了一兩樣法寶，偷下山來，與老虔婆現眼？自被你師爺爺看破，微一舉手，便成了網中之魚。少時擒到，定要將她銼骨揚灰，再將你們一齊殺死，方消我恨！只是你們這些小孽種都隨我多年，今晚打坐時，還沒有看出你們破綻，心變得這麼快，到底是全數同謀，還是受了幾個壞人的蠱惑，何人為首？快快招出，免得惹爺爺生氣，你們臨死也不得痛快。」

健兒見仙人被困，自知無幸，打算把罪過都攬在自己一人身上。心一橫，神氣頓壯，慨然大聲說道：「我們有什人蠱惑，要背叛你？明明大家都在崖上練習佈陣，遇一個手持枴杖的白髮女仙，手一指，便到了此地。老妖鬼你看，你那餵來害人的怪物，不也是被仙人殺死了麼？」還要往下說時，妖人一聽他出言頂撞，又罵他是老妖鬼，不禁大怒，口裡罵道：「小孽種，活見鬼，便是老虔婆親來，我也把她碎屍萬段。我先把你吃了，看她救你不救？」說罷，剛要抓起健兒，去下毒手，忽聽身後有一女子聲音笑道：「大膽妖孽，當真地要見我麼？」

妖人驟出不意，不由吃了一驚。回頭一看，一個手持枴杖，滿頭銀髮的中年美婦，正含笑站在那裡，手指自己點頭呢。一想到那形相正是傳說中的白髮龍女崔五姑，未免膽寒。乍著膽子，喝問道：「你是何人，前來管我閒事？」

那銀髮婦人道：「你不是要見我這老虔婆嗎？我來了，你卻不認得。似你這等妖孽，真把你祖師的臉面丟盡了呢！」

說到這裡，突的綠眉插鬢，面容遽變，左手拐杖一指，一道五色毫光朝著妖人電射而出。同時右手一揚，又是一團雷火，朝雲鳳圍身的那團煙霧中飛去。再一指空中飛針，雷火大盛，將妖人法寶裂為粉碎，流光四散，飛落無蹤。妖人一見情勢不妙，嚇得心膽俱裂，也把手一揚，數十面妖幡化成數十道黑煙，夾著無數啾啾鬼哭之聲，朝前飛去，準備阻擋一陣，好駕遁光逃走。剛要遁起，便聽銀髮婦人笑喝道：「你已惡貫滿盈，還想逃麼？」接著便聽一聲霹靂般的大震，立時眼前奇亮。抬頭一看，先見那道五色毫光不知何時飛向高空，似光網一般，布將開來，交織著往下壓到。一震之後，紛紛飛散，銀雨流天，萬星飛射。妖人身才飛起數十丈上下，四外都被圍住。剛喊得一聲：「大仙饒命！」只見千萬點銀芒往當中一合，當時全身化為飛灰，形神俱滅，屍骨無存，死於非命。

這邊雲鳳正在力竭難支，忽見一團雷火飛將過來，只一照，便將妖煙邪霧一齊消去。定睛一看，前面站定銀髮美婦，正是叔曾祖母白髮龍女崔五姑。不由喜出望外，忙即飛跑過去，近前跪下，口尊曾祖，叩謝活命之恩，並求饒恕她離山之罪。五姑笑道：「這難怪你，是我臨時受了至友之託，來晚了些日子。雖累你受些苦楚，卻因此得益不少，還收了這兩個小人，足可供你山居奔走之用了。」說時，妖人業已伏誅。

五姑吩咐群小聚集攏來，去至崖上，發付完了再說。雲鳳忙將沙沙、咪咪、尼尼、玄兒四人從藏處喚出，連健兒一起尋來。群小除已死的四個不算外，共是七十二人，隨五姑去至崖上，走入冰屋裡面。由五姑破了妖法，放了已死小人魂魄，由他們自去投生。又取了白陽真人十三頁圖解。將屋中小人一律喚出，用雷火炸毀了冰屋。

好在四個極壞的小人已死，其餘俱是脅從，都跪在地上謝恩不迭。五姑正要行法送他們回去，健兒、玄兒、尼尼三人忽然跪近五姑、雲鳳身前，再三乞求寧死不願回洞，願隨二位大仙前往山中服役學道。五姑見健兒、玄兒俱甚聰明，根基頗厚，只尼尼年老一些，便對雲鳳道：「你所收二小人都好，自然跟你上山無疑了。這些小人，個個聰明，我也想挑兩個，與一位道友帶去，作那守洞童兒。難得他們出諸自願。這一個本元已虧，跟了去也是無用。就帶這弟兄兩人吧。」餘下小人看出便宜，也都紛紛要求。

五姑看了看，對尼尼道：「仙緣前生注定，此事不可勉強，我送你們回去吧。」說罷，吩咐雲鳳同沙、咪、健、玄四人在崖頂暫候，等她回來再行，同上白陽崖去。雲鳳恭稱遵命。尼尼等還要再求，五姑袍袖揮處，一片毫光，已攝了群小凌空而起。雲鳳自在崖上靜候。

等不一會，忽聽破空之聲，抬頭一看，一道經天長虹，青光耀目，本由東往西飛過，倏在空中一個轉折，眨眼工夫落到面前。光斂處，現出一個鳩形鵠面，穿著一身黑衣的中年婦人。四小人當是妖怪，嚇得四散奔逃。雲鳳在戴家場見過世面，看出來人劍光不是妖邪一流，忙一定心神，正要上前施禮請教。那婦人已開口問道：「你是何人門下？看你投師未久，怎得在此？那幾個小人，是哪裡來的？」

雲鳳躬身答道：「弟子凌雲鳳。家師白髮龍女，又是弟子的叔曾祖母。現往山那邊，少時就回。不知仙長法號怎麼稱呼？因何降此？望乞見示。」

婦人笑道：「原來你就是凌叫化的曾孫，崔五姑的門徒麼？資質倒也不差。我姓韓，多少年不曾出門了，今天還是第一次，往赤城看個朋友回來。因聽他說，這裡小人國附近白陽山腳下，盤踞著一個妖人，專一殺害小人，祭煉妖法，無惡不作，名叫膝角，乃寒山妖道鍾量的孽徒。我那朋友現正走火入魔，焚信香求救，將我請去，剛給他治好，還不能出門，請我便中將這廝師徒除去。歸途順道寒山，那廝已用他那獨門煉就妖術掌上乾坤袞區片影之法看出我將到達，知道不敵，預先帶了兩個孽徒，逃往廣西黃曲山惡鬼峽萬丈泉眼之內潛伏，不易搜除，我又急於回家，本想日後再來除害。行經這裡，空中遙望，見你和幾個小人在此，先以為是膝角妖黨，細看不類，就便下來，看個究竟。看這裡情形，妖人當已除去，那幾個小人定從妖人手中救出。莫非五姑好奇任性，這等質稟脆薄的小人，也要帶回山去傳授麼？」

雲鳳聽那口氣，頗似五姑老友，益發起敬，便把前事略說大概。姓韓的婦人笑道：「她夫婦從前一個門徒都不肯收，近來聽說比我還要好事，果然不假。你快喊他們近前，讓我看上一看，到底能造就麼？」

沙、咪、健、玄四人正藏身崖石後面，雲鳳一喊即至。那婦人細看了看笑道：「這裡的小人，本來也是大人，並非靖人一族，乃古黃夏國孑遺之民。因為萬年前，擁有廣土眾民，喪心病狂，不知振拔，外媚內爭，刁狡貪慾，竟尚淫佚，又復懼怯自私，以致土蹙民貧，人種日益短小，終於亡國，幾乎種類全滅。僅剩下一些沒被異族殺完的小人，逃入此山深處，與木石居，與鹿豕遊，受那鳥獸蟲蛇之害。體質最是柔脆，居然也有這等優秀的人出生。想是剝極必復，他們近幾代君民覺悟前非，追憶先民亡國之痛，才有此轉機了。」雲鳳又把小人洞中所見，略說了幾句。

那婦人道：「這幾個資質都還不差，雖無大就，必有小成，難怪受你師徒垂青了。五姑就在前面，我已來了些時，如何還不見來？本想略敘闊別，偏又急於回去。她來時，可代我致意。她這小人，如能贈我一個，可命你與我送去，當不使你虛此一行哩。」說罷，雲鳳方要問她家住何處，一道青虹刺天而起，眨眨眼破空入雲，不知去向。

雲鳳方在驚歎，玄兒忽走過來道：「這位大仙站在那裡，怎和剛才那位救我們的仙祖不一樣，身不沾地，好似輕飄飄的？」

雲鳳聞言，也想起剛才那位中年婦人周身黑衣，好似煙籠霧約，罩著一層精光，身子果如凌空一般。算計必是一位盛名的仙人，只可惜不及問她名字住處。等了一會，見五姑還未回來，心想：「難道在這裡，還會和在白陽崖那般，一去不來麼？」

見沙、咪、健、玄四人高高興興立在一處聚談，一聽竟是談那晨露花的來歷。自己本有心稟明五姑，再在附近產花之處尋找，因健兒頗知該花底細，喊過一問，才知那花共只發現兩朵，已極難得。一朵先被妖人取去，因不知服法毀了，懊悔得了不得。後來從白陽十三頁中悟出服法，派群小滿山大索，無奈那一朵在採時受了驚，隱入石土之中，再也找它不見。

妖人已然死了心，不料會被顛顛發現。他為人看去柔弱，卻比吁吁還要來得陰險，自己發現的仙草，卻喚吁吁同去，取了來獻功，也未安著好意。定是早就知道在穴中有護花的怪物，想拿吁吁去送死無疑。並且那兩小之言，也有好些不實不盡。晨露花所結仙果中的花露，乃萬年冰雪精英鍾孕而成，服了固可長生，便連那果肉果皮，無一樣不是有奇效的靈藥。雲鳳猛想起那個果殼，因恐怪物飛來傷了小人，曾用麻布包紮嚴緊，交給三小手內。一問咪咪，別的東西都在，說適才逃避妖人時，還見尼尼拿著，想是五姑送群小回洞，走得太速，連那小包一齊帶回王洞去了。好生可惜不置。

正在談說，眼前光華一閃，五姑現身飛回，忙率四小人重又上前叩拜。五姑說，親送群小回去時，在小王洞前，遇見寒山妖道鍾量的大徒弟五木鬼師樊森，來尋他師弟妖人膝角。路經那裡，看見群小，正要加害，被自己將他雙臂斫斷逃去。恐日後再來為害，已在洞外下了禁法，並傳給駝女閔湘娃怎生應用，所以來遲了一會。並說晨露果殼，連同洞崖上所生異草，可製許多奇效之藥，也傳給了駝女，命她日後配製備用。雲鳳便將適才所遇姓韓婦人之事稟過。

崔五姑喜道：「你能遇她，仙緣著實不淺。此人乃是現在數一數二的散仙神駝乙休當初的妻室韓仙子。自從當年夫妻二人為一件事情反目，她便將軀殼委化，藏入天琴壑內，設下禁牌神法，命她門下兩個女弟子，在那裡終年看守，自己隱入四川岷山之陰白犀潭底。你現在所見乃是她兵解以後所附的形體，並非原來法身。現在她想是用道家內火外焚之法，已漸將這第一軀殼化淨，所以你們看去如同煙籠身子，凌虛飄浮不定。此人得過玄都真傳，道法高深。聞說多年不曾出世。她既命你日後給她將小人送去，必有好處與你。不過此時尚去不得。前面不遠，就是白陽山麓，你且隨我回山，傳授你些劍法吧。」

雲鳳聞言，抬頭往前面一看，果有一座大山，高插雲表，自腰以上被雲霧遮住，看不到頂。不想連日懸盼探索的仙山，就近在眼前。方自心喜，五姑已吩咐雲鳳和四小同立一處。雲鳳覺眼前一暗，身子便凌空而起。這次上升，同前次雲中墜落，一喜一憂，簡直判若天淵。轉眼工夫，過了山腰，穿出雲上，頓覺天空氣朗，眼界大寬。回眸下視，更見雲海蒼茫，風濤萬變，周身似有光華隱現，看去風掩雲飛，疾如奔馬，卻吹不到身上來。四小俱嚇得閉目合睛，互相抱緊，隨同上升。只五姑不見蹤跡。

方自驚疑，直上之勢忽住，改了朝前平飛。猛見一座高崖劈面壓到，還未等看清，人已腳踏實地。定睛一看，正是日前故居白陽崖洞外面，見五姑正立身側，慌忙翻身下拜。四小人也跟著跪叩不迭。五姑一齊喚起，命雲鳳在洞外將所習圖解練將出來。

雲鳳因近幾日連服靈藥仙果，越發元氣充沛，神旺身輕，又加仙師在前，格外用心。五姑一面指點傳授，等到練完，喜道：「我本意來時你能將那圖解悟出一半，也就算是難得了。你竟能悟徹玄機，觸類旁通，精進如此。照這樣練下去，這外層功夫，有象之學，縱無師承，也可練成無疑。我因你叔曾祖父近在青螺峪創立宗派，有好些事要我相助，正苦不能時常分身，來此授業。恐你學業未精，緩日赴那峨嵋山凝碧仙府盛會時，在小輩仙俠中相形見絀，負你虔心向道之誠。偏你無端失足，誅戮妖人，巧得數百年不曾出世的白陽真人十三頁圖解；又因此事與韓仙子相遇，將來親送小人前去，不得異寶，必受教益。仙緣深厚，雖尚不如峨嵋門下的三英二雲，比起別人，已強得多。現得此圖解，只須我略微講解，再傳你劍術，便可自己用功，按圖索驥，無須我常來親身傳授了。

「適才我到小人洞中，見了許多小人，竟然個個聰明。惜乎天賦均極脆弱，無一可望成者。僅這四個資稟心志都在中人以上，卻被你無心接引到此，為千古散仙劍俠留一佳話。可見前緣注定，不可強求。這四小人，暫時隨你在此為伴，可將坐功一一傳授，課其勤情，以待我的後命。沙、咪二人與你曾共患難，又是你自己選得，可收在你的門下。健兒自有他的機緣。玄兒等你圖解貫通，劍術精純，到了身劍合一，絕跡飛行地步，可自行離山，將他送往四川岷山白犀潭去。求見韓仙子之後，再帶沙、咪二人下山積修外功，靜候峨嵋開府，去赴盛會便了。」說罷，便開始傳授劍法真訣。

雲鳳因聽五姑說不能常來，好生喜懼交集，又不敢請求，只得敬謹虔誠，心領神會，一一緊記在心裡。傳習以後，五姑未行前，又將那十三頁圖解翻開細看，遇有心疑之處，詳請訓示。

五姑笑道：「曾孫女兒無須如此，以你這等苦心毅力，焉有不成之事？現時縱有不明之處，學到那裡，自能領悟；況我有暇，仍會再來，並非從此絕跡，你擔憂著急則甚？你那食糧衣物，已為你存放洞底。如值空乏，沙、咪、健、玄四人俱慣山行，可以採辦山糧。不過這裡罡風太厲，今日風小，恐已難支。他們不比你，至少須勤練二百十九日，方能骨髓堅凝，不畏風寒。再者他們人小力弱，出去遇見稍大一點的鳥獸，便足為害。崖下深谷廣原之中，珍禽異獸甚多，到處產生黃精、首烏之類的山糧，是你師徒五人必遊之所。其勢你不能每去都相率同往，也須作一準備。我索性成全你們，賜他四人各服一粒。這是你叔曾祖父在崆峒絕頂，採用十洲三島八十九種仙草，與千年玉露合煉而成的仙丹，使其能在罡風之中遊行上下，不畏寒暑。另贈每人一枝歸元箭。

「此箭乃我初學道時，山居防身利器，隨發隨收，不用弓弩，一傳即會，至為容易。雖不足與飛劍、飛針等寶物抗衡，但不論多猛惡的鳥獸，只要不是精怪，足可應付。此外再傳你隱身之法，以備你劍術未成之前，閒中出遊，遇見異派中能手狹路尋仇，一個抵敵不住，立可隱身而去。這洞外有我施的禁法，只要進洞，他便無奈你何了。你約有旬日方可精熟，到時再將此法傳授他們，同防萬一。」

雲鳳聞言大喜，率四小跪領仙傳之後，又請五姑將那洞外禁法怎樣收用，再行傳授，以免萬一有自己人尋來，不得入內，誤蹈危機。五姑也含笑應允，分別傳授已畢，笑對雲鳳道：「我已為你多延了好些時候，你要努力上進，我去了。」說罷，眾人只覺眼前精光電轉，人已不見。雲鳳慌忙率了四小跪倒在地，敬謹拜送不迭。待了一會，才同進洞去。洞中景物依然，只是洞底添了許多衣糧用品，以及一針一線之微，無不備具。這才明白以前除一些乾糧外，無一不缺，乃是五姑故使嘗盡艱苦困乏，以試她的誠心如何，心中好生感激。因四小多未進食，先將小人洞中帶來的乾糧分給他們。沙沙為首，率領咪咪、健兒、玄兒三小，向雲鳳重行拜師之禮。吃完乾糧，雲鳳又給四小安排好了宿處和用功打坐的地方。然後傳授入門功夫，四小俱極穎悟，雲鳳甚喜。

練了些日，雲鳳便率領四小出洞，採辦野果山糧。山中異果嘉實，多到難以數計。尤其是那山谷裡面，不但物產豐美，景致奇麗，而且氣候溫和，四時皆春。可居住的好崖洞也甚多。玄兒問這般好去處，採辦果糧也方便，師父何不搬了來住？

雲鳳本嫌玄兒心野不純，便申斥道：「修道人原要辛苦刻厲，含辛茹苦，才能有成。別的不說，單那白陽真人的壁間遺圖，窮搜天下，哪裡找去？如為暫時眼前享受，何不到紅塵中去住呢？洞中奇景，也不在少，這裡不過花果多些罷了。你四人遇上這等曠世仙緣，難道還不足麼？」

玄兒默然。雲鳳因日後要送他往白犀潭去，恐道心不固，替自己丟人，從此對他格外留了份神。玄兒從此也不敢提前事。後來雲鳳日益猛進，用功愈勤，除隨時傳授四小逐步漸進外，往往一坐數日，足不履地。四小每日做完功課，也常離了雲鳳，往谷中閒遊，採辦果品。有時竟只兩人偕往，仗著有五姑所賜飛箭和隱身之法，遇到蛇獸，也不妨事，越來越膽大，走得越遠。不提。

雲鳳時常考查他們功課，看出四小都是一般，聰明有餘，根器不足。最吃虧的是元氣太弱，儘管求好向上，一點便透，做起來進境卻不甚快。知他們始因乃祖乃宗的元氣調傷太甚，以致後世子孫隔了千百年，仍舊身受其害。限於資稟，無可如何。時光易過，無事可敘，不覺過了四五月光景。

這日五姑忽然駕臨，見了雲鳳，大加獎許。雲鳳聞得獎語，益更兢兢，絲毫不敢自滿。更將四小進境遲緩說了。

五姑笑道：「癡孫女，你當他們也和你一樣麼？他們千百年來，均是吃了聰明的虧，見異思遷，淺嘗輒止，只知依人，懶於上進。子孫承此遺傳，流毒無窮。亡國以後，不是不想求好，只苦於沒有恆心，終於侷促於荒山一隅之地，與鳥獸同喘息，一事無成，形同異類。似他們這樣能向道用功的，我那日細看全洞，還再找不出一個呢，這就很難得了。否則上天有好生之德，愛人尤甚，他們那一族人身受慘痛，已歷多世，興滅繼絕，為修道人的莫大外功，他們藏處雖極隱秘，與世間隔，常人不到，怎瞞得過過往仙俠？如見他們稍有轉機，誰不援手？還不是看出他們俱都不可造就，才任其自生自滅的麼？」

雲鳳道：「孫兒也不是沒想到這一層，但又想到，既為孫兒弟子，如所學不濟，異日難免貽羞門戶，所以放心不下。曾祖母道法高深，必有回天之力，可否大發鴻恩，俾其脫胎換骨，易於成就麼？」

五姑笑道：「你又錯了。凡人是後天的，都可為力。先天的卻無法想，並且事有前緣。否則神仙盡人可度，不必再擇什麼根器資稟了。我對他們自有處置，不必多問。你只督飭傳授，照常用功，循序漸進便了。」雲鳳聞言，不敢再問。五姑傳授指點一番，方行飛去。過有一月，雲鳳進境更速，居然練到身劍合一，心中高興，自不消說。

這日四小去採黃精，雲鳳獨自一人，在崖前演習劍術，忽見四小飛奔而回，齊喊：「師父快去，谷中出了怪物了！」

雲鳳一問咪咪，才知四小近來入谷益深，日前在谷盡頭處叢莽藤蔓之中，發現一個數丈方圓的大洞，盡裡面有四五點明星閃動，疑是有什寶藏，一同入內探尋。走了老遠，那明星依舊在前一閃一閃地放光，只走不到。因進洞時天已向暮，恐出來久了，回去耽誤功課受責，便中途折轉。依了沙、咪、健兒，回來就向雲鳳稟告。

玄兒說：「師父這幾天剛把飛劍煉成，終日用功不間，比前更要勤苦，事情還未弄清，何必老早驚動？我們受師父大恩，無以為報。萬一那發光的真是寶物，等我們取到了手，再行恭恭敬敬地獻上，豈不都有光彩？」

三小也覺有理，便依了他。商量當日趕早前去，決定深入，探個下落。及至趕到進洞一看，廣闊宏深的洞裡面黑沉沉的。那四五點星光，仍是一閃一閃，相隔極近，分一字形懸空並列，和前日所見一樣，只是閃得更快。細看光色，也有不同：由右起，第一、三兩個是藍色，二、四兩個一紅一黃。因為閃得很快，始終沒有斷定是四個還是五個。等前進約有數里之遙，也未到達，那星光忽然全數隱去。

玄兒猛一動念，悄對三小道：「那年我們不是有人在一個山窟裡面看著兩點藍光，也當是個寶物嗎？後來卻衝出一隻大老虎，才知那光是虎目，被牠吃去好幾個人。牠嘗著了甜頭，每日在王洞外邊怒吼，誰也不敢出去。多虧閔大姑出主意，仗著我們能攀援峭壁，從外洞裡面夾崖牆翻越出去，掘下陷阱。又從遠處捉來一隻小黃牛，放在阱底。把牠誘來陷住，用毒劍刀矛，一齊亂下，才把虎弄死。雖說四五個眼睛的東西沒聽說過，小心為是，我們莫要看錯了，把怪物當作寶物，送給牠吃了，才不值呢。」

一句話把大家提醒，各自端起飛箭，想朝前放去，試上一試。咪咪忙攔道：「這個也使不得，萬一真是寶物，豈不被這一箭試壞，太可惜了？我們不是都會隱身法麼，隱了身子上前，當無妨害。是寶物取走；如是妖怪，也可量力行事。」沙沙、健兒連聲讚好。玄兒笑道：「你看星火隱去，不再出現，弄巧還跑了呢。」

言還未了，星光突明。晃眼間，由一個變成好幾個，連若串珠，明滅不定。只一轉，便即停住，只是閃動，好似換了地方，略微偏左，並非原處。四小越發起了戒心，俱聽咪咪之言，行法隱起身形，如飛趕去。又跑下有一二十里路，比起初見大了一倍，洞中竟黑暗得出奇。四小那般好的目力，此時除星光外，連路都辨不出來，別的景物更是一無所見。前後行約三十餘里，漸漸覺著身上濕陰陰，彷彿經行之處起了雲霧似的。四小也不管它，仍是前行。正走之間，覺著霧氣漸濃，窒人口鼻。可是前面星光卻未為濃霧所掩，依舊晶明，光輝愈旺。玄兒忽失聲驚道：「你們看這是什麼？」沙、咪、健三小原在玄兒身後，聞聲走到，定睛一看，身子已被一排大木樁擋住。從樁縫內看去，星光一亮一亮的，並未到底，只被那樁擋住，不能再朝前進。那霧也越來越重，微聞一股子蘭花香味夾在裡面，清馨撲鼻。

四小見那木樁排得緊密，分向兩旁，挨次探索，回來一問，都未探出一絲縫隙。便商量順著木樁往上爬，看看能否攀援過去。咪咪、玄兒當先，沙、健二人在後，上去還沒一丈，便達樁頂。四小一邊口中埋怨洞中太黑，近在咫尺，都看不出木樁短矮，白向兩邊探索了那麼遠；一邊便想從樁頂攀越。

玄兒雙手才搭向樁的裡邊，忽然「哎呀」一聲，翻身墜下。三小大驚，連忙跟著落下一問，玄兒說自己因見那星光相距不過數丈，打算搶在頭裡翻越，手才伸過樁去，猛覺眼前一花，霧影中似有一個獸首鳥身的怪物張口撲來，狀甚獰惡，連手帶上半截身子都被這個東西撞了一下，立時攀援不住，墜落下來。墜時曾見星火一轉，似已隱去。沙、咪、健三小因聞聲即回顧，又沒越到前面，聞言不信，說他眼花亂說，否則咪咪也正伸手過去，怎未看見？

當時沙、咪二人二次又攀了上去，頭剛一伸過椿頂，便覺一股子極勁的熱力迎面衝將過來，氣息全被堵住，再也抵抗不了，身不由己，手一鬆，便已墜下。星火果然斂去，卻不見怪物影子。健兒也捨了玄兒，上去試了試，照樣墜落。四小先甚害怕，等了一會，不見別的動靜聲息，不禁膽子又大起來。

玄兒道：「起先我們怕將寶物弄壞，所以不敢用太祖賜的飛箭去射。那怪物在星火的前邊，明明和晨露花一般，凡是有寶物的地方，都有毒蛇惡獸妖怪之類守護。我們隱住身子，怕牠何來？何不大家射牠一箭，對了更好，不對收了箭就逃回去。不問成否，藉著箭上光華，也可看出裡面到底是些什麼東西，回去稟告師父再來。」三小俱覺言之有理。健兒較為穩練，主張一人先射，餘人相機行事。因咪咪平日道力較深，便推他先射。三人俱在下面相候。

咪咪重又攀椿上去，到了頂巔。知道手不伸向椿裡去，那股子大力不會發動，心想看準怪物，再行下手。便用雙足夾椿，左手緊扳椿梢，右手握箭，往裡定睛一看，星光不見，黑洞洞的，只中間一片地方，彷彿有一團煙霧咕嘟嘟冒起。用盡目力，才略辨出些微跡象。鼻孔裡仍不時聞到蘭花香氣。算計那煙霧必是白的，否則不會看見，或者也許就是怪物在那裡噴氣呢。猛生一計，故意雙手倒換，先把左手朝裡一探，等對面那股強力一發，立時換手，將歸元箭發出，以便乘機看那怪物形相。說時遲，那時快，真個掩了身形，咪咪左手剛一伸過木樁，立覺千萬鈞重力迎手劈面衝來，倉猝之間，似有一個龐大黑影撲到。仗著心靈手快，早有準備，忙一撤左手，右手飛箭照準黑影打去；同時身子再也支持不住，墜將下來，那歸元箭出手就是一點龍眼般大的寒光，如流星趕月一般，暗中看去，原極晶明，因被這股暗力一衝，存不住身，仍是什麼也沒看見。咪咪恐飛箭有失，一下地，忙用收訣，招了回來。

木柵內聲息毫無，也不知射中了沒有。沙沙道：「我看裡面不一定便是怪物。那暗中大力，或許是從那寶光上發出，也未可知。否則先時玄師弟看見怪物影子，就說有木柵擋住，牠不出來，咪弟的箭發出去，不問射中與否，也必將牠惹惱，怎樣會全無動靜呢？」

健兒卻說：「荒山深谷，古洞幽深，怎會有這前人豎立的堅固木柵？事太奇怪。既然無法過去，最好還是回山稟明師父處置，以免惹出亂子。」

玄兒接口道：「健哥做事太小心。牠既不會衝出害人，又沒響動，更該查看明白，回山見師，也說得清楚些。擔驚害怕，空跑一趟則甚？」

沙、咪二人也主張再探一回。健兒不便拗眾，只得隨著。因頭一箭沒有吃著苦頭，膽子越大，這次上去，竟是四小一同下手，不再往前探手。照準中央發霧之所，四枝歸元箭同發出去，不問能中與否，好歹藉著箭頭寒光，看出一點跡象。

四小援上柵頂，玄兒為首，招呼一聲，箭剛發出去，柵內便起了旋風，星光照處，只見比水牛還大，一個略具獸首鳥身之形的怪物影子，濃黑一團，在暗影中飆飛電捲，看不清頭尾和面目真形。那四枝歸元箭的星光只圍著怪物近身數尺，凌空疾轉，好似有什東西隔住，不能下落。怪物既不發聲，也不避開，只在原來那一片地方與飛箭相持。四小方自驚奇，忽然一陣極重的蘭花香味劈面送來，鼻端剛一嗅到，立覺頭昏腦脹，四肢綿軟無力，身子早被那股絕大的暗力衝起，往後倒擲出去，落在地上昏倒。暈惘中，都覺有極輕微細碎的獸爪之聲，往洞外跑出去，一會又跑進柵去。四小知是怪物追趕過他們，還算身子隱住，落的地方不擋路，沒有被牠發覺。手足不能轉動，哪敢出聲說話，一個個害怕得要死。

等了好一會，才漸漸復原醒轉。聚到一起，正要逃出洞去，想起飛箭尚未收回。驚魂乍定之餘，也不敢再援柵上去窺探了，各用收訣收回飛箭。還算好，那四枝飛箭，仍是一招即回，並未受損。這才知道怪物業已招惱，木柵並攔不住牠出來。情勢不妙，處境甚危，再不見機速回，定要陷在裡面。箭收到手，正商量著要跑回去，忽聽柵裡面呼的一聲，飛起一物，落在地上，發出又輕又碎的腳步之聲，沙沙迎面急跑而來。黑影中看去，也看不見那東西的形相，只見一點星光懸空而行，高約丈許，其疾如矢，一晃眼便往洞外跑去。不一會又跑了回來，滿洞亂轉。

四小機警，又將身形隱住。一聽有了響動，立時分散，躲避一旁，沒有被牠撞上。那怪物二次出來，雖看不見，想是知道牠的仇敵就在左近，尚未逃走，不像第一次出柵追趕，一個出進，便即回去。只管在柵前十幾丈遠近那一片地方來回亂轉，頗有得而甘心之意。嚇得四小哪敢再將飛箭放出，只隨著星光飛處望影而逃。因為彼此相顧的原故，意忘了往外逃走，倉皇奔避中，腳底自然難免有些聲息。怪物聞聲，趕逐越緊，有時更用聲東擊西，欲北先南之策，看牠走向側面，喘息未定，倏又飛來。

玄兒有一次躲得稍慢，身剛縱起，便聽原立足處錚地響了一下，火星飛濺，那麼堅厚的石地，竟被怪物抓裂。接著沙、咪二人也照樣經了一次大險，都是身方縱起，怪物的鐵爪已經抓到，危機間不容髮，如被抓上，焉有命在。這一來，四小益發膽落魂飛，疲於奔命。逃避了好一會，才無心中聚在一起，恰巧怪物正向相反的方向追過去。四小中只健兒始終沒忘了逃走，因知乃弟玄兒最為躁妄，恐為怪物所傷，又不捨丟下三人，獨往洞外走出，又不敢大聲招呼，乾著了一陣子急。好容易聚在一起，一時情急，便低喊道：「我們還不往外逃，要等死麼？」

小人語聲極細，又是放低了說的，不想仍被怪物聽出。一言甫畢，前面星光已撥轉了頭，如射飛來。幸而沙、咪、玄兒等三小已被健兒提醒，一見星光飛到，立即飛身縱開。這時四小立處正當洞壁之下，人才舉步，怪物已是飛到。因這次來勢較猛，先是鏘的一聲，抓向壁上，火星飛濺。接著又是嘩啦連聲大震，洞壁被這一爪抓裂了一大塊，石頭墜下來，跌成粉碎。咪咪在百忙中回顧，彷彿火光照處，那怪物的長爪又細又直，和一根棍子相似，哪敢怠慢，撥轉身向外便跑。餘人也是同一心理，一面回顧注視著星光來路，一面腳底加勁，繞著邊，如魚漏網，亡命朝前急跑，偏生由木柵前逃往洞外，路甚遙遠，急切間哪能跑出。所幸那怪物老實了些，只照直路往前追，不似以前那麼來回亂躥。有時覺著追過了頭，又往回趕。追出約有七八里地，忽然退了回去，不再追來。

四小又跑了一會，不見動靜，才得坐下，喘息片刻。起立又跑不幾步，似見前面影影綽綽地矗立著一塊山石，高有七八丈，方圓也有三數丈，當路而立。四小進來兩次，俱未看見過這樣一塊大石。玄兒還在問咪師兄來時見未，健兒越看那山石越像人形。這時兩下裡相隔已近，猛覺頂上還有兩團碗大的碧光，綠黝黝一閃一閃在動，旁邊兩隻大手，已漸向外伸出。再定睛仔細一看，哪是什麼石頭，分明是一尊巨靈，正伸手俯身，向下撈來。同時沙、咪、玄三小也相繼看出，不由嚇得亡魂皆冒。

幸而那大怪物身軀粗大，運轉不靈，通體是個白色，洞中雖暗，稍一近前，還能看出牠的動作。洞徑又寬，否則大小相差，四小還不夠牠一個小指，如在黑暗中誤撞上去，還不被牠捏成了肉餅？四小知道再逃回去，遇見先前那怪物，也是沒命。這怪物行動遲鈍，不過外相太惡罷了。仍只有冒著奇險，向外衝出，不可向裡逃回。當下誰也不敢再有聲息，四人分成兩路，背貼洞壁而行，由怪物身畔抄出。沙、咪二人走向怪物左邊，覷準怪物的手臂動作，雙雙腳底用勁，剛一衝越過去，怪物已有覺察。牠伸出那數丈長的大手，往左邊身後撈去時，右邊的健兒兄弟，也跟著乘機縱出。四小一同邁步飛跑，僥倖沒被怪物撈上。正跑之間，玄兒忽想起那怪物雖然大得出奇，可是逃時並未見牠腳底走動。不禁轉回頭往後一看，怪物果然未追，兩隻大手也垂了下去，並且兩點綠光不見，臉仍向裡。

暗忖：「這東西虛有其表，原來是個廢物，休說走動，連回一下身都難。早知如此，何必那般害怕？」因前路已微見天光，出洞不遠，想起兩次探洞，白受這許多驚憂危難，一無所獲，好生氣憤。心想：「左右快要出洞，這怪物好似無什伎倆，何不賞牠一箭？」

想到這裡，也沒和三小商量，跑著跑著，倏地一回手，用那枝歸元箭照準怪物打去。先聽卡的一聲，似已打在怪物身上。忽聞巨響大作，轟隆之聲震得全洞皆起了迴響，宛如山崩地塌一般。

回頭一看，怪物並未倒下，已經轉過身子，踏著絕沉重的步履，從後追來。看去行動雖不甚快，聲勢卻甚驚人，方知不可輕侮。連忙收回飛箭，拔步便逃。前面三小無意中又吃了一個大驚，看出又是玄兒惹禍，才由健兒回身，拉了他攜手出逃，以免再生別的事故。幸而怪物追趕不上，不一會便逃了出來。遙聞洞內，還在怒吼震響。三小對玄兒，自免不了一番埋怨。匆匆跑回，對雲鳳一說前事。

雲鳳聞言，料知洞中異寶和怪物，兩樣都有，那裡離白陽崖甚近，弄巧還許是白陽真人遺物，也未可知。想了一想，見天已不早，自己和四小日課未完，好在洞中不會有外人前往，便命各自用功，明日做完早課，再行前去。

第二日，師徒五人做完早課，便往谷中進發。相隔那洞還有三二里路，眾人正行之間，玄兒忽然駭指道：「師父、師兄快看，這不是那大怪物麼？正站在那洞口呢！」雲鳳隨他手指處往前一看，前邊崖壁之下立著一個七八丈高的石頭，雖然略具人形，哪是什麼怪物。知道小人目力確是不及自己，當是看錯了，便喝道：「一塊石頭，也要大驚小怪。」咪咪接口道：「師父休怪，玄師弟說得不差，那地方便是洞口。本來是外面空空的一片平地，有些荊棘藤蔓，後經弟子等拔去，先後來過幾次，並沒見有別的東西。昨日弟子等害怕逃出，黑暗中雖未看得清楚怪物的形相，身量正和這個石人一般大小。師父你沒見他頭上有兩隻碧綠眼睛，那兩隻手也在動嗎？」

雲鳳再定睛一看，那石人頂上果有兩團淡淡的碧光，兩條臂膀正漸漸往上抬起。心想：「適才明明見是一塊像具人形的山石，只上下有此長短石紋，怎麼頃刻之間變了形狀？五姑熟知這裡情勢掌故，事前不會不知，並且兩次囑咐，命和四小常來此谷採辦山糧，言說之中，好似特別提醒，若有深意。果真洞中盤踞著有妖人，事前決不會不早為示及。據四小說，洞中怪物一靈一蠢。以四小那般微弱，尚能從容退出，何況自己。石人雖大，看似蠢笨，無什伎倆，且親身趕到那裡，再相機應付。」便問四小，如若膽怯，可以暫留當地，聞命再行前進。四小偏是膽大好奇，又仗師父護庇，俱巴不得同去，看怪物是怎生除法，同聲願往。雲鳳估量不致有害，也就由他們去。

不一會行近洞口，見怪物竟是活的。看去白髮如繩，披拂兩肩。眼大如盆，碧光閃閃。闊口箕張，銀牙如斧。身高八丈。手臂長有四丈，粗如合抱巨木。細審形相，頗似石人成精。如拿四小比較，真真小得可憐，不禁失笑。

暗忖：「這般蠢物，也知作怪。自己飛劍初次煉成，何不拿牠試上一試？」

剛轉念間，那怪物當洞而立，洞口只齊腰腹以下，看見人來，竟俯身伸手，作出向前撈抓之勢，動作甚是遲緩蠢笨。

雲鳳看透牠是個廢物，不過外表嚇人罷了。一面囑咐四小後退，左肩搖處，劍光便自飛起，眼看飛到。那怪物想是看出不對，兩臂往裡一合，身子便往石土中陷落下去，轟隆一聲大震，轉瞬即隱。下時身子筆直，兩手競拱，其形與古陵墓前的翁仲一般無二，只是比尋常的要長大得多。

先看牠行動那般遲緩，入地時卻是非常迅速。再加上雲鳳輕視了牠，知難躲避，意欲先斬落牠一條手臂，看牠怎生抵禦，飛劍出去，沒有加急，竟被躲過。劍光過處，微聞嚓嚓之聲，只將牠頭上銀髮削落了些。過去一看，儘是些刻成的石髮，有頭繩般粗，業被劍光削為碎段，心中不禁一動。先不進去，又問了問四小發現那洞的經過，便在洞前附近仔細查看，有無什麼別的異狀。先在洞前不遠叢草中，一邊一雙，發現四個石穴，長約數尺，寬約長的一半，形如大人足印。別處石地，都是一片渾成，惟獨有足印所在地卻隆起，成了一個四方形，彷彿似個石頭座子，相距有二十丈遠近。每雙足趾，俱都向外。再看那洞門，也是個正方形，齊如刀切，外面高僅數丈，洞內卻是高大宏深已極。放出劍光一看，由頂及地，少說也有二三十丈高下，甚是整齊修潔。細察壁間，隱現斧鑿之痕。一眼望去，黑洞洞不能及底。直往前走去，都是一般寬廣，分明是人工修的，並非天然形成，不覺又猜透了幾分。

因四小說裡面藏有怪物，黑暗中不敢造次，略進數十丈，便即翻身出來。將四小喊至面前，囑咐道：「這座大洞，頗似千年前的古墓。適才所見大人，定是翁仲之類。如我所料不差，此行必有奇遇。我幼年讀書，曾聞古人殉葬之物頗多。年深月久，洞外石人尚且為妖，洞既這等幽深，裡面難免不藏有山精野魅之類。我意欲身劍合一，飛入洞底，一查牠的來歷。你四人道行淺薄，不可入內，可在洞外覓一藏身之處相候，等我出來，再作計較。以免我顧了自己，還顧你們，諸多礙事。」

囑咐已畢，然後端整衣裳，走進洞去，向著洞內行禮默祝道：「昨得門人歸報，言說荒山古洞出了妖物。今早親來視察，方知是往古聖賢仙哲的佳域，本不應再為窺伺。不過弟子修道的白陽崖離此甚近，四個門人又是僬僥之民，道力淺薄，此谷為他們採辦山糧，日常遊息之所，惟恐一時不防，受了傷害；再者神聖埋真之處，也不容妖物盤踞。為此虔誠通稟，欲仗微末道行，入內一探，倘有妖物，就便除去，為前賢往哲蕩穢滌氛，掃除塵孽，決不敢妄有驚動。此中如藏有仙跡聖訓，足以啟迪蒙昧，嘉惠末學者，敬乞大放光明，勿吝昭示。區區愚誠，伏惟鑒佑。」

恭恭敬敬祝告方畢，忽聞洞內隱隱傳出「嗤嗤」的笑聲。雲鳳雖然藝高膽大，黑暗中聽去，也覺有些膽怯。忖度情理，如有妖物，必是一個勁敵。這得道多年的精怪，比那雪山妖人，定然還要厲害，彼明我暗，絲毫疏忽不得。當下把心一定，放出飛劍，與身合一，化成一道光華，直往洞底飛去。劍光迅速，比起四小行走，自然要快得多，雖然沿途還在逐處留神觀察，這三數十里的深遠，也只片刻工夫，便即飛到。雲鳳見一路之上均無阻隔，除先時暗中笑聲外，不特未遇見一個妖物精怪，連四小先見的那幾點星光，也未見出現。

雲鳳已到了木柵面前，便停了下來。細看那木柵，俱是整根合抱樹木排成，由東壁到西壁挨擠嚴密，不見一絲空隙。只是浮植立在地上，既未打樁，也沒個羈絆，看樣一推便倒。試用力一推，卻動都不動。

暗忖：「上古時代，俱用石瓦之類作殯宮裝飾。這排木柵，必是後人所為無疑，只不知他植此是何用意？」情知有異，二次將身飛起，越過柵去。過時暗中察覺阻力甚大，因本身飛劍出自五姑仙傳，神妙異常，並未阻住。頓覺四小所言不虛，益加小心。便按住劍光，緩緩前行。飛沒數丈遠近，忽見前面劍光照處，似有一座石碑，高約丈許，隱隱似有朱文字跡。近前落下劍光一看，上面只有「再進者死」四個大字，體作八分，朱色鮮明，甚是雄勁有力，也無款識年月。心剛一驚，忽然一陣陰風自碑後吹來，風中微聞咀嚼之聲，猜是妖物到來。

忙抬頭定睛一看，那東西生得獸頭如龍，雙角搓丫，大如樹幹，鳥身闊翼，也不知有多少丈長短，目大如斗，烏光閃閃，張著血盆大口，已快飛臨頭上，待要撲下。雲鳳不敢大意，忙縱遁光，先避過去，用飛劍護住全身，以防萬一。隨將飛針取出，大喝一聲：「大膽妖物！敢傷人麼？」便化成一溜火光，發出手去。雲鳳縱時，甚是迅疾。妖物本似有後退之狀，針還未飛到牠頭上，便自在黑暗中隱去。

雲鳳見妖物伎倆止此，心神頓放，收回了針，一縱遁光，跟蹤追趕。越過那碑，又近有三兩丈遠近，妖物全身倏隱。忽又見面前矗立著一座石碑，比先見的碑還要高大得多。近前一看，碑上滿是形如蝌蚪物像，似篆非篆，大小不同的字跡。雲鳳也曾讀過好幾年書，這碑上的字，竟一個也不認得。借劍上光華映照碑文，順著碑頂往上一看，不禁「咦」了一聲。原來這一座碑，高度幾達十六七丈，寬約五丈，厚有丈許，是一整塊山石造成。碑頂雕刻著一個東西，非禽非獸，盤踞上面，雙翼虯睛，形狀獰惡，勢欲怒飛，神情如活。才知先前怪物乃是碑上雕石成精。估量這碑方是原立，看那字，必在三代之上，只惜一字不識，查不出它的年代來歷。洞是古人墓穴，定在意中。先見那碑說再進必死，如指的是碑上怪獸，前進自無妨害，否則還不定有什花樣呢。因是古代遺跡，那怪物既然知難而退，便也不願毀損，仍是按著劍光前進。再深入約有半里，忽見六七顆明星都有碗大，流光熒熒，幻為異彩，在前面不遠暗影中出現，只一轉便漸漸隱退。猜是古代星寶放光，不由起了貪念，見將隱退，匆促中未及尋思，一催劍光，往前追去。劍光何等迅速，眼看飛近，星光倏隱。

又聽暗中「嗤」的一聲冷笑，覺比上次要近，彷彿就在身側不遠。接著一陣寒風吹過，身後轟隆之聲大作。雲鳳縱然膽大，因為洞中幽險，處境可怖，也未免嚇了一跳。忙往後看，仍是不見一物。暗忖：「這個洞黑暗得這般奇怪。憑自己目力，黑暗中本能見物，又經在白陽崖照著仙傳苦練多時，怎會一到洞內，便覺昏茫無睹？就算目力不濟，那一劍一針乃是仙家異寶，常用來照路，數十丈以內無不燭照通明，為何離開寶光丈許以外便看不見？莫非那碑上的警語果有其事？」

雲鳳剛想暫時退身出去，再回進來，就在這一轉瞬間，巨震忽止，微聞異香，眼前倏地一亮，光照處已能見物，只是微帶綠色，光並不強。方要查看光從何來，猛見來路上現出二門，甚是高大，業已緊閉。匆速中還以為以後為前，轉身時錯了方向，及至定睛往側面一看，不但兩邊牆壁俱仄了攏來，沒有初進時寬大，並且洞頂已矮了許多。再一回身，正中央是一長大石榻，上面臥著一具長大的死屍，衣飾奇古，與傳聞古人衣冠不類。左手持弓，右手拿著一件似矛非矛的石頭木質的兵器。頭裡腳外，仰天而臥。兩旁立臥著許多死屍，也各捧著石器用物和器械，約有百數十個，身材俱比常人大出一倍以上，神態如生。石榻兩旁，各有一個數丈方圓，形式古拙的石釜，裡面裝著半釜黑油，各有三個燈頭，光焰熒熒，時幻異彩，燈捻大如人臂，不知何物所製。細查形勢，三面是牆，來路石門已閉，分明已陷閉古墓殯宮以內。進來時，因為洞中奇黑，不覺誤入，這一驚真是吃得不小。

雲鳳見那些死屍雖像活的，並不動轉。急於逃出，不敢再行招惹，朝著榻上臥著的古屍默祝幾句，道了驚憂。正待回身破門而出，猛覺榻前死屍似在眉豎目轉，手足亂動。忽又一陣寒風挾著香氣，從油釜中捲起。就在這時，只聽洞外又是「嗤嗤」兩聲冷笑，榻前死屍全都活了轉來，各持弓箭器械，一擁齊上。

雲鳳慌了手腳，忙運劍光護身迎敵，且戰且退。那些活死屍雖然力猛械沉，但雲鳳劍光掃上去，所持兵器全都粉碎，並近不了身。可是那座石門卻是堅厚異常，劍光衝上去，只見石屑紛飛，塊礫爆落，卻攻它不透。那些活死屍更不放鬆，追殺不捨。雲鳳料那榻上屍靈是古代有名的聖哲帝王，那百餘活死屍必是當時隨殉之臣。自己無端擾及先聖賢帝王的陵寢墓宮，已覺負有罪愆，怎敢再妄加傷害。可是那些死屍好似看出她的心意，一味向劍光上硬衝，毫不畏忌。雲鳳一面還得留神閃避，只抵禦他們的器械，不便來到近身，所以戰起來，更覺吃力費事。似這樣支持衝突了一會，飛劍已把石門沖裂了八九尺深廣一個大坑洞，不特沒有洞穿出去，好似門裡面石質益發堅固，飛劍衝上去，漸漸碎裂甚少。身後那群活屍，更是一味猛攻不已。雲鳳身劍合一，雖不怕受傷，可是照此下去，要想敵人不受傷害，卻不能夠。一時情急，不由大喝道：「我凌雲鳳為除妖孽，誤入先代佳域，事出無心，並非有意侵侮。既不肯開放幽宮，任我自己衝出去也可，何事得罪，如此苦苦相迫？我已多次相讓，再若倚眾欺凌，說不得便要無禮了。」

說時，忽聽中間石榻上有了聲息，百忙中回臉一看，那具長大主屍，竟然緩緩坐起。同時門外「嗤嗤」之聲更是笑個不住。那百餘活屍，見中榻主屍坐起，立即停戰，恭恭敬敬地排班躬身上前參拜。

雲鳳這時方得看清主屍：頭如巴斗，雙目長有半尺，合成一條細線，微露瞳光，似睜似閉。再襯著那一張七八寸長，突出的闊口，上下唇鬚髯濃密，又粗又勁，彷彿蝟刺一般，越顯得相貌凶惡，威猛異常。雲鳳心有主見，認定這是古聖先哲與帝王陵墓。乍見群屍停手來拜，只當是主屍受了自己虔心默祝所動，哪知利害輕重，不但減了戒備，反收了劍光，恭恭敬敬下拜祝告道：「後民無知，誤入聖域，多蒙止住侍從，不加罪刑，大德寬仁，萬分感戴。只是聖靈居此，當在數千年以前，粵稽古史，未聞記載，盛德至功，欲悉無從。外面雖有豐碑崇立，古篆奧秘，難明高深。今者陵寢洞開，宮牆可越，惟恐山中道侶童奴無知，妄有窺測，不為侍從所諒，蹈犯危機，咎雖自取，未免有失聖賢博愛之仁。後民不揣冒瀆，敬乞將聖靈廟諱，生沒年代，略微指示。後民歸去，敬當稟明仙師，於洞外敬加封樹，惲克發揚至德，明闡幽光，兼可永固靈域，長存聖體，與天同壽……」

還要往下說時，忽聽玄兒的聲音隱聲暗中細聲喝道：「你算是什麼神聖，卻拿暗箭傷人！」接著，一點寒風從迎面頭上飛過，再聽鏘的一聲，左壁上火星飛揚，一枚四五尺長的箭桿已沒入石裡，不禁大驚。猛抬頭一看，主屍仍坐榻上，左手持著一張大弓，右手拿起第二枝箭搭了上去，那雙大眼業已睜開，瞪著酒杯大小的藍眼，正怒視自己，張弓要射神氣。

知道不好，忙運劍光護身飛起時，又聽玄兒在暗中說道：「師父用飛劍、飛針殺他們吧。這些活屍，都不是古代什麼好人，弟子同咪咪親耳聽他兩個同黨說的。」言還未了，那主屍手中箭倏地改了方向，竟朝玄兒發聲之處射去，鏘的一聲，又射到了石上。玄兒又在右壁罵道：「大妖鬼，我有仙太祖隱身之法，你如何能射得到呢？」

雲鳳才想起，玄兒用五姑所傳仙法隱了身形。自己劍光，四小定追不上，門閉已久，不知他二人怎得進來？又沒見咪咪答話。雖知這些古屍靈都未存著善意，到底是我犯人，非人犯我。這數千年前陵墓，必有來歷，不敢輕舉妄動。一面忙喝止玄兒，不可妄言妄動。再用五姑所傳隱身法，掐訣一看，玄兒隱身右側，拿油釜當了擋箭牌，蹲在那裡，手裡抱著咪咪，狀似昏迷。

那榻上主屍見兩箭未中，來人又看不見，意似暴怒，三次搭箭又要射去。玄兒因雲鳳禁止發話，已住了口，見狀沒等射出，已避入釜後。雲鳳急欲知道就裡，看咪咪業已受傷，不能言動，恐玄兒萬一被射，決吃不住。又見主屍頗有起身下榻之意，心想：「兩小既然能進，我必能出，何不將兩小挾了過來，悄聲一問？即使被主屍發覺，兩小有劍光護身，也不妨事。」

想到這裡，忙即飛身過去，就地上挾起兩小，飛回原處。低聲一問，才知玄兒膽量素大，和咪咪最莫逆，先因雲鳳恐四小有失，不准同行，好生掃興。後來待了一會，玄兒對眾說：「師父不要我們進去，無非為了我們道淺力薄，萬一有事，不能兼顧罷了。其實裡面怪物早見識過，怕牠怎的，拚著被師父責打幾下，到底也要看木柵裡面有何奇異景物。你們那個敢與我同去作伴麼？」

說了兩遍。先是沙、咪、健兒三小知他愛惹禍，誰也不願與他作伴。玄兒嘴本能說，賭氣說要獨往，又拿話一激，咪咪臉軟，不好意思，只得應允。健兒攔他不從，意欲隨往。卻被沙沙勸住，說：「他兩人違了師命犯規，必然受責，留下我二人，也好代他們求情。師父現在洞內，還怕什麼？如有亂子，你同了去，濟得甚事？有兩個年紀大點的沒犯規，師父的氣也生得小些。你也跟去怎的？」二人攔勸時，咪、玄二人連理也未理，逕隱身形，往洞中跑去。雖然雲鳳沿途觀察留連，怎麼也追不上，及等追到，雲鳳已入險被困多時了。

二小因過木柵時不見前番阻力，以為怪物邪法被師父破去，越發膽壯。方自心喜，忽聽鳥爪抓地之聲，由前側面走過。二人知道那怪物輕靈，比石人厲害，不敢出聲，想等牠過去，再行前進。忽見前面黑暗中影搖搖現出一團熒熒黃光，朝著怪物行處，懸空迎面而至，晃眼相遇，一同走來。二小往旁一閃，正碰在那第一塊石碑上，忙往碑後一躲。耳聽怪物口吐人言道：「師弟，你怎這般浪費？你知道這油是無價之寶麼？隨便就點了出來。前日若不是你淘氣，將那幾朵古燈花指揮出來玩耍，還不致招來外患呢。看今天來的這個女子甚是厲害，如非洞中藏有三千年黑眚之氣，遮蔽她的目力，將她引入陵穴封閉，說不定師父還要吃虧呢。還有昨天進來又逃出去的那幾個，也不知是人，還是山中鬼怪，聽聲音舉動，竟會生得那麼矮小。可惜被他隱身逃走，今天便來了這女子。我們居此多年，全無事故，倘若從此多事，豈不是你鬧出來的？」

另一人接口道：「師兄你少說這些話，上月不也是我用燈光，將那姓楊的女子引進來的麼？雖然她會參天龍禪，奈何她不得，沒降伏，到底得了她一枝靈藥，你和師父分服之後，不是還誇我機警麼？昨天大頭神又示兆，我才照樣辦的，今天引了人來，又沒吃虧，怎倒埋怨起我來了？祖師兵解時，曾命師父逃到這裡安身，再三叮囑，百年後方可出世，只不當人前說話，萬萬無事，否則有禍。這裡不比內陵，你卻說了這一大套話，要有外人混進來聽去，不正是犯大忌麼？」

那怪物道：「你說我，那你不是也在說話麼？那女子已被困住，哪有外人在此，怕些什麼？」

另一個道：「你倒說得好，昨日那幾個小鬼如在此，你看得見麼？事也真怪。前聞人言，這裡古屍厲害非常，以前凡在本山左近修道的人全被害死，連白陽真人都幾乎吃了他們的大虧。後來雖經白陽真人用法術將他們制住，因他們已經得道幾千年，終於還是消滅不得。只在中洞原墓道外設下禁法與靈木之陣，並和鳩后之子約定，不能越過那兩層木柵。另外在墓碑前立了一塊警碑，以防萬一有人誤入而已。由此他們雖然斂跡多年，因為洞中藏有三千年靈油，與天皇氏所煉兩柄金戈，太已啟人覬覦，難免有各派中能手來此盜取。他們仗有前約，巴不得有人來犯，才稱心意，哪肯放過？凡來的人，俱難倖免，十有九死在金戈之下。

「末後來的人數越多，死的也越多。才經佛教中的白眉和尚奉了師命，將外洞封閉，也不過是百十年間的事。他們既專與生人為仇，新近又與左鄰唐虞四凶中的窮奇之家相通，經過三年苦戰，一旦釋兵修好，成了一黨。同時封洞禁法，又為蟄龍行淫所污，再加一次地震，重新開放，他們聲勢益發浩大。那年我師徒四人亡命投止，原以為未必能以容納。怎會頭天剛到，小神便來自請訂交，不久引去，拜見鳩后，還得了他們不少好處？起初我暗中還在疑慮，不定哪一天發生禍事。如今相安多年，情同一家。鳩后因以前與白陽真人對敵，打去道行，傷了元氣。不似小神當時見機，早早逃歸墓穴裝死，得保無事。當年只以靈胎示兆，難得起身。可是他平日最能前知，怎麼昨天來的那幾個似人非人的小妖魔，你向他靈前叩問，他卻毫無示兆呢？莫是有什麼不好？」

那怪物道：「現在正有外人入網，誰能保他？倘設尚有餘黨，這些話豈是隨便說的？就是無事閒談，也得有個分寸。可見畜生終是畜生，不明事理，還不與我住嘴！」

另一人似已發怒，剛要回答，忽聽遠遠有極尖銳的哨聲傳來，怪物忙道：「師父在喚人呢，我們快去，就便看看神寢中被困的那個女子就擒沒有。」

咪咪、玄兒忙探頭往碑後一看，因為近在咫尺，又是以靜視動，比昨日自然要看得略清楚些。見金光之下，隱隱似有一個毛人影子。那怪物仍和昨日所見差不了多少，身子比那毛人高出好幾倍，兩隻腿腳又細又長，看不出牠的上身。兩個並在一處，正一同往前面洞的深處跑去。因知師父被陷，好生憂急，當時激於忠憤，也顧不及利害艱危，競自一提氣，急行如飛，跟蹤趕出里許之遙。前面二怪忽往右側一轉，兩小也緊隨牠們身後，進沒幾步，似入了一層門戶。忽見一片昏茫茫的毫光，目力所及，居然能以辨物。定睛一看，屋甚寬大，四壁和中央屋頂，各懸著一根火炬，火焰都有碗大，熒熒欲流。也能見物，只是黑氛若雲，彷彿甚厚，圍著光頭數尺以內，儘是一圈趕著一圈的黑暈窩，恍如急漩轉，無盡無休。靠左側有一高大石門，近門貼壁石榻上坐著一個人，紅臉，絡腮鬍子，生得又瘦又長，坐在那裡，比立著的人還高出一頭，手裡正抱著一個容態妖冶的少婦在說話。

兩小所隨的妖人，到了室內光盛之處，才漸漸現出牠們的身形。那用爪抓地疾行的，雖然口吐人言，並非人類，乃是一隻略具人形的怪鳥。身高約有兩丈，人面鷹喙，目閃碧光，滴溜溜亂轉。禿尾無毛，兩翼一張，像是人手。兩隻腿自膝以下，粗才徑寸，高達一丈三四，佔了身長的一多半，看去堅硬如鐵，爪和鋼抓相似，厥狀至怪。另一個通體生著寸多長的白毛，眼圓鼻陷，凸嘴尖腮，身後長尾上翹，看去頗似猴子。身量不高，卻能躡空御虛而行，手裡的光也是一根極小的火炬。

兩怪剛一走到男女怪人面前，那紅臉鬍子說道：「我此時有事，不能離開。適才袖占一卦，今日來的敵人不止一個，還有兩個同黨，俱是我徒弟的剋星，不可大意。你兩個速往內寢，看敵人成擒與否。你二位師伯性情古怪，每次總要把來人戲耍個夠，方行下手。今日如照舊行事，大是不妙。如見敵人尚在抗拒，一面發暗號請你師伯速起；一面急速退出，將法壇上留香點起備用，再報我知。我已囑咐你的師姊，即往壇上行法。石門已閉，她不知開啟之法，任是飛劍厲害，也須竟日之功，才能攻穿。這裡是唯一出口，雖有我在此防堵，但是她那劍光頗非尋常，到底還是無事穩妥。去時，可隱身甬壁之後，暗中探看行事，不可被敵人看破，以防她發覺，由此衝出。」兩怪領命，應了一聲，便往門中飛去。

兩小因時機緊迫，難得知道師父下落，不暇再聽下去，連忙跟蹤而入。進門乃是一座高大甬壁，隨定兩怪沿壁前進，約行十多丈，一邊的石壁忽斷，現出外面的星光。見兩怪業已止步，往外探頭偷看。又聽金石交觸之聲，匯為繁響。忙繞將出去，便到了雲鳳受困之所。一眼看見雲鳳身劍合一，正與許多長大妖人力戰，不時往石門上衝去，情甚逄遽，不由大驚。正苦無法近前，忽見甬道內似有一線光華，朝當中石榻上長大古屍射去，一會，古屍便自漸漸坐起。先前動手的妖人都停了戰，過來朝著榻前拜倒。雲鳳也住了手，回身禮拜通白。兩小心中好生不解。猛一眼看見雲鳳剛拜下去，躬身默祝，榻上古屍竟將榻旁弓箭拿起，對準雲鳳便射。咪咪救師情急，也忘了使用法寶，竟由左側飛身上去，對準箭桿就是一掌打去。

這時箭剛離弦，榻上古屍並未覺出暗中有人，吃這一下，將箭擋歪，失了準頭，竟往斜刺裡射了出去。雖未將雲鳳射中，可是咪咪的手一觸到箭上，立時涼氣攻心，渾身抖戰。暗道一聲：「不好！」強自掙扎縱開，業已支持不住，滾落榻下。幸而玄兒本要上前，緊跟在後，一見咪咪暈倒，知勢不佳，忙一把搶抱起來，先向東路縱開，出聲示警之後，再向右縱去。那古屍見那箭離弦，只覺被什麼東西打了一下，便行射歪，方自奇怪，忽聽有人小聲喝罵，向敵人報警，方知還有餘黨隱身在側，心中大怒。一面仍持弓箭去射敵人，一面抓起一把石子，朝語聲來處打去。玄兒早知有此，業已抱著咪咪縱向一旁，覓好隱身避險之處去了。

雲鳳同時也已警覺，當下行法，看出兩小所在，不由驚喜交集，忙身劍合一，飛上前去，挾抱過來，向玄兒問知就裡。一聽說墓中屍靈乃是古昔凶頑，不由大怒，這還有什顧恤，便大喝道：「大膽妖尸，無知腐骨，竟敢如此猖獗，今日是你劫運到了！」隨說隨將手中飛針發出，一溜火光，夾著殷殷雷聲，直朝榻上古屍飛去。玄兒見師父動手，也將歸元箭發出。眼看兩件法寶先後飛到，忽然一陣怪風，兩邊釜油中的燈光全都熄滅。光華倒映處，榻上古屍業已不知去向。接著一片玉石相觸之聲，琤縱雜鳴。先前那些旁立屍靈俱在黑暗中持著器械，蜂擁殺來。

雲鳳便運轉飛劍、飛針迎敵。這次是除惡惟恐不盡，顧忌全無。劍光雷火所到之處，那些屍靈連同所使器械，紛紛傷亡斷碎。殺了好一陣，雖覺步履奔騰之聲逐漸減少，可是那殘餘屍靈甚是頑強，儘管遇上劍光便即傷亡，仍是不肯逃退，一味奮勇殺來。墓穴奇黑，除卻劍光照處丈許方圓以內，簡直不能辨物，也不知敵屍還剩多少。後來漸覺敵勢愈稀，估量還有六七個未倒的，卻是狡獪異常，不似先前那些魯莽，滅裂得快，追東西來，追西東來，仗著地黑，雲鳳竟難得手，好不容易才能傷著他一個。猛一動念：「屍靈已滅十九，剩這幾個轉輪般盡和自己逗弄，既不戰，又不退，為首古屍卻又隱去。聽玄兒說，還有一個妖人同三個徒弟、兩個厲害古屍，為何不見出面，莫非故使緩兵之計，另有玄虛？先時不願衝出，原想斬妖除害，觀察目前情勢，甚可疑慮。據玄兒偷聽之言，當初白陽真人尚且沒奈他何，為首古屍必非易與。墓穴又如此奇黑，自己末學後輩，僅憑一劍一針，還挾著兩個小人，莫要中了道兒，後悔無及。古屍既喪許多黨羽，必不甘休，何不將他引向洞外光明之處動手除去，以免被他仗著地利，佔了便宜？」

想到這裡，知道出路就在榻側不遠的壁間甬道，悄命玄兒收回飛箭。因路口還有妖人在彼伏伺，故意口中大罵：「不將妖尸斬盡殺絕，決不退出！」一面運轉飛劍、飛針，又追尋敵屍，人卻漸漸飛向榻側，借劍上光華端詳出路。罵聲甫歇，便聽外面又是幾聲極尖厲的冷笑。

雲鳳原非膽怯，不知怎的，每次聽那笑聲，總覺有些肌膚起慄。料知是在嘲笑她說狂話，必是陰謀毒計。笑聲既作，發動必速，心中一驚，更不怠慢，劍光照處，影綽綽見壁間的牆果有一段凸出，再一拐便是甬路出口。手一招，收回飛針，倏地轉身，連人帶劍飛將出去，居然通行無阻。轉瞬見有光明透進，便照有光之處飛出。剛一飛進兩小來時所經妖人居室以內，便見迎面一座法台，法台上站定一個紅面妖人，對著一座爐鼎下拜。適間所見榻上古屍和一個赤身披髮的女子，俱都在側。那油釜中的幾朵星光，也移向台口，高懸在上，照得四壁通明。妖人一見雲鳳逃出，好似大出所料，又忙又驚，伸手便向爐內去抓。說時遲，那時快，雲鳳一見這般情形，料知行法害人，剛照面便將飛針先朝古屍打去。接著飛劍光直取妖人。妖人猝不及防，手正伸向爐內，法寶還未抓起，雲鳳飛劍已繞身而過，斬為兩段，屍橫就地。那赤身女子見勢不佳，剛縱妖風飛起，被玄兒冷不防一箭飛去，當場結果。

再看古屍，飛針過處，倏又隱去，雖然得手，古屍難傷，終是大患。心想將法台毀了再走，師徒二人劍、寶齊施，先毀那座爐鼎。針、劍光華剛到爐上，只聽一片爆音，飛起一大團濃煙，隱挾奇腥之氣，被劍光一絞，立即飛散。雲鳳師徒方要飛出，一眼看見台側掛著一件瓦器，形式奇古。雲鳳不問青紅皂白，撒手一針，雷聲過處，炸為粉碎，晃見光亮一閃即逝。毀完法台，正待飛出，忽又一陣陰風，星光全隱，僅剩四角和中央所懸的五根火炬，室內立即昏黃，僅能辨物。惟恐又蹈前轍，剛待飛出，耳聽右壁以內一聲慘嘯。回頭一看，一隻奇怪大鳥破壁而出，疾如箭射，逕往外面飛去。

玄兒忙喊：「師父快放飛劍，那便是妖人的怪物徒弟。」已是被牠逃走。就在這驚忙一瞬之間，猛又聽壁內有一女子聲音喊道：「那一位道友，外面出路已斷，古妖尸窮奇設有厲害埋伏。我等恐非其敵，非將牠引出，不能得手。請隨我由此出去吧。」接著一道金光飛到，現出一個年約十四五歲的道裝少女，身背劍匣，腰帶革囊，英骨仙姿，美如天人。雲鳳先還當這裡不會有什生人，又是古屍詭計。及見來人現身和所用劍光，竟是五姑所說正派中的能手，立時改容答道：「道友何人，怎得在此？」

少女答道：「事在緊急，此非善地，不及細談。我是姑蘇楊瑾，快隨我先出要緊。」說時一口南音，甚是清婉。

雲鳳未及回答，楊瑾早將手一拍革囊，立現一團銀花，其明逾電，先往壁內飛去，隨即舉手一讓。雲鳳忙催劍光，一同飛入。裡面乃是一間極陰森黑暗的大地穴。銀花飛到壁上面，只聽叭嚓嘩剝一片爆裂之聲響個不歇。銀雪流輝中，壁石墜落，紛如飛雪，晃眼工夫，已開通出十丈深廣。真個山崩地陷，無此神速。不多一會，半里多厚的山石，便已穿透。

二女剛一同飛出險地，隱隱聞得身後厲聲啾啾，甚是刺耳。雲鳳回頭一看，一團煙霧，簇擁著一張似人非人的怪臉，頭前腳後，平飛追來，怒目闊口，獠牙外露，霧影中也看不見他的身子。彷彿手上拿著一張大弓，搭箭要射。正待回身飛劍迎敵。楊瑾已回手朝後一揚，立時便是三點赤紅如火，有拳頭大小的光華，朝那怪臉打去。便聽「哇」的一聲怪叫，又冒起一團黑煙，滾滾突突，比前更濃出好幾倍，簇擁著怪臉，往洞內退去。同時又現出一張大口，口裡面飛射出無數金星黃絲，正擋那三點火光的去路。楊瑾定睛一看，不禁吃了一驚，忙將手一招，收了回來。這時玄兒在雲鳳脅下看出便宜，竟不等招呼，將手中飛箭發出。等楊瑾收回法寶，想要喝止，已是無及。一道光華過處，直射入大口之中，如石投海，杳無聲息，那大口也就此隱去，只剩了新闢的那個洞穴。玄兒連用兩次收法，俱未收轉，急得直喊：「師父，弟子的歸元箭被那怪物吞去了。」

楊瑾先見寶光飛出，當是雲鳳所為。一聽小人說話，才知雲鳳還帶有徒弟，隱身在側。忙道：「你那法寶，許已消滅。此時速離險地，商量除妖要緊，別的暫時顧他不得了。」隨說，用手一招雲鳳，飛身而起。雲鳳只得相隨飛身，一同脫開崖頂，直飛出谷，方行落下。途中遙聞墓穴中怪聲大作，又尖又厲。落地時見楊瑾面上好似驚容乍斂，也未將妖人引出追來，好生不解。

正要開口，楊瑾道：「不想這些古魅如此厲害，難怪當初白陽真人收他們費事。我被困墓穴之中業已多日，多虧道友機警神速，在他妖法將舉未舉，危機瞬息之際出其不意，斬卻妖人師徒，去了他的羽翼，破去禁法，將小妹放出。先還只說有道友仙劍，只須將他引出，便不難合力除他。可惜月前因事耽延，去遲了一步，窮奇果將軒轅聖帝至寶偷到此間。如非家師早示玄機，預有吩咐，即使當時破壁飛出，得免於難，恐怕也和令高足一樣，法寶難免不受損毀呢。」

雲鳳問故，楊瑾道：「穴中為首屍靈，原只兩個，乃上古苗民之君。老的一個，名叫無華氏，原也不算惡人。只因乃子戎敦稟天地乖戾之氣而生，自幼即具神力，能手搏飛龍，生裂犀象。三野之民，俱都蠻野尚力，因此父子二人俱受國人敬畏，並不以他殘暴為苦。此時正當軒轅之世，蚩尤造反，驅上古猛獸玄犛作戰，將不周山天柱寶峰撞折，殘損了無數珍物。後來蚩尤伏誅，戎敦與蚩尤交好，曾與逆謀，也被軒轅捉去，輂地為牢，囚了他三年零五個月，經乃父服罪泣求，始行放歸。戎敦生性暴烈，認為奇恥大辱，平日越想越慚恨，扶病就道，甫及國門，便自氣死。乃父無華見愛子身死。憤不欲生，每日悲泣怨悔，不到一年，也就死去。

「新君繼位，原是他的一個權臣，名喚北車，奸詭凶頑，藉口感念先王德威，設下毒計。就在這白陽山，古稱無華穴內，為他父子築了一座絕大的墓穴。所用人工，達於十萬有奇，使國中智勇之民，全都役於王事，無暇旁及，他好做那安穩的君主。興工三日，先修成了墓穴，把前王所有親近臣人，全都禁閉在內，對人民卻說是他等自願從殉。工事達十七年之久，始將全墓道建成。這時業已舉國騷然，最終仍死於暴民之手。只便宜了無華氏父子，因葬處地脈絕佳，他父子又非常人，年代一久，竟然得了靈域地氣，成了氣候。起初他父子如向正處修為，本可成一正果。無奈乖戾之性難改，終於成了妖孽，專與好人為難。

「從他父子死去滿二千一百年後，便逐漸出穴為害。附近修道之士，遭他傷害的，往古迄今，也不知有多少。所幸老的雖然縱子行兇，尚能略知善惡之分，只許乃子在本山五百里方圓以內殘害生物，洩那千古無窮之恨，卻不許他超出五百里以外，以免多行不義，自膺天罰。父子二人，還為此爭鬥，否則其害更是不堪。直到白陽真人來此修道，才用大法力，將他父子重行禁閉穴內。因其氣運未終，仍是無奈他何。新近數十年間，他因墓門難出，只得作個萬一之想，打算由墓中穿通地脈，出去求救。這其間，他父子著實也耗去了不少心力，居然被他遠出數百里之外，驚動了四凶中窮奇的幽宮。兩下裡先是苦戰多日，末後竟打成了相識。同時又收納適才被殺的妖道師徒為爪牙。三下裡同惡相濟，破了白陽真人禁法，由此如虎生翼，惡焰復熾。

「小妹來時，家師曾說，這三個古屍久未出世為害，只因有著兩層顧忌：一層是無華氏生前坐下有一神鳩，當年曾仗著此鳩，威震百蠻，神異通變，厲害無比，因此又叫做鳩后。當無華氏未死以前數年，那神鳩忽然生了奇病，一息奄奄，終日瞑目，彷彿將斃，一直也未痊癒。無華氏死後，那權臣知此鳥除故君父子外，性暴嗜殺，無人能制，恐異日癒後為患，便將此鳥隨定諸臣工一同殉葬。那鳩入了墓穴，便蹲伏內寢石穴之中，直到無華氏父子成了氣候，始終不死不活。

「後來無華氏年久通靈，才算出牠無心中吃了一株仙人廑，昏醉至今，不但未死，心中一樣明白。這多年來，每日都在冥心內煉，服氣勤修，年時一到，立即復原，比起從前，何止厲害十倍。只現時身子僵硬，不能鳴飛騰撲罷了。靜中細一計算，那仙人塵服下一片，不論人禽，俱要昏醉僵死過去五百年之久。此鳩所服葉數，距今還有七年，便可出世。不過牠潛伏石穴之內已數千年。身未復原以前，萬萬動牠不得。無華氏本人因與白陽真人鬥法苦戰，毀卻好些法寶，還被傷了元氣，打落道行，神靈雖在，軀體若死。要在穴中借那地靈之氣，二次修煉，距今算起來，也還有三五年，方能形神俱固，自在遊行。二層是戎敦、窮奇各有一次天劫未滿。

「因墓穴中地利絕佳，又有兩釜數千年的靈油和那幾盞神燈均具無窮妙用，為天魔所最畏忌之物。恰巧妖道金花教主鍾昂父子，因往東海三仙處盜藥，被妙一真人齊師叔所殺，死前借血光遁法，逃回青田山。知他那一教為惡多端，自己死後更不為正派所容，卜了一卦，算出此地可以藏身。便命乃子鍾敢帶了三個小妖黨，投到三尸墓中。兩下裡本就氣味相投，再加鍾敢會煉生肌固魂之法，更合妖尸大用，於是結為死黨。每日各自用功修煉，準備七年之後，修煉成功，再行大舉。

「家師說小妹修道日淺，寸功未立，正好乘此時機，前去除妖。行時又再三叮囑，說小妹此行，吉凶參半，有禍有福。無華氏父子，此時雖不便離山，不至為害。窮奇伏誅數千年間，機變異常，從未受過什麼災害，不時私離墓穴，以作惡害人為樂。他知軒轅聖帝陵寢中藏有一面昊天寶鑒和一座九疑鼎，都是宇宙間的至寶奇珍，已經謀竊數次，雖未得手，並不死心。這兩件寶物，藏在聖帝陵寢內穴拱壁之中，有聖帝神符封鎖，外加歷代謁陵的十六位前輩真仙所加重重禁法，本來無論仙凡，俱難劫取。但是近年聖帝神符已失靈效，正該寶物出世之時。恰巧那妖道手下有一怪鳥，平日以屍為糧。爪喙勝逾精鋼，專能穿土入石，下透黃壤；妖道又會一套石遁妖法，能避開前後墓道所設禁法，由側面遠處攻入。兩惡既合，勢必再起貪慾。同謀復往劫取。此番去白陽除妖以前，可先期趕往聖陵，謁拜禱告之後，用家師靈符仙法護身，逕用土遁由墓門入內，取了二寶，再往白陽，萬無一失；否則功雖終於必成，恐難免旬日災厄了。

「也是小妹大意，命中該遭此劫，行至中途，忽遇前世宿仇，橫加阻礙，當時氣盛，忘了家師叮囑，沒有暫避一時，不與計較。兩下爭殺起來，連與鬥法三日，方行得手，還未過家師前說的日限。我以為妖尸窮奇垂涎此寶已數千年，俱未得手，短短三日工夫，不見得便被盜去。誰知到了聖陵，費了許多心力，方行入內一看，不但二寶全失，四壁略有殘破痕跡。出陵見一柬帖，乃舊友白谷逸所留。才知窮奇已在三日前，仗著妖法妖鳥，將寶盜走。他受東海玄真子所托，辦一要事，行至那裡，看出有異，運用玄機一算，才知寶物已失。窮奇盜寶之時，本還想殘毀聖陵，幸得壁間埋伏發動，神弩齊發，才將他驚走。因知我隨後必去，特地留柬代面，並囑速來，他辦完那樁要事，或能趕來相見。

「小妹自恃兩世修為，靈根未混，又從家師學了金剛、天龍諸般坐禪之法，還有隨身的許多法寶，沒有熟計深思。一到此，見洞內有數點星光閃動，當是妖尸弄鬼，冒然追去，連破了他兩重妖法，和道友一樣，由黑霧中闖入內穴，殺了許多殉葬古屍。方覺他們無什伎倆，誰知那些殉葬古屍早為白陽真人誅戮，並未復生，乃是受了妖法驅使，用作誘敵之計。眼看殺光，忽見榻上古屍坐起，剛發劍光上前，便被窮奇和妖道在黑暗中用顛倒五行挪移大法，將小妹困入一個石穴之內。更由妖道設壇，將本身元神虛禁起來，脫身不得。幸而見機還早，一覺出情勢不佳，立時盤膝坐禪，外用飛劍護身。雖然他台上鎮物不去脫身不得，但只是邪教中的借物虛禁，坐禪一日，不為所破，仍是無可奈何。所惜應變倉猝，把放出去的幾件法寶和途中採得的一株仙草，俱被他們奪去。法寶當能珠還，那株仙草必為分服無疑的了。

「連困許多天，靜中觀察妖黨動作，俱得深悉。但是元神受了虛禁，在石穴中雖然受困，還可運用禪功，抵禦一時。如出石穴，他將鎮物行法一毀，便即裂體而死。昨日正在悔恨，不該冒昧行險，沒有深思，聽妖道、妖尸談論，又有幾人為神燈所誘，誤蹈危境。只因每次來人，他等都要守著當年白陽真人的信約，不過神木、警碑深入，不肯下手。來人看似無什法力，卻都善於隱身，又極機警，稍見不妙，即行隱去。因這一遲延，再略微大意，等到妖道命他們出追，已被逃走。

「歸報來人語聲步聲頗為細碎，不似生人，以為是山中木客靈藥之類，初學人形變化，算計下次必來。還吩咐妖黨隨時留意，務要生擒。今日正該用妖焰煉那鎮物之時，便聽他們在說適才來一女子，劍光甚是厲害，已被戎敦、窮奇誘入內穴。正商量用極厲害的妖法困陷來人，道友已乘其不意，飛將出來。按說妖屍有數千年修煉，固不好惹；便是妖道師徒，均非弱者。也是妖道命該遭劫，道友出來時，他正在行法緊要的當兒，道友又是二寶齊施，使得他們措手不及，只戎敦遁走，妖道師徒竟難倖免。妖道一死，妖法無人主持，小妹在穴中神光大旺。恰巧道友將他法鼎鎮物一齊毀去。元神無制，立即脫身出來。此時危險萬分，動作稍失神速，道友必也失陷在內，事便難說了。」

說時，健玄兩小為洞中巨聲所震，一見師父劍光，慌不迭的飛跑趕至。雲鳳命各將隱身之法撤去，現身出來。給咪咪口裡塞了一粒五姑賜的靈丹，漸漸甦醒。正命四小上前拜見。聽罷前言，忽想起五姑曾說，曾祖姑凌雪鴻現已轉劫，托身在姑蘇七里山塘一個姓楊的家中。此女恰好姓楊，看年紀不過雙十，卻說曾祖姑父追雲叟是她舊友，明明是她老人家無疑，不禁脫口說道：「道友既與追雲叟有舊，名分已高出雲鳳數輩。適聞姓楊，生在姑蘇，你老人家前生莫非姓凌，名諱是上雪下鴻，五十年前在開元寺兵解坐化的麼？」

楊瑾驚道：「我原姓凌，如今小字凌生，便為的是這一層因果。你是怎生知道？」

雲鳳慌忙下拜，口稱曾祖姑，說了前事。

楊瑾聞言大喜，忙拉起道：「道家不比俗家，重在入門班列，所以你又可算我前生嫂氏崔五姑的門下。你對白道友用那尊稱尚可，我已轉劫易姓，如此稱呼，實有未便。彼此門戶不同，你以晚輩自居足矣。」雲鳳自然不肯，經楊瑾再三解說，方允僭稱師叔。

楊瑾雖然前因未昧，道法高強，轉世年紀畢竟還輕。見了四小甚是心愛，與雲鳳更為莫逆，互稱奇遇不置。末後又談除妖之事，楊瑾說，三尸本有兩柄金戈，再加上軒轅二寶，著實厲害非常。雲鳳適斬妖道，一舉成功，由於對方輕敵太過，諸般都是湊巧，論道力決非對手。自己連受多日之困，元氣未復，須按師父坐禪妙法，稍自休養，再與雲鳳同往，有備於先，縱然不勝，也不至於二次失陷等語。雲鳳自然遵命。

第六章　狹路逢仇

當下雲鳳、楊瑾便帶了四小，往白陽崖洞中飛回。進洞落座，雲鳳重又率領四小，上前拜見，獻上清泉山果。因楊瑾變計，要修養真靈，復元之後，再去除妖。

坐禪須在夜間子時以前起始，天甫黃昏，還有餘暇，互相談起前事。才知凌雪鴻自在開元寺兵解坐化後，她生前殺孽太重，內功也稍欠精純，成不得地仙。幸虧神尼優曇護持她的真靈，到處尋找軀殼。因是功候未成，便遭兵解，不比尋常元嬰，神遊失體，只要一具好軀殼，便可入竅。

又因受了她前生恩師芬陀大師的重托，欲令重轉一生，由幼年入道，以求深造，更要避免輪迴，免昧夙因，必須在遊行之際，遇到那剛剛斷氣夭亡女嬰，附體重生。這女嬰又須生來靈秀清健，不是濁物，方配得上。可是這等靈秀清健的女嬰，又不會夭亡，遇合極難。一連帶她尋了好些天，最後仗著神尼優曇的玄機妙算，才在姑蘇閶門外七里山塘，找到她的軀殼。

那家姓楊，名阿福，是個極本分的人。妻子潘氏。以種花釣魚為業，又種得幾畝田。吳中富庶，本可將就度日，無奈膝前子女眾多。潘氏自十七歲出嫁，差不多每年有孕，而且每生必育，中間有幾回還是雙胎。雖然夫妻二人年甫四十，已生了二十多個子女，一個指身為業的人，卻如何養育得起？一年到頭，都是為了兒女忙累。

後來人口日多，休說撫養艱難，便連住的地方都沒有。偏生末七八胎，全是女孩。大一點的男孩子，還可送出去傭工學生意，減些食糧。這些孩子，年紀都小，個個生相醜陋。加以乃父經年辛勞，乃母除料理家務外，一年有半年拖著大肚子生病，沒有精神管教，無一個不是淘氣到了極點，常招四鄰厭煩。連想送給人當童媳、丫頭，都沒人要。便大了來，也未必嫁得出去。簡直是許多活累。每日正為此愁煩，偏生末一胎生楊瑾時，不但又是個女的，相貌更比前幾個還醜得多。這年又趕上了兩場冰雹，生活愈難自給。

潘氏一見又是一個醜女，當時一氣，只哭喊一聲：「我弗要格種小鬼丫頭，害人精呀！」便已急暈過去。阿福見妻暈死，慌了手腳。自己委實也是恨極，一面救轉潘氏，一面打算將嬰兒拋在門前吳江裡淹死，又下不了手。想了想，無計可施，便拿些破棉花與破布，連頭一包，放在房後老遠的大井旁邊。原意嬰兒初生，不是生得多的父母，難辨出她的美醜，想盼不知就裡的過路人來拾去餵養，既減負擔，又省得欠下一條命債。卻不想那日正是三九下雪天氣，朔風凜冽，寒冷非常，初生嬰兒置於暖房，尚且不溫，何況風雪地裡，舊棉破布怎能支持得住？阿福心懸產婦，一切均未顧及，放在井旁，回身就走。走沒片刻，嬰兒便已凍死過去。

這時恰好神尼優曇帶了凌雪鴻的靈光，不先不後趕到。解開包一看，見那嬰兒生得天庭飽滿，長眉插鬢，秀髮如漆，五官甚是清奇，一張赤紅臉，已凍成青白色。知道新死俄頃，是個絕好的胎殼。暗道了一聲：「罪過！」把雪鴻的靈光合了上去，又與她塞了一粒靈丹在口內。

嬰兒立即醒轉，拿眼望著神尼優曇，呀呀欲語。神尼優曇忙止住她道：「凌道友，你雖脫劫借體重生，但是嬰兒太小，五官肢體俱未發育完全，最好還是暫且緘默，拚受一些塵世上煩惱，以應輪迴之苦，而消災孽。我現時暫將你道力用法禁閉，使你施展不得。一則免你驚世駭俗，諸多不便；二則好使你重新修為，返駁歸純，建立道基。只不蔽你真靈，以免有昧夙因，自忘本來而已。

「令師芬陀大師本該早成正果，為了道友，特地延遲飛昇。所有道友原來的法寶飛劍，少時即行送往保存，等道友一過七歲，令師必然親來渡化。此刻先送你往寄生父母之家留養。我因大劫已興，教業修行，苦無多暇，蓋以俗塵擾攘，孽累眾多，今日一別，至早也須五十年後，道友二次修成出世行道之日，始能相見了。凡百珍重，勿忘此言。」當下行法，用手一按嬰兒命門。嬰兒說不出話來，兩眼含淚，將頭微點，意似感謝。神尼優曇又道：「道友心事，我俱明白，歸時自會一一代辦，無容叮囑。趁此風雪大作，無人之際，我送你回家吧。」

說罷，將嬰兒抱藏懷內，逕往楊家叩門。阿福正在家給妻子煎藥，開門一看，見是一個半老尼姑，便揪然道：「老師太，你來得不湊巧，房裡今日剛巧臨盆，錢米俱缺，只剩一點稀飯米，要把產婦吃格，你到別人家化去吧。」

神尼優曇見他身上襤褸，身後大大小小跟著好幾個男女孩子，都生得相貌奇醜，面有菜色，渾身濕污，衣不蔽體，皮肉俱凍成了紫色，看光景家境甚是貧窮。笑答道：「貧尼此來，並非為向施主募化財米。只因適才路過尊府左近，看見井旁有一棄去的嬰兒，哭得甚是可憐。出家人怎能見死不救？偏又有事遠行，無處託付。我看施主家況也不甚佳，不欲相累。這裡有三百兩銀子，交與施主，作為此女養育之資，彼此兩便，想是不會推辭的吧？」說罷，從懷中將嬰兒取出，連同銀子，遞將過去。

阿福一見那嬰包，認得是自己棄去的女兒，父女天性，不由觸動傷心，流下淚來。忙將包接到手內，含淚說道：「老師太，弗瞞你說，格個小囡本來是我格。因為人忒窮，小囡忒多，實在養弗起，無法子，拿俚摜忒，險險教凍殺，幸虧老師太搭伊救活。現在想起，交關難過，後悔還來弗及，應當謝謝你，再拿你這樣多銀子，阿要罪過？小囡我原留下來養起仔，老師太銀子銅鈿來的弗容易，我是萬萬不敢領格。」

神尼優曇見他人頗本分，語出至誠，詞意極堅，那般貧寒，並不為財所動，瞞心昧己。便笑答道：「此女相貌極好，異日必有大福，休要輕看了她。雖說珠還合浦，原是親生，但是檀樾業已棄去，被貧尼拾來，無殊為我所有。既然托養，哪有不受酬謝之理？再者，檀樾家況貧寒，不留點銀子在此，日後貧尼怎能放心賢夫婦待她如何，我看檀樾為人忠厚善良，棄女為境所逼，非出本心，定是上天假手貧尼，使賢夫婦得此三百兩銀子，置些田產，以為度用教養子女之資，否則怎會如此巧合？只管收下，勿庸謙謝。這裡還有丸藥一粒，可使產婦康強。貧尼也決不會再來相擾，結此一種善緣吧。」

說罷，將丸藥、銀子放在破桌之上，回身開門而去。阿福放下女嬰，持銀出門追趕，已然不知去向。只得回去，和潘氏一說，因平日原本信佛，俱當是菩薩濟事，好生歡喜，全家俱望空叩頭不止。那藥與潘氏服下，半日後，便即康健下床，宿病悉去。阿福忙命群兒，分頭拿銀子前去買辦香燭柴米等類回來，又去神佛前叩謝禱告一番。因嬰兒曾棄井旁，取名井囡。因她幼蒙佛佑，生有自來，才滿週歲，便能呀呀學語，舉物知名，穎悟絕倫，自然全家大小鍾愛逾恆。

阿福飽經憂患，備歷艱難，錢一個也不捨妄用，卻極愛背了人，行些善舉。偏生時來運轉，那三百銀子自化成田產後，除歷年豐收外，第三年上，他又積了些錢，與人搭本為商。說也奇怪，無論是什麼買賣，只要有他股本在內，竟是無往不利。漸漸富甲一鄉，成了當地人望。男孩子們耕讀商賈，各自前進。便是那麼醜女兒，人家也不再嫌棄，競來訂婚攀附。井囡更不用說，才滿三歲，求婚的人便踵接於門。

阿福夫妻雖是老實鄉農，卻也有些算計，心想後半生衣食，全由這個女兒身上得來，怎可隨便許人。再加井囡聰明已極，兩三歲便知孝順。別的都乖巧聽話，獨一聽有人提起親事，便放聲大哭，整天價不進飲食。阿福夫妻屢試屢驗，自然心疼，只是不知是什原故。除向來人婉言謝絕外，再也不敢使她知道這類事兒。後來逼得無法，當眾聲明，有神佛託夢，井囡婚姻，須待她年長緣至，父母別人均不得相強；否則，男女兩家，俱有奇禍。井囡神異之跡，早已傳遍，這一來果然減了不少麻煩。

光陰易過，一晃井囡已有七歲。不但出落的丰神挺秀，美麗若仙，而且文武皆通，舉止動作直似大家風範，宛若宿會。阿福夫妻自然越發鍾愛。家運也一年比一年興旺。全家正喜氣洋洋，過著好日子。這一天，井囡忽然病倒，和小時聞說訂婚一樣，終日不進飲食。阿福夫妻不吝重酬，把蘇、常一帶的名醫全都請遍。藥吃下去，立時嘔吐出來，仍是昏臥不醒，一點也不見效。全家都急得如熱鍋上的螞蟻一般，求醫的求醫，拜佛的拜佛，淒淒惶惶，走投無路。不覺過了三日，正在無計可施，這日早起，全家大小愁聚病女床前，忽聽門外木魚佛號之聲，直達內寢。這時楊家已成大富，人口又多，由大門到內室，有七八進深，井囡所居，還隔著一片花圃菜畦，外面多大聲音，平日從聽不到，這木魚佛號之聲，怎能入耳？方在低聲命人出看，井囡如瘋了一般，倏地從床上躍起，口喊恩師，往外便跑。神力如虎，兄弟姊妹們一齊上前，都攔不住，紛紛跌倒，亂成一片。後來阿福夫妻見勢不佳，齊向房門口跪倒，擋住去路。

井囡一見父母下跪，不能過去，才止了步，跪下來放聲大哭，口中直說：「我好容易等了七年，才將恩師等來，你們偏不放我出去。少時恩師如若走了，我便是個死人。」全家正忙亂間，阿福第六女兒名叫阿珍，人極聰明，只是醜得出奇，自知貌陋，也和井囡一樣，誓死不肯出嫁，每日吃齋念佛。

姊妹中，她與井囡尤為相得，從井囡病起，真恨不能以身相代。一聞此言，猛地心中一動。見眾人圍擠井囡，七張八嘴，悲哭勸慰，插不下嘴，忙向身側長兄說了句：「事在緊急，我們還不給小妹妹請老師父去？」

隨說拉了便跑。等阿福喝住眾兒女，問明井囡是要門外敲木魚宣佛號的恩師時，阿珍和他長子已將那敲木魚人請進。一看來人，也是一個中年尼姑，生得身相清癯，面如白玉，眼皮半開半閉，時閃精光。右手一個小木魚，左手一副念珠，布衲芒鞋，甚是整潔。

阿福全家素敬僧尼，見這尼姑風采動作與眾不同，料是異人。方要為禮，井囡已從眾人脅下擠出，搶上前抱住那尼雙腿，跪下悲哭道：「弟子還當優曇大師有意相欺，憤而欲死。不想恩師今日才到，真想煞弟子了。」

尼姑喝道：「怎的當眾妄言？我來自有處置，還不起去。」

阿福見尼姑喝問，還恐驚嚇了愛女，又不好出口攔阻，正在為難。誰知井囡竟聽話非常，叩了一個頭，忙即起立，喜容滿面，恭身侍側。尼姑朝眾人看了一看，說道：「適才小姑娘病狀，已聽說起，外人不知病源，怎能醫得？這裡雖無外人，人多終是不便，大家請先出去，只留賢夫婦在此足矣。」

阿福夫妻聞言，忙將眾兒女喊出房去。又要向尼姑行禮，尼姑攔道：「賢夫婦無須多禮。貧尼芬陀，少時尚須往普陀一行，不能久住，休要耽延時刻。令嬡原是借體回生，我只將她與賢夫妻這場因果說出，便明白了。」

阿福夫妻依言起立，請芬陀大師落座，敬問究竟。芬陀大師先將井囡前生姓名以及借體回生之事說了一遍。末後又道：「她前生原是貧尼弟子，只因她所學儘是禪門斬魔誅邪的上乘功夫，加以前生俗緣未盡，未成道便嫁了人。雖然當時原奉有貧尼之命，為了宿因，特令帶髮修行，所嫁又是方今有名的劍仙。到底還是貧尼看出她道心不堅，道基未固，知須再轉一劫，方有此舉。後來在開元寺為異派妖邪所傷，兵解坐化。貧尼正在南海講經，她又應有此劫，不便分身往救。於是托了她夫妻好友神尼優曇，帶了她的真靈，來此借體回生，收去她原有的道法寶劍，使其從頭做起，重立道基。

「優曇道友原代我與她訂下七年之約。她雖居俗家，但是靈元未昧，前生因果，全都了了，每日盼我前來接引，好容易才滿了這七年期限。偏巧我又因降魔羈身，來遲數日。她見貧尼逾期未至，以為優曇道友打了誑語，心中憂急，並非什麼真病。貧尼一開導她，便無事了。」

說罷，轉向井囡說道：「所有這些前因後果，你已知悉。我不久便須解脫，只為了你，才遲去一甲子。你原是我衣缽傳人，今日本應將你帶了同行。惜乎你前生殺孽未清，外功未足，還有許多塵事未了；況且你雖借體回生，身乃父母所賜，加以平日撫育之恩與那等鍾愛，寸恩未報，就這樣脫身一走，未免大傷親心，有違世法。由今算起，你在此尚須十年羈留。我少時便傳你禪功道法，並酌還你前身所用幾件防身法寶。從此應潛心用功，時機到來，略報親恩。十年期滿，再行回轉仙山，勤苦修煉三十二年。除每年一次，回轉俗家省親外，不奉師命，不得與及外事。一俟道法精進，再行下山積修外功。等赴過峨嵋群仙開府盛宴，回山受了衣缽，親送為師去後，再有一甲子工夫，便可成道飛昇。」

井囡本來跪倒領命，聞言也不敢回答，只不禁淒然淚下。芬陀大師佛然不悅道：「你能望到將來地步，已是曠世仙緣，難道還有什不足之處麼？」

井囡忍淚稟道：「弟子怎敢如此悖謬？只是弟子托生此間，懷想恩師度日如歲，好容易得盼降臨，不想少時又要分手。親恩未報，不便追隨，想起師門天地厚恩，此別竟要十年之久，一時傷心難忍，並非他意，還望恩師鑒宥。」

芬陀大師微哂道：「你怎地轉了一劫還是這等癡法？你的心意，我豈不知，但是世緣種種，命數注定，擺脫不得。在此十年以內，我每年必來查看進境如何，何須如此悲苦呢？」

井囡便對父母說：「原說七年期滿，恩師便來接引。女兒先意，恩師一到，即可同行，否則絕食而死，自去尋找。適承師命，尚須在父母膝前承歡十載。那時女兒已十六歲了，爹媽譬如將女兒嫁在遠方，或是優曇大師未曾送回，也就罷了。現在還有十年光陰可以常承歡笑；便是他年回山之後，每年也須歸省一次。此乃命數中注定，尚望多放寬心，以免女兒更增罪戾。」說罷，痛哭起來。阿福夫妻見狀，越發心疼，雙雙抱住井囡，悲哭不止。

芬陀大師道：「貧尼有事普陀，未便久羈。常言道：『一子得道，九祖升天。』況且十年之期，歲月悠長，以後又不是不能相見，賢夫婦何必如此悲哭？請暫退出房，容貧尼傳了令女禪功道法，便即去也。」

井囡更在懷中低聲泣訴：「如誤我事，恩師一去，我便死也。」當時阿福夫妻也不知如何才好，早料井囡不是常人，今日這位老師太定又是神佛點化，不敢違抗，只得含悲忍淚，行禮走出。

芬陀大師又叮囑：「今日之事，不許在人前走漏，使令嬡在此存身不得。」然後閉門傳道。

一家人在房外，先聽井囡轉悲為喜，低聲詢問了幾句，入後便不聞聲息。從門縫中偷看，只見金光閃了幾閃，益信那尼是個神佛降凡，又歡喜，又擔心。延了頓飯光景，井囡開門出來，進房一看，哪有芬陀大師蹤跡，一問才知已駕遁光飛走。行時吩咐井囡，改名楊瑾，不許洩漏機密。全家驚歎，望空拜禱了一陣。好在阿福居家勤儉，身雖富有，仍守鄉農本分；兒女眾多，俱已成長；家中未用一個閒人，長短工俱在地裡，並無外人在側。只須叮囑好了眾兒女，均知說出於楊瑾有害，不敢傳揚出去。

這些奇蹟，俱看在阿珍眼裡，向道之心越發堅誠。先是低首下心，再三懇求楊瑾傳她道法。又稟明父母，借伴為名，終日廝守不離。挨到楊瑾遣她不去，沒奈何，只得自己用功時，她也學著閉目打坐。無師之學，也不問其對否，只是一味堅苦自持。後來楊瑾見她向道心堅，一晃半年，總是隨定自己起坐，毫不退縮，不由動了憐惜，才向她說明，只教她一個，每晚無人之時傳授，不可向別的兄弟姊妹提起。阿珍自是喜出望外。

阿福夫妻原因楊瑾孤身獨往後園，每日養靜，除晨昏定省外，不願人進她房，難得阿珍能耐心煩，與她作伴，兩姊妹又極相得，自然心喜。不但不去過問，反囑兒女：小妹妹是神仙下凡，我家全靠伊一個人興旺起來。現在只要阿珍陪俚，除開日常見面，大家弗要進去，搭俚多盤多話。」眾兒女本來敬她如神，自是遵命不迭。這一來，楊瑾更少了俗擾，得以安心學道，又稟夙慧靈根，進境極為神速。

第二年，芬陀大師果背人降臨，甚是嘉慰。楊瑾又跪代阿珍苦求，收歸門下。芬陀大師道：「此女原非凡骨，去年我來時，早已看出。不過她的殺孽，較你前生尤重。我衣缽傳人，只你一個，已受了如許牽累，一誤豈容再誤？念其道心堅誠，可暫時由你傳她諸般防身道法，以為異日地步。機緣一到，自有她的遇合，不可勉強。」楊瑾便從裡房喚出阿珍，上前拜謝。芬陀大師勉勵了幾句，便即飛去。由此，芬陀大師每年或早或晚，必來一次，傳授楊瑾的道法。

楊瑾到了十二歲上，身材已亭亭玉立。再過一年，便奉了芬陀大師之命，在蘇淞常錫一帶暗中行道。有時也帶了阿珍同去，用乃師所賜的靈藥濟眾。仗著家資富有，父兄都是好善的人，予取予攜，任憑她隨便施捨。由十三到十七歲這數年之間，善行義舉，也不知作了多少。

楊瑾因前生道力已被封禁，所煉法寶飛劍，師父沒有全數發還，最終只給了飛劍和兩件防身法寶。為求道基堅厚，所學已由博近約，按芬陀大師正宗心法，從頭做起。當所學尚未深造時，如遇上真正厲害的異派敵人，尚非其敵。加以前生殷鑒，日裡深閨枯坐，每出總是易服夜行，舉動非常慎密。所以近十年的時間，起初蘇淞常錫一帶只是知有一個天外飛來的黑衣仙女，專一與人排難解紛，除強扶弱罷了。因她行蹤飄倏，來無影去無蹤，事完即去，從不肯留下名姓，有那好事的，便給她起了個外號，叫作玄裳仙子。日子一久，遠近哄傳，本地平民，公道人家，都把她當作仙佛供起。那些強暴紳豪，土棍惡霸，雖因不時受了懲治，稍稍斂跡，可是個個談虎色變，恨她入骨。也曾多次秘請能人，與她對抗，無奈均不是她對手。人不請還可，人才請到，她必飛來。雖不輕易殺人，大都使來人斷臂折骨而去。有的還不甘心，逕去官府控告，誣賴是仇家所遣。狀子上去，不等傳簽出衙，官府同時也受了她的飛帖警告，除不許牽累無辜外，並把告狀人諸般惡行縷指出來，轉要官府按律懲辦。

官府害怕，對那財勢小的原告，少不得還要辦幾個來應付她，以求自免；財勢大的，無法辦理，只得背人禱告，說出自己苦衷，請求鑒諒。一面暗把她的飛帖與原告看，說此女幾同飛仙，不特非人力所及，便是你也還要向她悔過禱求，才能免禍呢。原告人一聽無法，不敢再控，只得忍氣吞聲，依言辦理。好在楊瑾這次重生，寬大為懷，除極惡窮凶，罪在不赦的人外，只要認錯改悔，勉為善人，倒也不究前非。漸漸惡人也把她當作仙女降罰，不敢胡作非為。

三兩年一過，德威所被，那一帶的惡人，幾漸絕跡。剩下的只是施財施藥行善，事更好辦多了。間也難免有求親的，因阿福夫妻說乃女生具善根，早已吃齋念佛，閉門自修；自己因全家席豐履厚，全由她得來，這幾年又救了父母重病，全家災厄。不忍違逆其志，只等長大，便放她出家了。去的人先還以為她的年紀尚輕，父母擇配太嚴，意欲有待。及聽阿福言語堅決，有時說急了，竟當眾起誓；並且好些大富大貴人家來求，也都一樣碰了回去；她本人更連至親戚友，都極難見到一面；知道無望，代她可惜幾聲，也就罷了。直到十年期滿，誰也不知那許多驚人奇事，是楊家幼女所為。

楊瑾知為期將屆，悄悄請進父母兄姊，說明要與阿珍隨師同行，用婉言一再安慰。阿福夫妻雖然不捨，知已無法挽回，為了多聚些時，全家每日都在一處。楊瑾因長行在即，也不再出門，鎮日陪侍著父母兄姊，以待時至即行。這日芬陀大師駕到。阿福夫妻因年輕時勞苦過甚，留下疾病，有一次全家又染了瘟疫，全仗楊瑾預先向師父求得靈丹，不但全家消災免難，還救了些生靈。芬陀大師每來，俱未得請見，況又要將二女攜走，也須辭謝，預告楊瑾求見，蒙允全家相會辭別。

阿福率領全家人等，行禮之後，芬陀大師因他全家好善，始終力行不懈，甚為嘉許，說照此下去，家道隆昌，方興未艾。阿福全家重又謝了。芬陀大師命楊瑾跪辭父母家人，並代定下翌年歸省之約，逕自作別。一舉手間，滿室金光閃耀，再看他師徒三人，已不知去向。全家都戀戀不捨，望空拜倒。不提。

且說芬陀大師帶了楊瑾、阿珍，飛往當年凌雪鴻學道的川邊倚天崖龍象庵，傳授楊瑾禪門心法，楊瑾劫後回生，具大智慧，只三年工夫，便將道基立定，然後再從大師重練劍術及伏魔之法。其在庵中練了三十三年，除每年一次歸省外，從不輕與外事。這時阿福夫妻年近期頤，子孫同堂，已逾五代。仗著楊瑾每次歸來，總給父母兄姊們一些靈丹，不特兩老夫妻身子康強，全家俱都清健，絕少疾病傷亡。加以家資巨富，子孫讀書入仕的也很多，真是享盡人間大福。只六女阿珍，自隨楊瑾上山，僅回家兩次，第三次便未同來。問起楊瑾，說是在歸省前兩月，阿珍因向恩師苦求傳授，恩師說她另有機緣，不是本門中人，只能在庵中暫居，隨學一點劍術，以為防身之用，時至自有遇合。後經自己代她苦求，恩師才賜了一口天龍劍。

過沒幾日，這日恩師出外雲遊，自己也正在用功，她往隔山雨花崖採黃精，一去不歸，當時遍尋不見。恰值恩師回庵說起，才知她已被一個魔教中的長老收為門下，要有三十多年分別，才得投入峨嵋門下相見。兩老知魔教是旁門異端，如今全家享福，只她一人受苦，多年來連家都未回過，閒常提起，甚是憐念。

末一年春天，全家老小聚在一齊，正算計楊瑾歸省之期，忽然一陣怪風，眼前一暗，堂前飛落一個面容奇醜的女子。定睛一見，正是阿珍，穿著一身非道非尼的白衣怪裝，背插幡、劍，腰繫花籃，見了父母，納頭便拜。兩老見是多年不見的女兒，自然歡喜，連忙扶起，命全家小輩曾孫上前拜見。問她三十年別後情形，阿珍只是含糊其詞，不肯明說。兩老還以為她有什玄機不可洩漏。便把楊瑾每年歸省，全家仗她福庇，丁多財富，子孝孫賢，疾病不生，死亡甚少等情說了。並說：「這一兩天，該是她歸省之期。去時老仙師原說三十三年期滿道成，便可自由下山。這次回來，或許能留她多住些日，你來得真巧不過！」說時，阿珍先是朝著滿堂小輩曾孫中不住巡視，後一聽到楊瑾將回，倏地面容驟變，站起身來，似要往眾小孩面前走去。兩老當她喜愛那些小孩，剛想喚過，未及開口，阿珍忽又停步，意似躊躇。就在這略一徘徊之際，猛聽空中一聲嬌叱，一道金光如長虹飛射，直落庭前。同時又是一陣怪風捲起一團黑影，哧的一聲，往地下鑽去。全家都知那金光是楊瑾歸省，好生心喜。兩老俱忙著對她說：「你六姊今日回家來了。」再找阿珍，庭前好些小兒俱說六祖姑已化成黑煙，鑽入地底，哪裡還有蹤跡。

兩老方在驚惜，楊瑾忿然道：「爹媽莫想她吧，六姊自在鳩盤婆門下，因她面容醜怪，與她師父相似，大得寵愛。此次來家，對爹媽還沒什麼，對這些曾孫女兒，卻是心存叵測。女兒來時，恩師曾說她三十年來，因在恩師門下受了三年感化，善根未混，從未自己為惡。此次回家為害，必是受了別人主使，遇上時，只將攝走生魂奪下，不可傷她。她無成而去，也必不會再來，不久還要改邪歸正，姊妹重逢。現在全家人等，並無一個失魂，想是臨時天良發動，下手慢了一步，恰被女兒回來驚走，也說不定。她正在迷途，還未知返，想她則甚？」

全家人等方知阿珍來意，將不利於孺子，俱都嗟歎不置。兩老終是親生，一聽阿珍入了旁門，恐早晚受了天誅，再三要楊瑾設法相渡。楊瑾道：「六姊原是自家骨肉，幼年時又和女兒那般親愛，哪有不想救她之理？這些年來，已向恩師苦求多次。恩師說她求道之心本堅，只緣兩生孽重，須有這三十餘年混沌，借鳩盤婆旁門之力，躲過好些災劫，才能棄暗入明，改邪歸正，此時著急，也是枉然。」

說罷，又請二老屏退全家人等，說：「爹娘壽限早滿，仗著多年力行善事，又得恩師時賜靈丹，才得全家俱享康寧富壽，女兒今年學道期滿，恰值二老大限將至，為期不過兩月，特地請准恩師，展緩行道之期，回家終養。此去必定投生富貴人家，請勿悲戚。」

阿福夫妻因受女兒熏陶，本來達觀，今生享受，老來壽考，已覺意外，聞言並不難過。反以每次愛女歸省，為期至多兩日，這次竟有兩月之聚為喜。

好在身後一切，早經備辦，當時也沒和兒女孫曾輩說起。只將出嫁的女兒孫曾接回，歡聚到了最終的一天，忽然召集全家人等，囑咐家事，又分了一半家財專充善舉。家人正不知何意，忽見楊瑾跪上前去，慌忙近前一看，二老已無疾而終。全家舉哀，飾終之禮，自不消說。

首七方過，楊瑾便自飛去。回山見了芬陀大師，呈說完了家中之事。然後請訓，拜別下山行道。芬陀大師除前授飛劍等防身御魔之寶外，又將她前生所用迦葉金光鏡、般若刀、法華金剛輪、真如剪等本門煉魔四寶，一齊發還給她。楊瑾兩世修為，煉成諸般妙用，又學會了金剛、天龍等坐禪之法。下山之後，許多異派旁門中的能手都敗在她手裡，真個所向無敵。她隱秘多年，忽然出世，起初在三吳淞錫一帶行道，只有數縣地面，又是繁華富庶之區，所除儘是上豪惡霸，異派中人絕少遇見，名聲並未傳遠，道成以後，卻是哪裡都去，而且永遠單人出動，形跡異常隱晦，赴機又極迅速，恍如神龍見首，不易追尋。對方俱知各正派中，並無這麼一個女劍仙。看飛劍家數，頗與當年追雲叟白谷逸的亡妻凌雪鴻相似，但是她師父神尼芬陀曾有誓言，除凌雪鴻外，決不再收徒弟。自凌雪鴻在開元寺兵解坐化，息影多年，除有時至普陀講經外，從不聽她與聞外事，決無再收門人的事。怎麼查也查不出她的來路。

不消兩年，哄傳遠近，各異派旁門，恨之入骨。只是她道法精奇，遇上時不死必傷，莫可如何。最後楊瑾在江西含鄱口，為救一個懷孕的孝婦，遇見黃山五雲步萬妙仙姑許飛娘，請往成都慈雲寺赴會，與峨嵋派眾仙俠鬥劍的兩個五台派妖人，一名火翼金剛胡式，一名芙蓉行者孫福，被她先用法華金剛輪將胡式罩住，傷了性命。孫福算是見機得快，還中了她一須彌針，才得僥倖逃走。

那法華金剛輪，乃芬陀大師當年鎮山降魔之寶。楊瑾帶了凌雲鳳，從古妖尸墓穴中破壁飛出，便仗此寶。施展起來，如銀雨旋空，飆輪電轉，稱得起是無堅不摧，無攻不克，人被罩上，焉有命在。許飛娘原因孫、胡二妖人俱會迷魂邪術，才特地約往慈雲寺助戰。後見二人未去，還當他們失信。事後趕往詰問，到了二人所居的福建武夷絕頂朝陽崖仙榕觀中，見孫福正在忍苦養傷，胡式已被寶輪絞成肉泥，屍骨無存。一問敵人，又是那不知姓名來歷的少女所為。許飛娘聞言大怒，將孫福傷勢醫治痊癒之後，便同了他前去尋找楊瑾報仇，就便試一試自己背著餐霞大師與妙一夫人暗中煉的幾件異寶功效如何。

二人剛剛飛近仙霞嶺，便見下面幽篁中有一道金光穿過，胡式說與那女子劍光相似。二人按落遁光，穿林進去一看，果見一個少女，向一個懷抱幼子的樵夫贈金問話。孫福剛說得一聲：「正是此女。」

許飛娘知她法寶厲害，便先下手為強。一聲喝罵，一道劍光，連同所煉一件異寶，名為五遁神椿，一齊施展出去。那樵夫名叫王榮，原因遭了惡人陷害，攜了幼子菊兒，跳崖自盡。被楊瑾路過看見，下來解救，贈了銀兩，正在詢問就裡。忽聽一聲斷喝，一回頭，劍光已是飛到。倉猝之間，恐誤傷那樵夫父子，一面飛劍迎敵，接著縱過一旁。剛大罵：「無恥妖僧，日前幸得漏網，今日還敢勾引賤婢，同來送死！」

就在這微一遲延疏忽之間，許飛娘的五遁神椿已分五面遙遙落下，將她圍住。楊瑾前生原見過許飛娘，知她劍光厲害，迥非前遇諸妖人之比。正打算施展法寶取勝，忽見對面飛下一青一白兩縷長煙，箭射般才行落地，立即暴長，看神氣，似要往身前圍攏。忙一回顧，身後也矗立著一黑一紅兩根煙柱。就這一晃眼的工夫，已長有千萬倍，大如山嶽，直衝霄漢。方自驚心，又覺頭上一沉，似有重力壓到，抬頭一看，天已變成一片黃色，煙霧沉沉，離頭僅有數尺。這時飛劍還在外面，被敵人劍光逼住，收回護身已是無及。忙把法華金剛輪往上一拋，幸是禪門至寶，神妙無窮，楊瑾應變又極迅速。寶輪才一脫手，立時化成萬道銀光，飆輪電轉，將頭上萬丈黃煙衝起數十丈高下，托在空中。

楊瑾略緩了緩氣，見上下四方俱是五色煙雲，駭浪驚濤，突突飛湧。法華輪雖將頭頂那一片黃雲托住，無奈身陷煙圍，銀光稍一升高，四外五色煙雲便即斜飛俱至。不敢怠慢，一面止住寶輪，蓋定頭上；一面又將飛劍收回，以免被敵人乘隙收去。這時頭上黃雲已變成了一片紅光，烈焰飛揚，聲勢益發驚人。四外煙雲也變成一片五色光海，千奇百態，幻化無常。情知敵人見自己法華金剛輪銀芒電轉，當是金精煉成之寶，欲以真火克煉，雖然夢想，但是這運用五行生剋的妖法，曾聽師父說過，其中頗多妙用。除迦葉金光鏡與法華輪，因是禪門至寶，不虞損毀，別的法寶卻不敢輕易使用。

單憑此寶，衝出氛層逃走，非不可能，只是防得了前防不了後，仍是危險。想了想，還是暫時不走，另打穩妥主意的好。料敵人見所圖未遂，必然顛倒五行，將自己存身那一片土地化成火海。仗著禪功玄妙，既不求勝與速去，足能自保。主意一打定，便不等敵人發動，忙將迦葉金光鏡取出，頂在頭上，放出百丈金霞，擋住上面烈火紅雲。再招回法華輪，翻轉朝下。然後騰身上去，外用飛劍，護住全身，施展金剛禪法，盤膝其上，打起坐來。

飛娘先見楊瑾飛劍路數極為少見，頗似禪門真傳，以前只有凌雪鴻所用飛劍與之相似，聽說是神尼芬陀傳授，卻沒她這等神妙。自己劍術苦煉多年，在各異派當中可稱數一數二，少差一點的劍光，遇上一絞便折，竟佔不得她半點便宜，自然有些驚奇。及見五遁神椿發出妙用，敵人更是一絲不懼，反將飛劍收轉，頭上金霞萬道，又有金光飛轉，中有劍光圍繞，三件不經見的法寶飛劍，幻化成一幢，異彩奇輝。敵人藏身裡面，宛如西方真佛，放大光明，現諸妙相，簡直無法奈何，不禁驚得呆了。暗忖：「此女不向人前吐露姓名，也未聞與峨嵋老少兩輩中人來往交好，到底是哪裡來的？用出來的法寶，卻是這等厲害。」猜量不透。

許飛娘方自駭異，忽聽遙天雲裡，有了破空之聲。抬頭一看，一道青紅黃三色相間的光華，如彩虹經天，由正南方飛來，認出那是異派中的老前輩摩訶尊者司空湛。這人性情古怪，道法高強，經過許多天災魔劫，俱未傷他分毫，一向獨往獨來，感情用事，看表面行徑，頗與正派中散仙神駝乙休相仿。

飛娘因他平日很看得重自己，上次成都鬥劍，曾親往他隱居的雲夢山神光洞去，求他到場相助。誰知竟遭拒絕，反說道：「如今峨嵋勢盛，最好閉門潛修，少管閒事，否則禍到臨頭，悔已無及。此番凡到慈雲寺去的人，大半凶多吉少，必難倖免。我也並非畏怯，只是人不犯我，我不犯人。你看當初與我同輩的道友，連你師父等人，有幾個未遭劫數？只我一人不畏災劫，安然至今，沒吃過別人虧，固然由於平日修煉功深，道法高強，一半也由於能審斷機先，詳參未來。你近數十年來道行猛進，照此修為下去，異日成就，不難到我的地步。何苦無事找事，蹚這渾水？」

許飛娘求助未成，反吃他數說一頓。心想：「我為報師仇，才在黃山忍辱苦煉至今。此時罷手，豈不有違初意？你平日睚眥之怨必報，卻教別人犯而不較，連師父大仇都不去報。」心中好生不服。但是知他厲害，反臉無情，尤其精於道家採補之術。恐話不投機，將他惹惱，萬一不敵，被他擒住，盜了真陰，那時欲死不得，更大不值。哪敢現於詞色，裝作誠敬，略敷衍了幾句，便即退出。後來慈雲寺各異派慘敗，果應其言。

許飛娘無心中遇到司空湛一個心愛的女徒弟仍利仙子賽阿環方玉柔，談起前事，才知他見峨嵋門下有好些資稟深厚的少女，並非無動於中。只為事前在羅浮山麓遇見兩個峨嵋後輩，在那裡談起乃師接到東海三仙飛劍傳書之事，被他暗中偷聽去，知道苦行頭陀和峨嵋諸長老，屆時都要前往，事已鬧大，玉清觀中有道之士甚多，權衡輕重，誠恐求榮反辱，所以沒有前往，卻不肯對人說出真相，以示膽怯。飛娘既知底細，越發恨他自私自利。若在別地相值，早已聞聲避去。這時一則正和敵人對壘，必被發現，他畢竟是個前輩尊長，人又不好惹，不便失禮怠慢了他，以留異日之患；二則知他成道多年，見聞極廣，敵人法寶如此神妙，想向他一問來歷。好在敵人身困五遁之中，看不見自己動作。略一尋思，便迎上前去，同時司空湛也已飛到，彼此一打招呼，一同飛落。飛娘連忙躬身施禮，口稱：「師伯何往？」

話言未了，司空湛已指著她道：「你危機頃刻，還不知麼？」

飛娘驚問。司空湛道：「你用五遁樁困住的這個敵人，上有迦葉金光鏡，下有法華金剛輪護身，分明是神尼芬陀的嫡傳弟子無疑。你怎不察原委，將她困住？這老尼比優曇還厲害得多，從沒見她輕易丟過臉面，況且又在她大道將成之際。現時被你所困的人不是當年凌雪鴻轉劫回生，便是她的衣缽傳人。如沒有得她真傳心許和她本門異寶，怎會放下山來？我看有此數寶，你必奈何這丫頭不得。時候一久，她見不能脫困，必用她本門金剛、天龍等坐禪之法，一則防身，二則求救。這兩種禪功非比尋常，只要精習，便能心感神通，捷於影響。老尼來去如電，禪門降魔功夫已臻上乘，休說是你，便是曉月禪師等，也非敵手。你平時也頗精細，目前又不肯遽然與敵黨各派破臉，上回慈雲寺已覺冒失之至，怎這次又輕易樹敵？」

說時，芙蓉行者孫福也趕將過來拜見。飛娘便說：「敵人出世不久，行蹤飄倏，不露姓名，專一與各異派中人為敵，孫福便是受害人之一。起初不知她的來歷，既承師伯明示，如今勢成騎虎，放了她，也是一樣樹敵。弟子見此女根基極厚，師伯道妙通玄，尚乞相助一臂之力，將賤婢擒往仙山除去，日後縱然老尼為仇，也不致無法應付。」

司空湛聞言，暗罵：「無知賤婢，明知我到處尋求真女，又不肯輕易與人開釁，意欲嫁禍於人，藉此給我樹敵，好永為你用，豈非夢想！」便冷笑道：「我雖不懼老尼，但是我和她從無嫌怨，不便多此一舉。此女來歷，已然說了，進止由你自作主張吧。」說罷，雙足一頓，依舊化成一道三色彩虹，破空而去。飛娘見他這等情同陌路，痛癢無干之狀，益發痛恨入骨，由此便與司空湛結下仇怨。後來同黨自殘，飛娘未等三次峨嵋鬥劍，便幾乎命喪妖尸谷辰之手。此是後話不提。

司空湛去後，飛娘憤怒了一陣。明知司空湛所言不差，神尼芬陀太不好惹，但就此罷手，又覺於心不甘。和孫福一商量，還是暫將敵人困住，見機行事。如真看出無法克制，一不作，二不休，再由孫福去請一能人前來，合力下手。魚已入網，決不輕易放卻。二人這裡方在計議如何用別的異寶取勝，那楊瑾被困五遁之中，雖仗著法寶禪功護身，受不到一絲傷害，但是飛娘厲害，素所深知，時候久了，猜不透敵人正有什麼陰謀毒計暗算。我明敵暗，長此陷在重圍，終非善策。

還想凝神定慮，默運玄功，以真靈感應，試向恩師求救。忽聽震天動地一聲霹靂，挾著萬道金光，千重雷火，自天直下，精光異彩，耀眼騰輝，四外五色煙光，竟似風捲殘雲一般，晃眼收去。只剩遙天空際，有兩點青黃光華，深入雲中，敵人蹤跡不見。面前卻站定一個道裝打扮，身似幼童的仙人。定睛一看，正是恩師好友極樂真人李靜虛。連忙上前拜見，多謝相救之德。

極樂真人笑命起立道：「一別五十餘年，不想你轉劫後精進如此，真難得了。我自道成以來，輕易不願與聞外事。偏生前年玄真子拿了長眉道兄遺柬求我相助三事，因此還須耽擱些時。已然在慈雲寺為峨嵋諸小弟子解了一難。適才回山經此，見異派中邪焰騰霄，中有令師降魔四寶放光，知你有難，下來相救。目前各派劫數，許飛娘還有許多事做，我又不願傷人，才用神雷將她驚走。

「令師已有數年未見，今既與你巧遇，可即速回山，對你師父去說七十三年前我和她說的那件事，快要應驗了。軒轅陵寢中，聖帝封鎖內陵的九道靈符，今年整整經過四千二百二十一年，不久將失功效，雖然陵外還有歷代謁陵的十六位前輩真仙靈符封鎖，但是只能攔阻現時初成氣候的一干邪魔外教入內，如果遇著知根知底，與聖帝差不多同時代的前古妖尸靈物前去篡取，仍不免要被他行使邪法異術，由陵外遠處穿通黃壤，順著地脈入內盜去。偏巧我因修煉金丹，為異日飛昇之用，三百六十年中僅有的幾天，聖日在即，須要及早回山準備，不能前往。

「令師雖為你遲卻一甲子飛昇，這等難逢的時機，亦決不肯輕易錯過。便是東海三仙與優曇道友，也為了這個緣故，在這前後數十日內，一樣不能下山。其餘正派各道友，不是道力不濟，便是別有原因，不能前往。當年我二人曾經細加推算，陵中兩件異寶：昊天寶鑒和一座九疑鼎，尚有一劫，難免落於古妖尸之手。雖有復得之望，一經失算，得來大是費手。並且稍一不慎，將妖尸放出，貽禍生靈頗大。如能明燭幾微，搶先下手，以人力來戰勝定數，做到哪裡是哪裡。能搶在妖尸前面，將此二寶得到手內，固然絕妙；即或晚了一步，被他捷足先登，趁他鼎中奇文沒有參透，只知尋常用法，立時跟蹤追去奪來，就便將妖孽一網打盡，省得為禍人間，也是功德無量。

「當時慎重人選，決定俟你轉劫之後，命你代往，如今正是時候了。此事雖以速為妙，但是白陽山無華氏父子，與四凶中的窮奇三古妖尸，盤算此寶，已數千年，他們又備知底細，你去早了，聖帝靈符功效猶存，誤入必有奇禍。尤其不可使各異派妖邪，聞知機密，以免中途作梗。去遲了，又必落在妖尸後面。務須加倍慎重，不可絲毫疏忽。別的令師自有交代，我回山去了。」說罷，袍袖展處，一片金霞閃過，蹤跡不見。

楊瑾慌忙下拜，四顧無人，正要駕起劍光飛去，忽聽身後有人急喊仙姑。回頭一看，正是適才解救的樵夫王榮父子。想起他二人被害之事還未代辦，剛一停步，菊兒便飛也似跑將過來，雙膝跪下，高喊：「仙姑度我。」

原來菊兒人極聰明，先承楊瑾解救贈金，父子二人方欲拜謝訴苦，忽聽一聲斷喝，飛來一道青色電光，同時恩人身上也飛出一道金光，將青光絞住，絞在一起。緊接著半空飛來一男一女，恩人也將身飛起老遠迎敵。王榮父子本是樵夫人家，一見兩下裡都騰空飛起，滿天都是五色華光亂閃，他父子幾曾見過這等奇事，嚇得慌忙下拜不迭。繼見兩下裡互相高聲叱罵，放出來的光華如電掣龍飛一般，上下星馳，像是打仗神氣。因楊瑾有贈金救命之恩，與飛娘、孫福這一面自然感想不同。於是料定先來的是神仙下凡，救世的活菩薩；後來的定是妖怪魔鬼變化無疑。

菊兒膽大心靈，先是越看越欣羨，一心只盼仙姑用法寶將妖怪殺死，求她收去，當個徒弟，學成道法，既可報了親仇，又可在空中走走。因見仙人飛出又高又遠，還恨不得趕近前幾十步，好看個仔細，一點也不知害怕。王榮卻因後來的是兩位，只有一個放光的，已是數十丈五色光焰飛起，將仙人團團圍住。仙人勝了還好，萬一仙人雙拳難敵四手，為妖怪所傷，自己和菊兒焉有性命？

正用手招菊兒覓地逃避，忽見仙人隱身妖怪塵霧之中，金光似金蛇般在裡亂竄，益發害怕，喊聲：「不好！」強拖了菊兒，往後便跑。約有百步遠近，百忙中走岔了路，身後是個絕崖，無路可通。欲待返回覓路，正趕上楊瑾、飛娘先後各自大顯神通，放出千尺金霞，百丈火焰，天雲林樹，俱被映成一片金紅顏色。適才站的那一帶地方，宛如火海一般，哪裡還敢前行。情急驚惶間，一眼瞥見崖旁有一石洞，便拉了菊兒往裡鑽去。父子二人跪在地上，不住禱告：「天神佛菩薩，快些保佑仙人贏了吧！」跪求了一陣，菊兒更不時探頭外望。經過了些時辰，忽聽一聲雷響，震耳欲聾。再定睛一看，煙雲盡散，仙人無恙。後來的一男一女，已不見人影。卻多了一個道裝幼童，遠遠地站在當地。看仙人對他甚是恭敬，叩頭下去，連禮也不回。

菊兒本幾次和乃父說，要拜在仙人門下。一見這般情景，估量妖怪定被仙人放天雷打死，滿心歡喜。忙喊：「爹爹，快去拜見仙人，好報我們的仇。妖怪死了啊！」說罷，撥頭出洞，往前飛跑。王榮出洞，見狀大喜，忙也隨後追去。到時，極樂真人已經飛走。父子二人拜罷，菊兒便跪求收錄。

楊瑾見他資質頗佳，便命他起來，先問受害之事。才知王榮就在前山三十里外大樹莊居住，家境寒苦，全仗打獵樵採為生。當地有一姓章的土豪，平日魚肉鄉里，無惡不作。勾結三仙觀妖道胡蓬，會有一身武功，養了不少惡奴。近年惡子長成，益發橫行，專一霸佔良家妻女，稍有姿色的婦女，都已不敢出門一步。

王榮還有一妻一女。乃女年才十五，名喚桂兒，甚是美貌。一家四口，全會幾手拳棒。因住家在僻處，土豪不甚留意。這日母女二人正抬了兩桶水，往門前畦田澆菜。也是合該生事，王榮父子俱不在家。恰巧狗子章來富放失了一隻玩的翠鳥，帶了手下惡奴，滿村莊搜尋，到處騷擾，吵得雞飛狗跳，人畜不安。尋經王家菜畦，從籬落外面看見王妻母女，色心大動。硬說他鳥值五十兩銀子，被她母女偷偷弄死，當時無錢賠，便要搶人作抵。王妻頗有機智，知他不懷好意，暗和桂兒使了個眼色，自己假裝爭辯，將身子擋在桂兒前面，放桂兒進去，經由後門逃走，自己當門而立。兩下裡言語失和，動起手來，王妻自然打不過人多，只幾下，便被打倒。

等狗子搶入門去，一搜人時，才知王家房後只半里多路，便可通往深山中的羊腸曲徑，名曰九十九螺環，內中洞穴甚多，慣出毒蛇。因為那山雖與仙霞嶺相連，景致卻差得遠，又無什出產，連林木都極少，山峰又高，而險惡異常，輕易無人走進。桂兒姊弟年幼貪玩，常和鄰兒往山裡捉迷藏、打野兔燒吃為樂，附近幾條山環，卻是極熟。狗子哪裡尋找得著蹤影。當時向王妻留話：三天之內，或是交人，或是交錢；否則先打了人，以後送官追繳。

王榮父子回來，見家中已是一團稀糟，女兒又逃得沒了影子。王榮雖然生長山中，全家會武，無奈性情良善，再者自知論力論勢，均非仇家敵手。送女上門，去下火坑，自然寧死不願；欲待捨財免禍，家中又無餘財。偏生女兒又一去不回，更怕她尋了短見。思量無計，好歹先尋到了女兒再說，實在不行，便棄家逃走。

誰知尋遍山中，按照菊兒所知乃姊常遊之處，並無蹤影。尋到天明，正痛愛女，狗子已命人前來，惡聲追討人財。氣的菊兒伸出一雙小拳，幾次要和仇人拚命，俱被王妻強止。來人去後，王榮癡心還想支吾，尋到愛女，便即全家逃走。但一連數日，不見一絲跡兆，連屍骨遺物都無有。章家知他尋女，也曾命人暗地跟蹤，一見桂兒委實失蹤，氣沒處出，又改口來逼索鳥價。王妻因此橫禍，急病在床，勢將不起。王榮先是想逃，這一來連逃也不能夠。一面還得防備十三四歲的愛子任性，向仇家惹事。每日還得樵獵，以供日用。狗子更是惡毒，或銀或人，王榮如不交上，不特不肯甘休，並向全村聲言：誰也不許買他的山禽野獸。又因妖道胡蓬算出桂兒未死，下了禁法，斷卻他進城道路；一面追他尋女自贖。

王榮父子見村中買賣無人敢來過問，急得無法。欲進城去賣，只要一出官路，便是暈頭轉向，鬼打牆似白跑一天，仍然落在原處。後來知是妖法，只得坐以待斃，將就煮些獸肉蔬菜，暫延殘喘。不幾天，王妻急病身死。王榮父子草草埋葬，越發悲憤慘苦，意欲求死。這日到了仇家交人或是交財的末次限期，越想越傷心。知各路口俱有仇黨耳目與妖道禁法，逃不出去。只房後山徑，因王榮未往山中狂喊，將乃女尋回，又當是條死路，中斷絕壑，不能飛出山去，沒有怎樣防備。便假作尋女為名，父子二人連哭帶喊，走了進去，由所知秘徑，抄往仙霞嶺。

原意菊兒身上未受禁制，可以逃走，此行萬一能尋到女兒更好，否則便命菊兒一人逃走。自己覓地自盡，化為厲鬼，再尋仇人報仇。到了仙霞嶺，含著痛淚，和菊兒一說。菊兒天性本孝，無端受此奇冤慘禍，久欲伺隙行刺仇人洩忿，只為恐連累乃父不敢。一聞乃父意欲自盡，立即大哭暴跳起來，說道：「爹爹怎這麼沒志氣？我還當逃到這裡，有什主意想呢。要是尋死，左右不會死二回，那還不如把仇報了，給他抵命呢。」

王榮也哭道：「乖兒子，我還怕沒你知道？要想報仇，除非先給他銀子，緩過去再設法。你年紀還小，我又身受妖道邪法，今日知我尋你姊姊，還不覺怎樣，往日離家十里，便昏頭了。我是沒法活了，我王家總要留條根呀。」

說罷，便要往懸崖下跳去。被菊兒一把拉住，說：「爹爹要死，我也跟著一起。要不這般白死，我不幹。」父子二人正在爭論不已，恰巧來了救星楊瑾。

楊瑾救人之後，剛問何故尋死，菊兒年幼，正在情急之際，話無條理，張口便搶答道：「小狗種強逼我爹爹要五十兩銀子呢。」楊瑾先當是窮人欠債，還不起，來尋短見。這小孩雖是寒家，生得十分清秀聰明，已是心喜。見老的還在哽咽垂淚，恐其不肯深信陌路相逢，便以多金相贈。忙先取出大小兩錠七十兩銀子，遞了過去，說還債之外，餘作生理。一言甫畢，忽聽小孩急道：「哪個該小狗種的債？我爹爹為人善良，這是無端詭詐，還逼死兩條人命呢！」楊瑾聞言，料知中有冤屈，正欲盤問，飛娘已是趕來尋仇，接著便是楊瑾與許飛娘鬥法，最後由李靜虛把許飛娘趕走等事了。

第七章 四目神君

楊瑾聽王榮父子說完，好生憤怒。因王榮說身有妖法，一看他身上，並無什跡兆。命他脫了外衣一看，僅背上妖氣隱隱，畫有一道下三門中的迷神隱符，當時給他解了。暗中好笑，這種極下極淺的邪法，也敢拿將出來害人。

但這邪符非人脫了衣服，不能使用，除非裝著與那人親近，乘其脫衣之際，方可暗算。天時不熱，無須赤背，雙方先已成仇，怎會畫上去的？問起原由，竟是那日章家帶了多人前來逼銀，說他懷中鼓起，定是有銀不還，要脫了驗看，連內衣都立逼脫去，如真無有，也不要了。當時信以為真，脫便脫。

等脫去內衣，似聽身後樹林內有人說了句：「好了！」背上便彷彿被人輕輕打了一掌。狗黨也就走去，少時仍來追索。

楊瑾聞言，又好笑又好氣，對他說道：「你脫衣時，上了妖人的當了。你女兒未回，又住此多年，恐萬一連累了你。你說明方向途徑，我即時暗中送你到家。村人知你冤枉，那銀子無須還他。到家復裝著不知。故意向人多處走動，訴苦談說，均隨你意。我自有除他父子與妖道之法，保他不會尋你便了。」

當下又不厭求詳，問了問章氏父子與妖道的惡行劣跡，和他家中人丁情況，兩家住處。菊兒還要跪求收為弟子，楊瑾道：「你資質天性，均還不差，只是我師尊門下不收男徒。有志竟成，你我無緣。」

說罷，便命閉目。王榮父子只覺兩耳風生，身已凌空而起，不一會落地，正在他的房後，忙又跪謝不迭。

楊瑾笑道：「你父子如願看報應熱鬧時，隔頓飯光景，尋一有人同在的高處，裝著閒談，向你仇人門前遙望，也未始不可快意。只不要近前，不要相喚罷了。」說罷，破空而去。

王、章兩家相隔原有一里多路。菊兒忙著要去，王榮也想看仇人遭報，父子匆匆繞向前門。一問近鄰，仇家已命人來查看過數次，說是明早不交人，便要送官。王榮父子猛想起只顧驚喜交集，忘了請問仙人，女兒的生死下落。仙人行時，又再三囑咐，不可相隨近前，恐怕事完自去，連累自己。並且還忘了問仙人名諱法號，無法立位祝告。不由急得滿頭是汗，立時拔步跑去。行離土豪門前還有二十丈遠，那路恰是上坡，看得逼真。遠遠看見仙人站在仇家門外廣場上，狗子正率領多人，將仙人圍住，指手畫腳，說個不休。仙人神態暇逸，全未答理。四外村人，都在遠遠遙觀，沒一個敢上去。偷偷一聽村人私語，才知村中來了一個華服美女，一到逕往仇家化緣。章家見她是個孤身美女，頓起不良之心。一面分人與狗子報信，說有送上門的好貨；一面戲問美女，是否只化個把小財主當姑爺。女子也不著惱，笑嘻嘻說：「要想化九十七個男子首級。」

有一個惡奴，想先佔點便宜，剛一近前，那女子把手一指，便即負傷倒地。餘人看出有異，還不信服，二次上前，接連四五個，同樣吃了大虧，立時一陣大亂。土豪父子俱在後園，同了妻妾飲酒作樂，連聞兩報，先喜後驚，當是江湖中人來此尋隙。一面傳齊全家打手武師，準備以多為勝；一面著人飛跑，往前村三仙觀去請妖道。狗子為美色所動，帶人先至，向女子發話，問她來意。

女子只說了句：「等你救兵來了再說，如今尚不動手。」王榮一算土豪家中男子，果是九十七口。見村人越聚越多，三五成群，遙立遠觀，無一近前。想起仙人叮囑，不敢再近，急得不住暗中禱告：「恩師大仙，千萬憐見，再賜見一面，小人還有事相求。至不濟，也求將女兒代尋回來，情願世代子孫都燒香。」他正這裡胡亂許願，土豪所受惡報也在開場。

原來那狗子到時，見楊瑾美貌如仙，畢生未見。雖然神魂飛越，不能自持，一則出來時，乃父再三叮囑，江湖上僧尼女流，最不好惹，千萬不可造次，好歹也等道爺來了再說，只要制得住，人總是我們的，無須猴急在一時。二則剛一出門，便有手下幾名惡奴迎上前低聲警告說：「適才馮鏢師得信趕出，見我們有好幾人受傷，一生氣，上前伸手抓她。也沒見丫頭怎樣還手，便輕輕急喊了一聲，面如土色，幾乎跌倒，好似疼痛已極，慌忙縱退下來。說這丫頭必會妖法，甚是扎手。暗告我們，不可上前再自討苦吃；快命人催請程道爺來。現時回莊忙取兵刃袖箭去了。」

那姓馮的乃土豪家中第一個有能耐的武師，內外功夫都很好。練有一雙鐵掌，能擊石如粉。除妖道病鍾離程連外，就得數他，這多年來，從未遇到過敵手。不想一近身，便受了敵人重傷。狗子聽了，自然有些氣餒。因見旁觀村人大眾，似已看出自己失利神氣，就此退入門去，豈不弱了平日威風？又見女子從容玉立，幾乎看不出絲毫敵意，不禁又活了心，強挺著上前，說了幾句四不像的江湖套語。

楊瑾見他生得兔耳鷹腮，一臉戾氣，知他惡貫已盈。因想將惡黨一網打盡，等妖道來了，看是什麼路數，再行下手，懶得和狗子廢話，任他亂說，一言不發。狗子見對方不理，沒有主意，又不敢貿然動手。想了想，問道：「我家廣有金銀，是本地首富，又最愛交朋友，待人尤其厚道，有什來意，不妨說出。我看你孤身女子，又生得和仙人一般，這裡人多聚觀，太不雅相。何不同到我家住上幾天，你想要什麼，我都給你如何？」

楊瑾聞言，把秀眉一豎，嬌叱道：「你問我要什麼？我要你全家惡黨九十七名首級，連三仙觀妖道共是九十八個人頭，少一個我也不走。無知狗種，死在目前，還敢花言巧語！」

正說還未下手，忽聽門內破鑼也似地喝道：「何方賤婢，敢來太歲頭上動土！可知我四目神君的厲害？」

楊瑾抬頭一看，土豪門內走出一個道人，帶領著一夥打手，各持兵器，蜂擁而來。後面一個滿臉橫肉，穿著富家裝束的中年人，與狗子面貌相似，料是土豪無疑。那自稱四目神君的妖道，身材甚是高大，穿一件八卦衣，背插雙劍，手執蠅拂，闊目暴牙，兩顴高聳，一張藍臉，兩道濃眉上卻有兩塊三角形白記。生相甚是醜怪凶惡，周身妖氣隱現，一望而知是個旁門中的下等貨。不等近前，便遙啐道：「你這等下三門的妖道，也配問我來歷？今日我特地為這一方人民除害，要惡黨連你九十八顆首級。有什本領，可使將出來。」說時，神態甚是從容。

妖道原從三仙觀得信，聽說有一女子，指名叫陣，一問來人神態，便料未必易與，連忙趕來。先由後花園入內，見惡霸正率全數武師打手，持械欲出。又一問經過，姓馮的先說自己看出女子不好惹，欲用鐵掌，暗使手法，探她一下。誰知手伸出去，相隔她身上還有二尺，便覺一股子極剛勁之氣掃向手上，彷彿刀切一般，奇痛徹骨。幸得事先恐少莊主要留她為妾，沒下重手，再加勢收得快，那丫頭也沒追迫。稍差一點，恐連手都被掃斷，成了殘廢等情。妖道聞言大驚，更料是正派門下劍仙一流人物，心中好生害怕。但已到此，人家又是指名叫陣，說不出不算來。還好，姓馮的受傷時，並沒見女子發出飛劍光華，或者還能以法術取勝。想了想，意欲乘機先行下手暗算。當下和諸惡黨商量好了詭計：出去對敵，除妖道本人之外，切不要上前，只可虛張聲勢，以舉手為號，速將鏢弩等暗器發出，以便乘機行法取勝。先見女子年才十四五光景，卻生就一身仙風道骨，聲色不動，閒立相待。情知遇見勁敵，略喝問了兩句，一面暗中行使妖法，一面仍裝著率領眾惡黨往前走去。

楊瑾看出底細，哪把他放在心上。暗中計點人數，連同妖道與跟隨土豪父子出來，站在門首觀陣的惡奴，才只九十六名，個個凶相，面帶死容。照王榮所說，還差了一個。料想先前受傷武師，必已知難而退，或者他劫數尚還未到，就此漏網，且自由他。正盤算間，忽見妖道快要近前，腳步忽然放緩，細看嘴皮，似在微動，左手縮入袖內，也似在掐訣神氣。不禁暗罵：「賊妖道，也敢在我門前弄鬼！」

方自尋思，妖道猛將左手袍袖一舉，一面伸手拔劍出匣。接著便聽眾惡黨轟的一聲暴噪，各持手中鐵鏢弩箭，似雨點一般打來。妖道同時伸出左手，掐訣朝對面一揚。楊瑾便覺一陣陰風襲上身來，立時頭腦微微有些昏暈，忙運玄功，真氣往外一宣，心神立定。同時那些暗器被這初步的無形劍氣一震，相隔三尺以內折斷的折斷，撞落的撞落，紛紛墜地，一枝也未射到身上。眾惡黨立時一陣大亂，全都加了畏心，面面相覷，不敢再進。妖道本來伎倆有限，見法術施出去，敵人若無其事，全未在意，不禁大驚。癡心還想以飛劍取勝，口裡唸唸有詞，將手中劍往外一擲，再用手一指，那劍居然也化成一道半青不白數尺長的光華，朝楊瑾飛去。楊瑾見他這等不知輕重，又好氣又好笑，知他無什能為，下三門用邪術催動的飛劍，哪值一擊，無須使用飛劍迎敵。等劍光飛到臨頭，笑喝道：「區區頑鐵，也敢拿出獻醜。」隨說，隨施展佛門涵光捉影之法，將五行真氣暗運到左手五指之上，輕輕往前一撮，逕自將劍光撮到手內。

妖道大驚，連忙行法運氣，打算收回逃走。楊瑾見妖道劍光還在手內，如蛇一般不住掙扎，似要逃走，喝罵道：「無知妖孽，今日惡貫已盈，還想逃麼？」說罷，只手握住劍光一捽，光斂處，一道青煙散過，立即斷為兩截，鏘鏘兩聲，擲在地上。妖道邪法一破，元氣大傷，當時口吐鮮血，知道敵人非同小可，再不見機，性命難保，忙伸手從懷中取出一物，往地上一撒，化為一團濃霧，裹住全身，便要往上飛起。

楊瑾雖然轉了一劫，嫉惡如仇，仍是前生本性，原意除惡務盡，不使一個漏網，何況妖道又是首惡元兇之一，如何容得。手揚處，先放起飛劍，化成數十百丈長一道金光，將所有在場惡黨，無分首從，一齊圈住。同時又將法華金剛輪往上一舉，滿天銀雨，電轉虹飛，早照向濃煙之中。只聽一聲慘叫，邪煙四散，妖道身首斷為兩截，墜落下來。

當妖道敗逃之時，楊瑾彷彿聽得遠處有人厲聲怒罵：「何方賤婢，休得無禮！」料是來了妖人黨羽，當時疏忽，沒有放在心上。等斬罷妖道，定睛四顧，來人並未出現。只西北天邊上，似有一痕黑影飛馳，相隔已遙，晃眼沒入雲中不見，想已知難而退，便不去管他，一看場內，除原有諸惡外，卻添了三個裝束得不男不女，滿身邪氣的妖童，不知何時跑來，也被圈入金光以內，嚇得嗦嗦直抖。土豪父子與手下諸惡黨見妖道慘死，敵人又放出一道金光將四面圍住，逃遁不得，自知無幸，嚇得面如土色。

楊瑾收了法華輪，還未張口，土豪早不住叩頭哀告：「仙姑饒命！罪人知悔，情願奉上家財，贖我父子狗命。」

楊瑾喝道：「我乃天上神仙，為民除害，哪個要你這不義之財？今日爾等惡貫滿盈，悔無及引！」

說罷回身，指著四外看熱鬧的鄉民，高聲道：「他父子連他手下惡黨，大約全數已盡於此。他等罪惡如山，今奉神命，特來降罰。生殺之權雖然在我，但是人數太多，或者也有可恕之人在內。你們俱是他家近鄰，如黨內中稍有可恕之人，可近前遙指，我便挑出放卻，寬其既往，放他逃生，以免少時同歸於盡。」

土豪父子，眾村民久受其害，自不必說。所豢養的武師打手，也俱是江洋大盜，鼠竊狗偷，平日狼狽為奸，除魚肉村民外，還不時遠近四出，明偷暗搶，無惡不作。近年又加上妖道師徒，鬧得受害之家，遭受踏踐，復為妖法禁制，稍有不合，連棄家逃走都不能夠。久已人人切齒痛恨，敢怒而不敢言。先見楊瑾出語不善，又傷了數人，都替她捏著一把冷汗，及見妖道伏誅，一放手便是金光百丈，如長虹飛起，將惡黨全數禁住，立時人心大快，都當真個仙人下凡。巴不得假手仙人，把大害除去，惟恐有人漏網，貽禍無窮。一聽仙人問話，怯於積威，雖未敢公開聲言無一可恕，卻都跪在那裡，暗中默祝，求仙人都殺了的才好。

可笑土豪父子與眾惡黨死在眼前，聞言又生希冀，各自哀求：「眾位高鄰貴友，好歹代我們向神仙說個人情，如得活命，必有重報。」你叫我喊，連說帶哭，亂成一片。楊瑾已看出眾村民心意。再仔細一看群惡，俱是生就凶煞奸狡狠毒之相。又見這等卑鄙求活之狀，更想起初遇時那等氣焰逼人，口出惡言神氣。不禁怒從心起，大喝道：「爾等罪惡太深，如若放了你們，天理難容！」

隨說，手一指，金光似電閃般往裡一絞。可笑土豪父子與手下惡黨，一聽口氣不妙，連哭喊都沒有幾聲，紛紛屍橫就地，遭了惡報。眾村民見狀，嚇得戰戰兢兢，把頭不住在地上連叩，一句話也說不出來。

楊瑾誅了群惡，高聲對眾說道：「本上仙今日奉了天神之命，來此降罰，一旦殺死多人，你們難免不受連累。待我在他照牆上面留下仙書，說明此事，官府到來，可照直稟告。他如與你們為難，牆後有一靈符，可在暗中命人取石遙擊，立時便有雷火示警。還有惡人家眷，多由強搶霸佔而來，我已留有處置遣散之法，官府到來驗看時，自必依言辦理。本上仙尚要回覆神命。我去也。」

菊兒父子早就怕她不肯再見，一聽要走，菊兒首先從地上爬起，剛要飛跑上前，仙人已戟指放出金光，在照牆前後畫下字跡靈符，化一道金虹，破空飛去。眾村民望空跪拜，報官相驗，一切都依言辦理，無庸細表。

楊瑾假托神仙下凡，用飛劍法寶斬了妖道和惡霸父子黨羽人等，便遵極樂真人李靜虛之命，一口氣往川邊小崆峒倚天崖飛去。

到了龍象庵前落下，進去見了師父芬陀，行禮起立，正要稟告途中遇見極樂真人之事，芬陀大師已面帶微愠說道：「瑾兒，你近數十餘年間，我方喜你進道神速，靈府平寧，如何今日回山，面上又略現往昔凶煞之氣？雖然積善功深，小暇不掩大瑜，煞由內發，而為祥光所外罩，不曾妄殺損德。但是此等戾氣，出諸各派劍俠之上尚且不可，何況佛門弟子？你此番下山，必是嫉惡太甚，只知除害降魔，惡人罪有應得，縱然未違師命，審慎而行，但是一旦殺戮多人，事前毫無哀憐之念，才有這等現象，大非修道人所宜。你已轉了一劫，尚未全改本性，殺機一啟，災必隨之。再不自勉警惕，轉向祥和，不特遲你成道之期，恐不久還有魔難呢。」

楊瑾聞言，想起近來所行之事，外功雖積有不少，殺心未免太重，不禁心驚膽寒，通體汗下，忙即跪伏大師膝前告罪，並求解免。

大師命起，把經歷之事問了一遍，才和顏訓誡道：「聽你所陳，尚無大過，外功建立尤多，不負為師期許。只為村民除害一節，未見惡人，先啟殺機，事前事後，未動一毫惻隱，有些不合。所幸情真罪當，不曾妄殺。事已過去，以後臨事多加戒懼，以免一時躁妄氣盛，誤人誤己。李道友所說之事，原有前約。偏值這佛道兩家，數百年難遇良機在邇，凡修上乘功果的道友，臨期都有所修為，不能分身。

「聖陵異寶，恰在此時出世，好似特為要被古妖尸暫時攘劫去的一般。我與各道友既難屆時前往，能代往者絕少。便是知道此寶來歷的人，也只我和優曇、極樂、東海三仙數人而已，就連嵩山白、朱二友，也未必能詳底細，何況其他。昔年李道友因妖尸新增惡黨，恐異寶落在妖尸手中，不等年滿，先期出世，為禍人間，曾與我在不周山舊址，擺列先天聖卦，詳參原始，追溯萬年前聖跡，冥心搜卜，推解過去前因，算出此寶終當落在你的手中。異日光大吾門，並助峨嵋長幼兩輩道友驅邪正果。他極欲玉汝於成，曾為你費了四十九日苦功，煉成一道大衍神符，以備入聖陵內寢時，避免壁間所伏神弩之厄。此事只對三仙中的玄真子談起過，此外絕少人知。當時我因你開元寺轉劫在即，沒對你說。我原意數由前定，此寶該有這一番魔劫，主於失而復得，先期趕去，未必得手。

「繼而一想，李道友向主人定勝天，他自己便是以虔心毅力，戰勝群魔，化除三災五劫及諸苦難，終於煉就元嬰，成了正果。他既是盛意殷殷，加以你前生魔孽太重，注定諸般苦厄險難，終以一一經歷的為是，這才決計命你試一為之。成固大佳，少卻許多災累，又將此二異寶早得到手，免被妖孽竊去，多所周折；不成也可即此下手，跟蹤追往奪回，免令為禍生災，可抵卻你不少功行。至多不過受些驚恐困難，終仍因禍得福。你就不遇李道友，我也要在三數日內用心息通靈之法，召你速歸受命。

「那白陽山三妖屍，我和諸道友久有意將其除去。一則因通靈詭秘，藏伏有術，除時費手，不比別的妖物頃刻可了。當初白陽真人用盡心力，與之苦鬥多日，也只將其父子制伏，不能立時除去，其難可想。二則運數未終，惡行未著。三則你轉劫以來所積外功，還差得多，正好藉此成全。

「你此去全仗知機神速，吉凶禍福各參其半。到時寶物如已為妖屍下手盜去，固應乘其未能詳解二寶妙用，即時趕往。幸而得手，更是機不可失，飛速前往白陽山，仗新舊諸寶法力，掃蕩妖穴，一舉成功；免致觸機先遁，隱跡黃壤，潛伏地肺，無從搜索，貽禍無窮。聖陵靈符失效，約在距今第九天上，最好先期趕去。適卜一卦，你的魔障甚多，早去更多險難，晚了又必無濟。幾經推算比較，只有近期前二日去稍妥。但是中途仍不免有人橫加阻撓。如遇仇家，可用本門仙遁，用法寶護身避去，暫且忍辱不理。

「聖陵神符應在後三日內夜間亥子之交失效。由此起行，你御劍飛行，當日可至。為防妖尸，在距今第七日動身，早到兩天。候至夜半，如見迅雷、疾風、暴雨大作，陵上有千萬道五色光華上升霄漢，便是時候。可先謁拜聖陵，虔誠默祝之後，再用本門靈符護身，由土遁直達內寢，二次拜謁聖帝。此時如見陵內有什異狀，你所有法寶俱不可妄用，只須將李師叔大衍神符祭起，便能止住兩壁四十九枝先天一氣子母神弩。急速起身，先請下聖帝座前所懸昊天寶鑒。此鑒道家稱為太虛神鏡，具有先天妙用。到手後，再用此鑒照向九鼎當中一座小鼎，以免鼎側有什妙用，發動難制，那便是開闢以來至寶九疑神鼎。二寶到手，隨即趕往白陽除妖，到即成功，最為順手。如若事有差誤，為妖尸捷足先登，便費事艱難多了。事在人為，好自為之。」

楊瑾跪謝師恩之後，芬陀大師又把妖尸鳩后、無華氏、戎敦父子與白陽真人苦鬥情形，後來與四凶中的妖尸窮奇、妖道金花教主鍾昂之子鍾敢師徒勾結，狼狽為奸，以及各個道行深淺，所用法寶如何告知，大半已詳前書，茲不再贅。

楊瑾一一領命，記在心裡。候至第七日一清早，知啟行之期已屆，便向芬陀大師拜別。大師道：「你前生好殺，仇家本多，俱欲殺你而甘心。轉劫後隱卻本來行藏，暫雖無人知底，自從領命下山行道，你見為師因你而延遲多年飛昇，急功心盛，樹敵越眾，日時一久，當然被明眼人窺破。今已各派傳說，知你是凌雪鴻轉世，益發嫉恨切骨。前卜之卦，許飛娘因你屢壞她事，毒恨不解。她為人詭詐，不敢惹我，知你專一獨自行道，素無同伴，意欲乘我鞭長莫及，出你不意，伺隙暗害。自在仙霞嶺與你鬥法，被李道友神雷驚走，便向各地傳揚：當年大仇，轉劫重生，對各異派中人，比前還要厲害，一面到處約請同惡中的能手，一面又將業已隱匿多年不出的兩個大仇家明勸暗激，勾引出來，與你為難。近又托人向赤身教主鳩盤婆借來索影晶盤，窺查你的行蹤，竟查出你已回轉龍象庵。偏你性喜遊覽，一下山行道，先是由川邊起始，直赴滇黔，然後道出衡湘、武漢，由河南驛路入京，再順山東官道南下，繞行皖、贛等省，遍歷大江南北。中間回山數次，每當再出，除奉命有事外，大半是走未經過的道路郡邑。

「這次由桂、粵濱海諸州縣繞行至閩，到了仙霞嶺，遇見你李師叔，受教回山。你行道腳程，只有關中和天山南北未去。在你只是癖嗜山水，藉著行道之餘，就便得以登臨，想把前生所涉名山勝跡，洞天福地，一一舊夢重溫，反正何地皆可救人行道，樂得暫時不走重路。事原近於童心，飛娘等惡黨卻將你每次所經途程事跡詳加考查，以為事出有意。又經多次推算，算出你這次如再下山，必往關中一行無疑。知我與三仙等諸道友，近數十日左右有大修為，不能分身。

「此時你如離山，真乃絕好良機。就這樣還不敢在近處下手，特地埋伏關中一帶。你那兩個大仇人，一個匿跡岐山鳳凰嶺，正當你必由之路。你在我這裡，我自知這班妖邪詭計，加了防範，便用晶盤也觀察不出你的動作。你一離山，飛娘必由晶盤中看出你的行跡，立即用妖法傳信，群起與你為敵。如要在平日，自不懼她。此時動關緊要，遇上沿途糾纏，豈不有害？不過她借鳩盤婆索影晶盤，僅看出你回山，即被我覺察防範，連日毫無所見，知道無濟，昨日業已送還。我不能命你早日趕往，便由於此。另一仇人，就住在橋山聖陵附近的子午嶺，本來掣肘最甚。偏是信了飛娘之言，意欲在金牛峽蟠冢山一帶你必由之路埋伏妖陣，堵截暗害，已是徒費心力。你只繞道秦嶺，便可避過這兩處。此外還有許多仇敵相待，你不露面行道，逕駕劍光飛行，他們也無從覺察。只歧山難過，此行稍一疏忽，便有旬日壓魂之災。我今晚便即入定，須要十九日後才完功果。在此期中，有難決不能前去救你。不問是中途作梗，抑或被仇敵跟蹤追往聖陵，俱都有害，一切行事，務要小心忍氣為是。」

楊瑾領命拜別，出了庵門，逕駕劍光，往關中飛去。心中謹記師言，本來不願惹事，誰知運數注定，該有一場魔難。飛過劍閣、廣元以後，前面牢固關，便是關中地界。如照平時，本應經由金牛峽，沿著蟠冢山飛行，趕過大散關，經寶雞、鳳翔，橫過歧山主峰金鸞嶺，直穿甘肅邊地含濕口、大鵬墩等處，再入陝西慶陽，方是往橋山軒轅聖陵的直線正路。這一次由秦嶺走，便須由牢固關，順米倉山腳，往東南行。到了巴山，越將過去，然後飛出饒風關，穿行子午谷，飛渡柞水，沿著終南南飛，經由秦嶺、藍關，橫越少華山支脈，過了臨潼渭南邊界，重又折向東北斜飛，道出同官、馬欄等地，方可到達。這一個大彎轉，要多走出一兩倍的途程。

楊瑾心想：「師父只說歧山、蟠冢山兩處，有前世仇家在彼相待，尤以歧山之仇最為厲害，又未說出姓名。回憶前世夙仇，有本領的並沒幾個。內中只賤婢許飛娘的師父混元祖師最厲害，已為三仙用無形劍兵解。餘者多半不是自己敵手。何況轉動以後，又承師父將本門所有至寶奇珍一齊賜與，更學會了金剛、天龍諸般禪法。如在平日，這等妖人還惟恐不相遇，為世人貽害，怎肯聞風遠避？就說是恐因此阻滯，誤了聖陵取寶時機，不由這兩處經過，也就是了，何必繞幾千里路大圈子則甚？」

因知芬陀大師雖然道妙通玄，法力無邊，可是行事極其謹慎，每次下山，常多告誡，不願徒兒不濟，吃了人虧，辱沒師門顏面。自己兩世相隨學道，除五十年前在開元寺應遭之劫外，從未閃失過。以為這次必是師父因入定多日，遇有危難，不能分身往救，故爾格外謹慎。

籌思一陣，意欲橫越米倉山，逕由古米倉道，過漢中、南鄭，略向東南斜飛，先避蟠冢山之敵。再由古褒斜道，飛越太白山支脈，渡過漳河，經馬嵬驛，直趨醴泉，繞出歧山之前。然後偏回東北，途經少白山、永壽、亭口、落雁峽，仍穿甘肅邊界，直達橋山。兩處大敵，一樣遠遠避過，路卻比由秦嶺繞越要近一倍多，當日趕到聖陵，綽綽有餘。如由秦嶺繞大彎走這條路，便是前生常與嵩山二友往來秦隴河朔，也未這樣走過。計算卯初由川邊起身，此時已是未申之交，才到了陝西邊界牢固關，如再曲折繞行，便一口氣飛行，中途毫不停歇，當晚也難趕到。

念頭一轉，便照自己所擬途程，催動劍光，加急往前進發。飛過南鄭，一入褒斜，特地將劍光升高，直上青冥，運用慧目，定睛回顧，見蟠冢山近陽平關一帶，高山之上果然隱隱有妖雲邪霧籠罩。不禁敬服恩師，真是神明朗澈，事事前知。可笑妖人費盡心力，區區妖陣，也敢賣弄害人。且等我功成歸來，再尋你們算賬。略看了看，仍舊電射星流，往前飛走。不一會過完古褒斜道，飛上太白山。因此山最高，前望岐山，如在眼底，意欲觀看設伏妖人，是哪派家數，過時格外留神注視。見岐山鳳凰嶺那一帶的山峰，正值斜陽返照，雲浮天空，凝紫搖青，山光如畫，氣候甚佳，看不出一絲一毫妖氛邪氣。

比起太白山，自中天池以上，便雲橫霧湧，氣象陰鬱；絕頂之上，更是積雪不消，堅冰匝地，滿目荒寒之象，相差懸遠。若非芬陀大師早示先機，絕不信有什妖人在彼埋伏，設陣相待。楊瑾畢竟兩世修為，久經大敵，一見仇人故示平靜，不動神色，便知是個勁敵，較蟠塚山上仇人要厲害得多。並不敢稍微大意，忙即飛過山頭，連劍上光華也極力隱斂。方以為相隔尚遠，小心繞避，必可無事。不料剛渡了漳水，偶然瞥見左側山凹裡劍光隱現，頗似前生丈夫追雲叟白谷逸門中家數。再側轉身定睛一看，不禁怒從心起。

原來下面山凹裡有一塊盆地，向陽危崖之下有一山洞，洞前石台之上豎著大小數十面幡幢，當中木樁上綁著一個赤身露體的孕婦。香案前立著一個道人，正是五十年前追雲叟門下的孽徒畢修。當初他叛師投邪，作惡多端，自己為代追雲叟清理門戶，到處搜拿，和混元祖師五台派諸多妖人多結仇怨，後來受人暗算，在開元寺兵解坐化。如非恩師憐鑒，與神尼優曇等相助轉劫，二次從師，幾乎壞了道基。他便是罪魁禍首。記得兵解前，這廝已被自己尋到，在五台山麓運用飛劍將他腰斬，如何尚得偷生潛跡，直到如今，也未被嵩山二友及諸道友所誅？真是怪事。再細一查看，見他一面仍用本門飛劍，護著一個形式奇古的漢陶罐；一面口中喃喃，掐訣唸咒，正在布那十二花煞神罡，打算抓裂孕婦，取腹中血胎，祭煉迷魂妖法。

暗忖：「這孽障忒也大膽，竟敢在這光天化日之下，煉此妖法。雖說此法祭煉甚速，只要一切齊備，煉起來不過個把時辰，便可畢事。但如被正派中各道友路過看見，焉有命在？」說時遲，那時快，下面妖道已將法行完，將手一揚，立時伸長丈許，正要向當中孕婦腹上抓去。楊瑾夙仇相見，本自眼紅，何況又見妖道傷生害命，如何容得，當時再也按捺不住，無明火發，哪暇尋思。把身子往下一沉，左手迦葉寶鏡發出數十丈長一道金光，照向法台之上。右手一指般若刀，化成一片寒光，直朝妖道畢修頭上飛去。

原來那畢修當年因犯清規，不敢回山，叛師背道，投在混元祖師門下。他為人機詐，見師父師母四處搜拿，自知正派諸位尊長道法高強，既犯眾怒，早晚遇上，本難倖免。知道赤身教主鳩盤婆精於脫神解體之法，能在危急之間，指人代死，對方多大本領，輕易也查看不出。乘其來會混元祖師之便，再三背了人，苦苦哀求，得了傳授，苦練精熟，於是下山，故露行藏。凌雪鴻聞人道及，果然立即追去。畢修心術更壞，他出身正派，知道正邪水火不能並立，東海三仙無形劍已將煉成，混元祖師終難免難，在他門下不過暫避一時，一個不知進退，長此相隨，日後仍不免於玉石俱焚。故又想了一個面面俱到的奸計：預先安排好一個替死鬼，特地將凌雪鴻引到五台山下，施展脫神解體之法，指人代死。凌雪鴻還以為孽徒伏誅，隨用五行絕滅散，將屍首化去。

混元祖師見新收愛徒慘死，凌雪鴻上門欺人，自然仇恨愈深。他卻鴻飛冥冥，隱過一旁，既給仇人樹了強敵，又可免卻異日殺身之禍。果然所料不差，沒有多時，混元祖師果為三仙無形劍所斬，五台山門下不少伏誅，他竟漏網。從此隱跡潛修，方以為無人知曉。不想惡人終當為惡，積惡已深，不容倖免。竟會被楊瑾一個大仇家，在鳩盤婆口中得知此事。

那仇家名叫胡嘉，以前曾被凌雪鴻斬斷過一條右臂、三根肋骨，吃了大虧，幾乎廢命。一氣逃到岐山鳳凰嶺古墟洞中潛伏不出，啣恨切骨。自知不是對手，一意苦修，在古墟洞中用百煉精金，不但將斷臂和肋骨補上，而且還能飛出傷人，專破敵人飛劍。由此隱了原名，自稱金臂行者。等到他去尋找凌雪鴻報仇時，她已在開元寺兵解坐化。因他所學的是魔道，與鳩盤婆、許飛娘交好，常往鳩盤婆處論道求教，比和飛娘還要莫逆。這日又往拜訪，鳩盤婆無意中向他談起畢修代身假死避禍之事。心想：「自己正想尋仇，此人恰是仇人叛徒，豈不正用得著？再者，自己一生尚未收過門徒。此人先前既受追雲叟賞識，必非凡品，大可收歸門下，為異日之用。」便向鳩盤婆問明畢修住處，親往尋找。畢修先還不願，一則鬥他不過，二則彼時混元祖師尚未兵解，恐被察覺，三則如被正派諸師長知道，更是不得了。迫不得已，只得應從，拜了師父，一同去到歧山古墟洞中，相隨修煉。

後來胡嘉仇未報成，混元祖師又命喪三仙無形劍下。師徒二人俱甚機智，知道正邪水火不能並立，目前各正派中能人甚多，後進中更有不少特出之士，正值正勝邪消之時，已然受過挫折，不願再蹈以前覆轍，出去生事，一心只在古墟洞中修煉，欲由魔道修成地仙，倒也能知斂跡，按說原可無事。誰知畢修見胡嘉金臂神奇，堅請傳授。胡嘉因他人甚奸詐，相隨數十年，仍測不透他心志。自己所能，大半已經傳授，倘再煉成金臂，萬一又有叛師之行，難以制服。借口他臂未斷，不應學此，老是支吾不允。畢修看出胡嘉心意，知他法術均有秘籙，意存竊取，總不得便。

這日也是合該有事。胡嘉差他往太白山上天池去採伏龍草，畢修因這多年來正派兩輩師長、同門都當他已死，迄今無人看破，採得藥草回轉歧山之際，忘了隱形。途遇三仙門下的諸葛警我，匆匆隱避不及，露了行藏。知道不好，只得跪在諸葛警我面前，苦苦哀求：自己一時無知，鑄成大錯，如今悔之無及，千乞看在先前同門之誼，不要洩露，以免諸位師長知道，不能逃死。

諸葛警我笑道：「你還當你以前那點鬼隱身法，各位師長都被你瞞過了麼？實對你說，當初你拜師學劍之時，各位師長早知你非本門中人，必有今日。只緣當時白師叔見你向道之心十分虔誠，又因和人鬥氣，特地恩施格外，將你收下。原意人定勝天，引你入正。你卻不知自愛，叛師背道，先投入敵人門下，又恐日後有禍累及，行那代身邪術，只凌師叔暫時被你瞞過。

「別位師長同白、朱二師叔，先因凌師叔性情執拗，又苦追窮寇，尋你生事。後又因你惡貫未盈，氣運未終，既然懼禍佯死。投庇妖道胡嘉門下，不敢似前為惡，也就不值專為尋你計較。今日相遇，我回東海，定詢昔年同門之誼，不向師長稟告。但你罪孽已深，師長說，就是隱伏斂跡，不再黨惡為非，也難免於金天神雷之誅。何況你從的又是個邪魔外道。如聽我好言相勸，即速革面洗心，獨自隱入深山窮谷之中，專事靜坐虔修，從此改行向善。仗著昔年師門傳授，忍耐艱苦，熬過這數十年劫運，縱不有成，也可免禍，得享修齡，養就根骨，以備轉世重修地步，方為上策。只求我不說，有什用處？迷途速返，言盡於此。」說完，破空飛去。

畢修聞言，驚魂交集，不知如何是好。明知所說有理，無奈自拜胡嘉為師後，被他索去生辰八字，時刻在防叛他改圖，如要棄而他去，也是死數。就此遷延下去，早晚又必應劫。正在愁思無計，偏是冤家路窄，又被許飛娘走來撞見。飛娘自混元祖師兵解後，顧念濃情，誓死與正派中人為仇，到處煽惑邪黨，無孔不入。久尋胡嘉不見蹤跡，一見畢修並未身死，忽然明白他以前假死用意，不由大怒，立時飛劍動手。畢修自非其敵，知她與胡嘉交好，被迫無奈，將胡嘉抬出。飛娘自得實況，方始轉怒為喜，立逼引去相見。胡嘉倒也慇勤延款，兩下裡過從頗密，仍和以前一樣。只拿定主意，劫後餘生，不再惹禍樹敵，除非斷臂仇人尚在，否則礙難從命。一晃多年，始終說他不動。

正無奈他何，忽然得知楊瑾是凌雪鴻轉劫再生，忙往告知。胡嘉前言業已出口，說不出不算來。再者想起前仇，也委實萬分痛恨。雖然答應，因知芬陀大師厲害，終是膽怯。最後才由飛娘借了鳩盤婆晶盤，商量以逸待勞之計。算出楊瑾所經路上，設下埋伏，暗擺妖陣，出其不意，暗下毒手。另外還約上一個名叫九天勾魂神君萬谷子的妖道，與胡嘉二人，分別在歧山鳳凰嶺與蟠冢山一帶埋伏相候。由此，胡嘉便在歧山廢墟之下，暗設妖陣。不提。

且說畢修本想盜學胡嘉所藏秘籙，只是沒有機會。如今趁胡嘉頭七日設陣踏罡之際，將他魔教中太陰秘籙偷抄到手。仔細一看，胡嘉以前所說的倒也有幾分實在。如學他的金臂煉法，不但要先斷去一條手臂，並且費時費事，學時也必被師父覺察，反而不美。況且凌雪鴻業已轉劫再生，事更難緩。如求速成，專為避禍起見，只煉花煞神罡，最為合宜。好在秘籙已全部偷抄到手，所有法術，異日皆可學習。主意打定，原打算藉詞下山，到遠處祭煉。偏生胡嘉因自己每日要在岐山頂上佈陣，正值有事之秋，不許畢修遠離。畢修日懼禍臨，急不可待，只得背了胡嘉，用妖法攝了一個孕婦，就在山凹中設起壇來。這花煞神罡在魔教中最為陰毒，專破五行神雷及各派飛劍。煉時又極神速容易。胡嘉當初原煉過這種妖法，因知目前正派中異寶甚多，恐為所破，才不惜艱險，苦心祭煉金精神臂。但畢修見秘籙所記妙用，以為無敵，所以急欲煉成。此法共煉七次，每次僅需三兩個時辰。煉了五次，俱都平安過去。

煉到第六次時，因為孕婦胎兒多陰少陽，兩個生魂業已攝取到手，厲魂逐漸堅凝，忽然心動，恐萬一有異派中人路過擾害。於是將飛劍放起，護著裝生魂的法器。原意是只要法器不遭損毀，別的無關緊要。一遇有警，立刻藉著飛劍防護，取了法器退走，改日再另外覓地祭煉，也不妨事。不料他那飛劍原是追雲叟白谷逸的傳授，這一小心過度，正派人物都很熟悉，恰巧遇見楊瑾在空中路過，將大對頭招了來。

當畢修正在行法之際，忽聽一聲嬌叱，跟著百丈金霞，帶著一道銀光，星飛電射，自天而下，來勢異常驚人。畢修先後在追雲叟、混元祖師和胡嘉門下多年，也是久經大敵；又聽飛娘、胡嘉等妖人常道及楊瑾的行徑貌相，本就有些作賊心虛；再一見那道銀光，更是當年凌雪鴻常用之物，不知有多少邪魔外道，死在這銀光之下。料定來人必是凌雪鴻轉劫的楊瑾無疑，不禁大吃一驚，不敢亂施妖法抵擋，忙將保護法器的那道劍光飛上前去迎敵。不想楊瑾天性嫉惡，又加畢修是本門敗類，兩世深仇，恨之切骨。知他奸狡刁頑，動手時早有成算，特地將兩件法寶同時施為，使他措手不及。寶刀銀光，畢修用本門飛劍還可支持些時。那法華金輪乃神尼芬陀佛門降魔異寶，勢又迅急，如何能以抵禦。劍光化成一道長虹，剛飛上去將金霞銀光抵住，正待伸手取了法器遁走，就這瞬息之間，倏地眼前銀光奇亮，飛劍竟被裹住，絞在一起。同時那百丈金霞由分而合，直向法壇上當頭罩下。事出倉猝，萬分危急。畢修如稍緩須臾，只要被黃霞籠罩，縱能用魔教中赤屍遁法僥倖逃得活命，也必帶重傷無疑，還算他臨危知機，應變神速，一見來勢猛疾，自知萬無倖理，終是逃命事大，顧不得再搶壇上法器，忙即施展赤屍遁法，咬破舌尖，往上一噴。立時法台上起了一片血光，煙霧濛濛中現出許多與畢修身貌相同的幻影，四散奔逃，真身卻從血光煙雲中逃走。

楊瑾眼看敵人授首，一見這等情狀，還不知畢修逃出圈外，只料是分身化形之法，大喝道：「無知妖道！這等障眼法兒，也敢賣弄！」一指寶輪，那百丈金霞便奔流激湍般向四方八面數百畝方圓分散開來，將幻影、法台一齊罩住。再喝一聲：「疾！」金霞飆輪電御，疾轉了數十百次，一聲爆響，壇上法器首先破裂，氛煙淨掃處，所有法壇上的幡幢及一切法器等品，全數絞為灰燼。

楊瑾先見許多幻影，俱為金霞籠罩，無一漏網，以為內中當有真身，不及逃遁。事後仔細一看，幻影全滅，所毀之物各有痕跡，惟獨畢修屍首不見，更無絲毫殘餘之跡，才知中計，吃他暗施妖法逃走。下手如此周密神速，仍未使其伏誅，心中好生不快。再看木椿上的孕婦，早在事前慘死。畢修先時只顧強令厲魄入竅，加重祭煉，再被寶光一照，業已煙消骨碎，返魂無術，只得任之。妖道雖可痛恨，但當場被逃去，急切間定難尋覓。聖陵取寶，為日無多，不宜再作耽延。既然此賊尚在人間，訪出底細，歸來除他未晚，目前還是取寶要緊。

說時遲，那時快，先後還不到半盞茶的光景。原意收了畢修飛劍，行法葬了死孕婦，免其曝骨山野，便自往聖陵進發。可是銀光和飛劍還糾纏在一起。按說敵人遁走，無人主持，又是原先本門中的飛劍，收起來本極容易。等主意打定，去收時，頗覺費力。二次又運用玄功，往回一招，寶刃銀光才裹住敵人飛劍，緩緩降落下來。等到離身三丈，忽然加快，以為無事。剛將寶刀、飛劍分開，伸手待收，那飛劍倏地比電還疾，嗖嗖嗖一片破空之聲，逕往斜刺裡飛射出去。

楊瑾先見敵人逃後，飛劍仍與寶刀相持，已疑敵人不捨此劍，潛身暗處，其逃不遠。運用慧目四處細查，又不見一點妖氛邪氣，好生奇怪，收時頗為留意。繼見由難轉易，快要到手，才放了心。哪知先疑已差，自身該有那旬日墓穴之災。畢修就此棄劍而逃，本可無事，偏生他神雷之劫肇因於此，也難倖免。當時雖得脫身，終不捨那飛劍，見被銀光裹住，知道厲害，不敢明收。先是暗運真氣，強爭無效。同時又見楊瑾四外諦視，料已生疑，恐被覺察，忽生急智，將身躲離遠些，以備逃時容易。一面行險，將劍光由緩而速，逐漸放鬆。心想：「萬一仇敵業已看破行藏，始終用銀光將劍裹住收去，那是活該晦氣。原是他本門之物，一落人手，略加吐納習練，便能運用自如，休想失而復得。否則，二寶一分，稍有間隙，立可火速收回逃走。」

打好如意算盤，暗運玄功，靜待時機之來。因他出身正派門下，人又奸詐非常，知用妖法隱身近處，必被看破。雖用邪術遁走，隱起時，卻冒膽改用追雲叟所傳隱形之法。楊瑾見無妖氣，暫時被他瞞過，稍微輕敵，疏忽了些，便中詭計，那飛劍竟被他收去，如何不氣。匆匆不暇再計別的，喝得一聲：「好個大膽的妖逆！」

腳頓處，便駕遁光照準劍光去處，破空飛起，電射般追去。畢修身劍業已合一，真如喪家之犬，連劍光一齊隱卻，捨更是捨不得，急不如快，又無潛光斂影之能，拚命奔逃了一陣。回望敵人緊追不捨，早晚被她追上，便是死數，心中又恨又急。正在無可奈何，猛想起自己真個是臨事心迷，其蠢到了極處。師父胡嘉受許飛娘重托，日夜在歧山頂上候她不著，難得相逢狹路，正好引她入伏。為何不擇方向，一味亂逃，豈非自討苦處？一看前途所經方向，正與歧山並行，相隔還不算遠，變計改向，還來得及，忙即一催遁光，往左側斜飛出去。

楊瑾追了一陣，逐漸追近，方擬再近一些，便可施展法寶。一見畢修改了方向，自然不捨，追得又近了些。猛一眼看見歧山在望，想起恩師行時諄囑。暗忖：「這廝鬼祟百出，莫要真個為了追他，遇見強敵，誤了事機。」想到這裡，微一停頓，遁光便慢了下來。一咬銀牙，正待轉身。畢修已經飛出老遠，偶一回顧，敵人大有轉身之勢，哪肯輕放。深知楊瑾前生心性剛烈，適遇情形仍然未改。前面歧山不遠，既不來追，正可勻出工夫施為。知道反追上去激她，不患她不入伏中計。當下忙從囊內取出胡嘉傳授的七面妖旗，先用一面往空一擲，立時便有一道五色煙光上衝霄漢，然後回身追趕。裝作不認得楊瑾神氣，大喝道：「大膽狗丫頭，叫什麼名字？竟敢暗算你畢真人。前面我已設下仙法，為何知難而退？莫非怕本真人將你擒住作爐鼎麼。」

楊瑾停追斜飛並沒有多遠，忽覺後面有了破空之聲。回身一看，畢修竟敢追來，身後有一幢五色妖雲上升，彷彿有恃。又聽出言不遜，不禁大怒。暗忖：「適見這廝雖隔多年，並無什出奇伎倆。生前勁敵多半死亡，難道恩師所說歧山之伏，竟是此賊不成？」

正忿怒狐疑間，畢修出語越發污穢，人卻遙對不前。楊瑾想就此退走，心實不甘，便一催光，二次追去。滿擬破了妖法，見機退走，不問他伏誅與否，反正決不多延時刻。心裡雖想得好，事卻大謬不然。追了一程，眼望前面，畢修收了飛劍，隱身妖雲之中。便將法華金剛輪取出，百丈金霞飛轉處，煙雲盡掃，畢修不見。正待回身，前面又有第二幢妖雲升起，畢修又復現身，追來辱罵。氣恨不過，又追，迫近妖雲，使金輪一照，二次又復化去。第三幢妖雲又在遠處與畢修相次出現。明知誘敵，一則怒恨按捺不住，二則嫉惡輕敵之心太甚。似這樣三次過去，已離岐山鳳凰嶺不過里許。楊瑾氣得把心一橫：「此賊如此可惡！休說我有至寶護身，縱有妖陣，也困我不住。來時恩師只說到後三日中，聖陵開放，未說一準時日。現在是期前趕往，盡有餘閒，不見得便為此所誤。縱落此賊算計，為妖尸捷足先登，仍可跟蹤趕往。惡氣難消，今日豁出受旬日困苦，寧甘誤事，也必將此賊殺死。」想到這裡，便催動遁光，往前追去，似這樣連衝破了五幢妖雲。

畢修見已經誘至歧山鳳凰嶺地邊上，還不見胡嘉現身迎敵。敵人遁光裡放出萬道金霞，所過之處，邪氣似風捲殘雲一般，休想抵禦分毫。七面妖旗，只剩了兩面。來勢比電還疾，眼看趕近。再有片刻工夫，這第六、七面妖旗一毀，定被追上。要是胡嘉恰在此時他往，自己又不明魔陣用法，豈非死路？忙中無奈，只得豁出棄去那口飛劍，仍照先前隱身遁走，方為上策。

主意想好，前面咫尺，便是第六幢妖雲所在之處，偶一回顧，楊瑾追離身後僅有數十丈之遙。一催劍光，身剛飛入妖雲之中，身後金霞已經射到，知道不妙。胡嘉處心積慮，在此候敵，已非一日，不致離開。想是看出敵人勢大，知難而退，故意不出交鋒。危機頃刻，再一味逃下去，追上準死無疑。當時驚慌失措，便藉著煙雲隱蔽這分秒之間，顧不得再施展第七面妖旗誘敵，一指劍光，離卻本身，仍舊往前飛去，緊接著行法隱了身形，往斜刺裡逃走。原意楊瑾必朝劍光追趕，仍可誘敵更進；即便不能，僅只飛劍被她收去，也可無害。誰知楊瑾先時疏忽，被他瞞過，上了一次當，業已留心，早就防到他又施故伎。再加畢修分光隱遁之時，金輪寶光恰巧射到。楊瑾見前面煙雲盡處，人影一閃，劍光稍停了停，仍舊朝前飛去，知他捨劍圖逃。同時又想起畢修原在追雲叟門下，適才定用的本門隱身之法，所以看不出妖氣來。雖然看破，心裡還拿他不定，一面運用玄功，試一收那劍光，竟是隨手飛來。

愈知所料不差，畢修仍在近處，逃走未遠。忙停下遁光，再用本門禁法，去破那隱身之法。畢修因先時收劍，才被敵人看破，幾致性命莫保。及見胡嘉不出，以為存心怯敵，一時絕望，決意棄劍逃生，不想弄巧成拙。敵人知微神速，一晃眼工夫，已將飛劍收去。接著猛覺機伶伶一個冷戰，身上一緊，立時現了身形。不禁嚇了個亡魂皆冒，連忙咬破舌尖，一片血光從口中噴出。正待化身逃遁，楊瑾法華金輪放出百丈金霞，已經照到。就在這危機一髮之際，倏地眼前一暗，耳聽一人在空中厲聲喝道：「徒兒快往東南退出，待我親拿賤婢。」畢修聽出是胡嘉口音，心中大喜，逕往東南方遁去。不提。

這裡楊瑾剛破了畢修隱身之法，放起法華金輪，眼看百丈金霞飆飛電御，就要將畢修裹住，猛覺眼前奇暗，尖風如箭，刺得遍體生疼，頭上似有千萬斤重物，當頭壓到。知道陷入埋伏，忙用飛劍圍繞全身，又將法華金輪招回護體。緊接著將鎮魔諸寶相次施為，化成一團數十畝方圓的金光霞彩，與暗雲濃霧衝突起來。滿擬邪不勝正，區區妖法，萬萬禁不住佛門至寶一擊。誰知胡嘉用的是玄陰魔法，有挪移五行、顛倒乾坤之妙，非比尋常。寶光所照之處，雖將邪霧妖氛衝蕩成一個光衖，可是光霞以外，仍是黑暗非常。衝蕩轉折了一陣，連方向都分別不出來，更看不見妖人存身何處。楊瑾見妖陣中除暗影沉沉，不辨東西外，更無別的動靜，先還不甚在意。後來認定一個方向，照前直衝，憑著衝光迅速，以為總可衝出，與妖人對面，決一勝負。

衝了一陣，前面老是一片深黑，杳無止境。才想到妖人用的是挪移五行魔法，如不先將陣法破去，似這樣飛行十年，也離不了原處。正在焦急，覺適才被妖風吹了一下，周身酸痛不已，只得強自按捺，暫停飛行。索性和在仙霞嶺遇見許飛娘時一般，盤膝坐在金輪之上，運用金剛禪法打坐。過有兩三個時辰，剛將身上所中邪氣，用本身真火化盡。

楊瑾正在冥心定性、默運氣機之際，遙聞離身十里之外高處，畢修向一人低語道：「師父，你既將賤婢困住，怎還不下辣手，等待何時？」另一人答道：「我這九子母天魔玄陰大陣非同小可，無論何派真仙，一經深入內陣，決無倖免。適才只怪你膽子太小，已然誘敵到此，眼看深入玄牝，再進里許，便可出其不意，用玄陰之火，將她煉上三日，全身化為融泥而死。不想你卻害怕逃走。我那玄牝法器，設在陣底，原意仍可誘她入陣。偏生賤婢飛行甚速，又和陣地背道而馳，所用法寶更是神妙，我連用長地之法，僅能將她止留原地，衝不出去。除了等她心疑易向，掉頭飛行，終難入網。此時停了多時不動，周身光霞籠罩，必是適才為玄陰之氣所中，周身酸疼，在那裡運用坐功。此事心急不得，我等以逸待勞。她身上酸疼一止，見久衝不出，只要改道，便投羅網。休看她有法寶護身，我豁出再苦煉十年，葬送這條金精神臂，將她護身法寶抓去一兩件，稍有間隙，何愁當年斷臂之仇不報？賤婢兩世修為，俱在芬陀老虔婆門下，不可輕視。今番費了許多心計，一擊不中，反倒自誤。務須相機審慎而行，此時還難動她。至於目前外陣中諸般禁制埋伏，看賤婢道行法寶均勝往昔，縱然發動，未必有用。老虔婆此時不能分身來救，毫無可慮，可以稍待為是。」

胡、畢二人原是在鳳凰嶺法台之上低聲對語，相隔楊瑾至少說也有十里遠近。萬不料金剛禪法一經坐定，便返虛生明，靈機微妙，數十里左近，萬籟動作聲音，均能諦聽清晰。胡、畢二人這數句話不留神說出，卻給楊瑾少了好些麻煩。

楊瑾疼止以後，原想再運用一會玄功，以防餘邪未淨，並無別意。一聞此言，方知為首妖人乃當年斷臂逃走的胡嘉。這九子母天魔玄陰陣法，當初曾聽芬陀大師說過，乃魔教中數一數二最狠毒的妖法。一旦深入牝門，被玄陰之氣吸住，不消多時，任是金剛般法體，也要吃陰火搜精竭髓，銷骨亡魂，化為一具空皮殼而死。此陣尚有色、聲、香、味、觸諸般妙用，外有無形諸天魔網。雖然破它不易，但是只要能識玄牝之門所在，深知其中厲害，拿定心神，不去入竅，便可保得本身真陰，至多暫困魔網，終能逃去。記得適才追近歧山，因見畢修往斜刺裡遁走，便即破了隱身之法追去。且幸無心中聽出此陣玄牝方向，與它背道而馳，料無差錯。如仍照舊前飛，他必用長地之法留難，仍逃不出。否則難免別生詭計，身在伏中，無計防範。聖陵取寶事急，已違師訓，中了道兒，再如應付失宜，非誤事不可。好在有法華金輪護身，般若刀可斬破魔網，暫時只作脫身之想，不與妖逆師徒苦拼，當無妨害。

想了想，將主意打好，故意大喝道：「不知死活的妖逆！當年斷臂，放汝逃生，只道你悔過匿跡，不再為惡。誰知竟敢暗布九子母玄陰魔陣，暗箭傷人。我現運用慧目觀察，已識鬼蜮伎倆。本當運用般若刀斬破魔網，用恩師所賜百寶如意純陽轉心鎖鎖禁底陣靈魔，然後用大力金剛神杵搗毀玄牝，使爾妖逆魄散形消，同歸於盡，萬劫不得超生。因念你苦修多年，殊非容易，雖是邪教異端，平日惡跡尚未顯著，不忍就下辣手。叛徒畢修，卻是饒他不得。如明白事體，速收妖陣，獻出叛逆，我便情開一面，容爾逃生；倘再怙惡不悛，冀以邪魔取勝，禍到臨頭，悔無及了。」

胡嘉不知楊瑾所說乃是詐語，一聽大驚。暗忖：「這丫頭轉了一劫，竟比前生還要厲害。這九子母天魔玄陰大陣，曾經赤身教主鳩盤婆指點，自己苦習多年，煞費心力，中有無窮微妙，各派劍仙休說是破，連陣名也未必能叫得出。當陣法初發動時，見她忙使法寶護身，驚慌神氣，分明不知底細。怎地待了些時，不特省識陣名，連破法也都知道？那百寶如意純陽轉心鎖和大力金剛神杵正是此陣剋星，要真個施為起來，玄牝之門一破，底陣靈魔與本身真元息息相關，害人不成，勢必反而自害，那還了得！當報當年之仇，蓄志苦修，今日相逢，就這般容易罷手，情有不甘。獻出畢修，自然更無是理。」

正在內怯躊躇，楊瑾又復喝道：「無知妖孽，怎不答言？再如延遲，我便要下手了。」楊瑾原因知道魔陣厲害，故意虛聲恫嚇，使其有所顧忌，試探著施為，不敢速將全陣發動，暗中卻在運用玄功，外借諸寶護身，趁他一個冷不防，施展芬陀大師所授臨難脫身的飛雷遁法，朝玄牝相反的方向加速遁走。

她這裡準備脫身，胡嘉身旁侍立的畢修卻見仇敵陷身陣內，好生欣喜。方以為成擒在即，忽聽楊瑾說了那幾句話，胡嘉沉吟不語，有怯敵之狀。雖知不會將自己獻出，但是行藏今日已被楊瑾看破，若任她走去，必要告知三仙二老及各正派中前輩，苦苦搜尋，豈不遍地荊棘。早晚遇上一個，便難活命。越想越怕。

等楊瑾第二次話一說完，忙向胡嘉道：「凌雪鴻前生便是詭計多端，今番轉劫，想必格外奸猾。我師徒和他們這些人情如水火，不能並立。現既陷身入陣，師父還不下手，等待何時？」一句話把胡嘉提醒，猛想起那百寶如意純陽轉心鎖乃當年天狐寶相夫人千年修煉而成的異寶，在東海遭劫之前已獻與極樂真人李靜虛，事隔多年，一直未聽同道中人說起。這還可說李靜虛與芬陀大師交好，轉借與她門徒使用。那大力金剛神杵乃南海紅門嶺上高梁天缺地殘二子合有之寶，雙方門戶之見甚深，怎會到她手內？況且當年凌雪鴻專與異派為難，到處尋仇，不肯放鬆絲毫。飛娘說她轉世以來，較前尤甚。既然識破此陣，又有此二寶在身，哪會先打招呼？定是用詐無疑。數十載臥薪嘗膽，好容易才使入網，莫要受騙，被她逃走。想到這裡，暗中便加了小心，一面發動陣法，一面查看動靜。如真見敵人施展所說二寶，再行收陣，帶了畢修遁走不晚。

說時遲，那是快，就在這微一遲頓之間，楊瑾已將玄功運足，倏地大喝一聲，先一指般若刀，化成冷灩灩一片銀光，向空飛起，故作斬網破陣之勢。同時手揚處，一聲霹靂，電火飛射中，便背向底陣往外衝去。胡嘉雖然看破敵人有遁逃之意，並沒料到這等神速。一見銀光飛起，敵人果照所說之言行事，知此刀厲害非常，未免也是驚心。惟恐魔網斬破，縱與全陣無礙，畢竟損喪一件法寶，有些可惜。剛想放出飛劍抵禦，倏地霹靂一聲，雷火飛射，宛如銀雨，敵人已然疾逾閃電，破空直上。這才明白敵人用的是飛雷遁法。事機瞬息，稍縱即逝，連喝罵的工夫都沒有，哪還顧得抵禦般若刀，救護魔網。忙一伸左手，將法壇上備就的四面形如手帕的黑網一晃，喝一聲：「疾！」立刻空中便有四片數畝大小的烏雲一上三下，展將開來。

楊瑾正往上衝，猛聞腥騷之味刺鼻。抬頭一看，乃是一片極厚的幕天黑雲，當頭罩下。不禁大驚，連忙按住遁法，不敢再上。情知動手稍遲，被妖道驚覺。這黑雲名叫玄陰神幕，穢髮所煉，共是上下四方六面。被它罩上或是網住，無論多少年修煉的道行，全都毀於一旦。

妖道前後出世不過一二百年，決難煉成這樣魔教中的異寶，定是鳩盤婆處借來無疑。最厲害是此寶另有元神，用時無須像別的法寶一般收起，只須微一招展，便可隨心所欲，遮擋敵人去路。起初想不到魔陣如此完備，這一來圖逃之念成了畫餅。如真是此寶，必然不止一面。想到這裡，運用慧目，藉著自己寶光衝照處往四外一看，果然除陣底陰門一面外，身前和身左右兩方，還有三片黑雲，跟三堵牆一般，擋住去路。寶光所射之處，暗雲淨掃，妖霧全消，獨這上下四片黑雲，卻似實質的絲網一般，紋孔分明，紋絲不動。雖吃法華金輪寶光擋住，不能再進，卻也破它不得。一會漸伸漸長，頭上黃雲也漸漸散佈開來，形如一所有牆沒門的房子，將楊瑾困在當中。只陣底一面空著，此外更無出路。當楊瑾後退之時，嘩的一下裂帛之聲，妖道魔網已吃般若刀刺破。

楊瑾見機，看出情勢不妙，忙即收回，未被妖幕隔住。知道妖道故空一面，想借玄陰神幕之力，逼著自己入穀。雖然師傳諸寶不畏邪污，暫時足能護身，不受侵害，要想脫身，卻是萬難。看妖道如此佈置周密，居心狠毒異常，萬一陷身玄牝之門，必無倖理。又知妖道善於顛倒陣法，挪移五行，稍微疏忽，必中暗算。身在危境，還不敢焦思分神，以免閃失。只得強自按定心神，運用遁光，算準五行方位，仍朝著陣底一面，不住加速退飛，一面思量脫身之計。心想：「魔網已破，玄陰神幕只能在百十丈左近遮掩自己，不能圍近前來。如能任它三面包圍，加疾飛行，只要衝出陣地，稍有丈許空隙，便有脫身之法。」誰知妖道的魔網和四面玄陰神幕，俱是鳩盤婆處借來，借時再三叮囑，不可失損，務要小心施為。見敵人還沒怎樣，先毀了一樣寶物，異日拿什交代？急怒攻心，益發切齒憤恨。又知敵人法力高深，五行挪移之法急切間難以生效。一面招展玄陰神幕，一面拚命施展長地之法。

暗罵：「不知死的賤婢，饒你飛得多快，身已陷陣，想逃時比登天還難。你這樣不停疾飛，決難持久，早晚必有不濟之時。只要你飛得稍須遲慢了些，與那陣底接近，不愁玄陰之氣吸你不住。」所以楊瑾飛了好些時，因妖人防範嚴密，有時雖然沖遠了一些，轉眼又回到原處，只在離陣底里許，上下進退。

一晃過了一天。胡嘉因楊瑾法寶厲害，好些妖法和外陣中的妙用，俱未行使。原想以逸待勞，挨到楊瑾力竭時就擒。繼見雙方功力悉敵，楊瑾飛行了一日夜，始終未與陣底接近，無懈可擊。暗忖：「神尼芬陀，甚是難惹。看敵人道力，足可支持多日。如不另打主意，及早將她除去，時日一久，這老東西難保不得暇趕來，救援尋仇。那時不但功虧一簣，仇報不得，弄巧又吃大虧。」想了想，立時改變主意，左手中指一彈令牌，同時咬破舌尖，滿口鮮血噴將出去，便有數十百道紅絲箭一般往四外飛去。楊瑾為防妖人暗算，原是面向陣底退飛，先也想分出一件異寶殺敵取勝。明知妖人就在山頂行法，無奈妖雲濃厚，暗如鬼獄，離身數十丈，寶光所照以外，看不見一絲景物，無法施展。身陷魔陣，已過了一天一夜，不設法脫身，必誤限期。方焦急間，忽見底陣上空，有無數紅絲飛落，紛紛沒入四外暗影之中。知妖人又在催動魔陣，行法暗害，不由加了幾分小心。

果然尋思未已，眼前倏地一亮，身外四面太陰神幕全都不見，所有妖雲濃霧一齊消逝，陣中變成一片灰黃之色，彷彿黃昏時光景，不似先前黑暗，卻看不出天日景物。便大喝道：「無知妖孽，不敢現身出敵，只管賣弄這幻景，有何用處？」

話言未了，眼前一閃，倏地又現出許多赤身妙齡男女，赤條條一絲不掛，在離身數十丈處舞蹈起來。一會變得越緊越多，將楊瑾團團圍住，上下旋轉，顛倒錯綜，醜態百出，備諸妙相。楊瑾知是魔教中最厲害的天魔攝魂舞，休說為它所動，連運用強制之法，閉目不視，都要墮入術中。那太陰神幕，妖人不過行法隱蔽，並未收去，稍一疏忽，便形神消滅，墮入輪迴，那還了得。當下忙將心神一正，任它千般醜態，視如無睹。一面仍加速疾飛，另想脫身之法。仗著兩世虔修，道基堅定，又有佛門至寶護身，天魔陰幕為寶光所阻，近身不得，總算沒有中了道兒。

光陰易逝，又過了一夜。一算時辰，應是到達聖陵的第一天，陵中神符禁法，便在這三天之內失效開放。晚兩日還好，倘在當日開放，為妖尸捷足先登，即便脫身趕去，也是徒勞。長此被陷，如何是了？心恨妖人切骨，一時情急，意欲只留法華金輪護身，將所有法寶飛劍全放出去，冒著奇險，與妖人師徒拚個死活。正待施展之際，山頂法台上的胡嘉見天魔攝魂之法仍是無用，又驚又怒，氣得把滿口鋼牙一挫，豁出再苦煉十年，不問敵人法寶厲害，一伸金精神臂，便下毒手。兩下恰好同時發動。這一來，卻給楊瑾造了脫身機會。楊瑾也是合該有旬日之困。先因疏忽，陷身陣內。自用金剛禪法打坐，無心中聽出妖人自道陣名，識得妙用以後，卻又吃了過於謹慎之虧，以為太陰神幕，共是六面，妖人放起四面，餘下兩面，必然隱藏陣底和地下，始終沒有想到仗著金輪妙用，穿行地底脫險，以致延誤時機。

第八章　古墓羈身

其實當初胡嘉向赤身教主鳩盤婆借寶時，那六面玄陰神幕已然賜給她門下兩個最心愛的女徒金姝、銀姝。鳩盤婆見胡嘉再三苦求，雖命借與，卻未全給。原來金姝、銀姝自從那年奉了師命，去應毒龍尊者邀請，行經青螺峰紅鬼谷外，被綠袍老祖擒住，要生吃人心人血，不是五鬼天王尚和陽搭救，幾乎裂腹慘死。逃回去便向師父哭訴，力請報仇，鳩盤婆只說不是時候，執意不允。

後來藏靈子向綠袍老祖尋仇，正鬥得不可開交，紅髮老祖隨後趕到，用天魔化血神刀將綠袍老祖劈入陣內，相助三仙二老火煉綠袍老祖，仇已有人代報，才平了氣。由此對各正派中人生了好感，對各左道妖邪轉成厭惡。當時師命難違，勉強應允，留起兩面，只借了四面。人去後，對鳩盤婆說：「胡嘉不可深信，既恐久借不歸，又恐為正派人所破，不願師傅至寶毀損，故爾將兩面主幕留下，以防萬一。」鳩盤婆當時還數說了二姝幾句。

胡嘉借寶到手，煉成魔陣，再尋敵報仇時，凌雪鴻業已轉劫。一晃多年，老防仇人托生再出，一直也未歸還。這次因許飛娘說仇人轉生，更名楊瑾，仍在芬陀門下，比前還要厲害得多，最好將那兩面主幕也借了來，方為萬全。二姝因他屢次推托不還，本就不喜，常向師父絮聒，哪裡還肯再借。鳩盤婆雖因以前與神尼芬陀有小嫌隙，打算借刀殺人，但極溺愛二姝，視為本派傳人，二姝不借，振振有詞，也就聽之。楊瑾哪知底細。

胡嘉初會楊瑾，把四面玄陰神幕已都使出，未始不想到還有缺陷。嗣見楊瑾一味不停前飛，地下面已施有禁法防敵土遁，也就沒有在意。及至金精神臂一飛出去，楊瑾正將法寶分別施展，忽見一團黃煙裹住一隻數畝方圓的大手，自陣底一面飛至，意似抓取寶物。楊瑾雖然兩世修為，博聞多識，這東西卻未見過。自己又陷重陣，妖人相持二日之久，才行發動妖法，情知來意不善，不敢大意。忙即運用玄功，一指般若刀，冷森森一道銀光，如匹練般刷地帶起破空之聲，飛將上去。

眼看兩下裡迎在一起，就要絞上，那怪手的五根長大手指倏地一掣，黃光閃過，竟自隱去。般若刀把後半截手臂絞住後，手指重復出現，不住屈伸，做出攫拿之勢，仍舊飛來。銀光雖將後面手臂纏緊，卻斬它不斷，只不過來勢緩了許多。楊瑾方始明白胡嘉用意，是因見自己有佛門諸寶護身，萬邪不侵，雖然暫時困住，要想成擒，卻是萬難，這才施展極惡辣的妖法，意欲從寶光層裡穿進，將自己抓入陣底中去。這條怪手臂，必是他本身真元所化，般若刀乃佛門降魔至寶，竟會阻他不住，足見厲害非常。萬一法華金輪再阻他不住，便非失陷在妖人手內不可。這時身外許多天魔舞蹈方酣，淫情怪相，越出越奇。那怪手也越飛越近。妖人全陣逐漸發動，鬼聲啾啾，此應彼和，加以陰風怒號，慘霧彌蒙，越覺景象淒厲，聲勢駭人。楊瑾又將劍光飛出同敵怪手，可是仍像般若刀一樣，只管糾纏，依然無效。法華金輪要用來護身，又不敢輕易離身放出。當這危機四伏之際，楊瑾心裡一著慌，神微疏懈，遁光一慢，前面陣底便湊了上來，相距不遠，同時上面那條怪手臂也已當頭抓到。如非金輪妙用，楊瑾機智神速，縱有金輪護身，不被那隻怪手抓住，再稍緩須臾，略近前數丈，必被陣底玄陰之氣吸進去無疑。

楊瑾見勢不佳，不禁大驚。不顧再運用上面飛劍、般若刀，連忙加緊催動遁光，好容易退到原地，相隔玄牝之門較遠。那隻怪手已伸入金輪光霞之中，想也嘗著一點厲害，微一接觸，便即退縮了些，退時並沒有進，人已嚇了一身冷汗。楊瑾自遇了這一次險，心中憂急，元神沒有先前能夠鎮攝，以後形勢越壞，好幾次都幾乎被妖人用長地之法攝入陣底。知恩師連日正在緊要關頭，不能分身來救。再不設法行險，定遭毒手。

尋思未已，倏地又飛近陣底，相隔玄牝之門不過丈許。那隻怪手，也改了方向，由上而下，從側面抓來。一時情急，知難倖免，便不問青紅皂白，忙暗施展天龍遁法，一手掐訣，一指法華金輪，一面招回飛劍、般若刀，百丈精光霞彩，飆飛電轉，護住全身，直往地層下面衝去。胡、畢二人在山頂上眼看得手，忽見楊瑾連人帶寶往下一沉，金霞疾轉處，地面禁制全破，沙石旋飛，宛如狂風捲雪，四散紛飛，轉瞬陷一深穴，敵人隨光同隱，轉瞬不見。連忙飛身追下，已自無及。

楊瑾原不知下面一層有無玄陰幕阻隔，這時危機瞬息，急不暇擇，以為入地雖是一樣涉險，難以脫走，但有諸寶護身，不致立受侵害，總比被怪手抓住，或被玄牝從門吸入要強一些。等到衝入地內，敵人顛倒五行來困之時，再打主意。不料地面禁制被法寶一破，下面並無阻隔，無意出險，驚喜交集。立即催動遁法，穿行地底，估計出了陣地，方始上升。回首遙望敵陣之上，妖雲瀰漫，相隔甚遠。料他追趕不上，逕催遁光，往聖陵飛去。

心想：「途中雖受妖人阻滯，延誤了兩三日，總算脫身還早，仍在恩師所說三日之內到達。連恩師那般玄機妙算，也只算出聖陵應在這三天中開放，並沒算出準日。此番到了聖陵，如恰在最後一日開放，自然是剛剛趕上，再好不過；即便在恩師所說三天限期中的第一天開放，這相隔萬年的事，妖尸也未必能算準時日到達，分毫不差。」故仍滿懷希冀之想，一面催著遁光，破空加速前進，真比掣電還快。

楊瑾飛行迅速，一射千里，不消多時，便離聖陵不遠。前望橋山頂上，一座聖陵矗立在斜陽叢樹之間，四外荒寒，寂無人煙，靜蕩蕩的，不似有什朕兆。一會飛到山腳，為表虔敬，便將遁光按落，先朝聖陵下拜，叩祝了一番。然後遁山而升，沿途也未看出有人來過之跡，益發心喜，以為不致誤事。及至到了陵前，二次跪拜通誠，默祝起身。因已到遲，不等子夜，試用天龍遁法，由地底往陵中小心行去。見地下並無阻隔，知聖陵已在到前開放，來遲了一步。萬年異寶，得失關心，忍不住心頭怦怦跳動。又進丈許，略微上升，走入了直達內寢的一條長的甬道。石路修整，石壁堅硬，寶光照路，盡可通行，便收了遁法，順路往內寢跑去。

再行里許，便達內寢，石門大開，內中光焰熒然。又跪下來，虔誠通白了一番。取出大衍神符，正要往寢門中走進，忽見壁間有幾點金紅光華閃亮。近前一看，乃是幾枝寶箭，箭鏃長有二尺，業已沒入石裡，有的釘在壁間，有的斜插地上，每枝長約丈許，全桿烏光錚亮，朱翎鋼羽，掩映生輝，形式奇古。箭柄上發出碗大的金光，箭鏃未沒盡處，光赤如火。在陵外甬壁間共是四枝，射處石都紛裂，濺散滿地，看神氣似剛射出未久，知是內寢中埋伏的神箭。如無人偷入，觸動玄機，決不致於發射。當下便料到要應恩師前言，被妖尸捷足先登，把來時高興，無形中打消一半。

再往前時，那神箭竟到處都有，四處散射，不下四五十枝。算計那箭發射之時，必然猛烈。只是途中不見來人受傷痕跡，聖陵異寶多半失去。懊喪之餘，尚存希冀，便在寢門外又跪拜通誠了一番，方行起身走入。發現神箭之後，恐陵內或許還有埋伏，益發戒備前行。才一入門，便聞異香。那座內寢廣約八九畝，形式正方，四壁雕刻著許多戰跡。迎面一座數丈長方的石案，上設樽俎鼎彝之類的祭器。案前地上，有九座大鼎。兩旁一面一個大油釜，釜中各有一朵萬年燈，燈油還存大半，光焰停勻，靜沉沉的，高達尺許。聖帝真靈，便停在案後石榻懸棺之上。楊瑾滿腹虔敬，不敢諦視，只覺身材奇偉，沒有看見面目。靈前及左右有好些頂盔披甲、執戟佩弓的衛士端然正立，服飾奇古，身材高大。先還當是木石製成的古俑，再一審視，個個神態欲活。除因年代湮遠，身子已與木石同化外，一切均與生人無異，才看出都是當時效忠自殉之臣。端的是莊嚴肅穆，別有一番景象。

這時楊瑾雖知事前有人來過，聖陵至寶十有九已被妖屍盜走。但是內寢尚有其他埋伏，神箭威力厲害，或許能將妖屍驚走，心中尚存著萬一之想。及至照著芬陀大師所說，敬謹戒慎著走向五鼎後面藏寶之處一看，那兩件聖陵至寶早已不翼而飛。失寶之事，原在意中，雖未過分驚愕，卻是悔恨非常，不該不守師戒，苦追窮寇，以致白費許多心力。此去白陽山向妖尸取寶，還不知要有多少險阻艱難。

正在尋思懊喪，轉身時不小心，身子將靈前長案碰了一下。立時一陣香風過處，隱隱聽得四壁金鐵交鳴之聲，靈前執戟衛士躍躍欲動，面上似有怒容。恐瀆聖靈，不敢再延時刻，連忙倒身退出。到了門外，又恭恭敬敬跪祝了一番，四壁金鐵之聲方始漸止。等將甬路走完，方要行法破土上升，前面寶光照處，忽然瞥見甬道入口處壁間掛著一個柬帖。取下一看，乃是追雲叟白谷逸所留。大意說：因受東海三仙諸道友之託，得知妖尸和楊瑾競向聖陵取寶，先到先得之事。偏生群仙都在這些日內有事不能分身。追雲叟也是如此，為了楊瑾，還少了許多修為，特地丟下一半功行趕來，已被妖尸捷足先登，在楊瑾到的前兩日，聖陵剛開放的下半夜，將至寶盜走。知楊瑾隨後必到，但是此時尚有他事，不是見面時機，留此代面。請楊瑾乘著妖尸寶剛到手，不能深悉其中妙用，速往白陽山一行，雖難免旬日困身之厄，終必得手，自己也要隨後趕去相助。楊瑾一算時日，如在歧山陷入魔陣的前半日就從地下行法遁走，還來得及，可以趕上。先是疏忽，輕敵吃虧；末後卻受了謹慎的害，萬想不到胡嘉地底下沒有埋伏玄陰神幕。這一陰錯陽差，全功盡棄，後悔已自無及。難受了一陣，無法，只得重振精神，駕起遁光，往白陽山飛去。

劍光迅速，一路並無阻隔，不消半日，飛到妖尸無華氏父子的墓穴外面落下。這時已是第二日的晨間，朝墩融融，正照谷中，樹色山光，秀潤欲滴。楊瑾心事在懷，無暇留連景物。因穴中情形已承芬陀大師解說過，心裡一忙，略一端詳內外形勢，看看有無妖法埋伏，便往洞中走進。原意潛蹤深入，先窺好虛實和藏寶之所，盜出聖陵至寶，再和妖尸動手，以免又再疏忽，應那旬日困身之厄。偏生數有前定，一任楊瑾事前打算得好好的，中途仍生變故。幾致禍遭不測。

楊瑾本是隱身入洞，剛入洞行沒多遠，便見前面內洞深處有幾點星光出現，明滅閃動，變幻不定。楊瑾知是內洞的神燈妖火，並沒怎樣在意。及至又前行了里許，忽遇木柵阻隔。那木柵看只半截，由外可以觀內，但是暗藏無邊阻力，尋常飛越不過。楊瑾識得禁法妙用，便也運用玄功，用五行克制之法衝了過去。楊瑾潛光匿影，本來不易為妖尸覺察。無巧不巧，恰值那隻妖鳥正在白陽真人那塊怪碑後面瞑目假寐，生人一到裡面，怪碑禁法便自發動。楊瑾見碑前一個怪物飛撲上來，知也是禁法作用，恐將妖尸驚動，不去破它，仗著隱了身形，便用遁法讓過。可是那妖鳥何等靈警，已自警醒，怪鳴報警。穴中妖尸、妖道立時覺察。個中窮奇最是險詐多謀，首先飛出一看，洞底禁法俱已發動，妖鳥四處追逐，不見人影。知來人是個勁敵，恐妖鳥有失，一面出聲喝止，一面退入穴中，與妖道等設下詭計，誘敵入阱。

楊瑾剛讓過怪物，不見怪鳥來撲，料知此物嗅覺必靈，意欲暗中下手，沒有施展法寶。正尋思避讓間，忽聽前面不遠起了怪聲，黑暗中似有一個高大人影往後隱去。同時碧光閃爍，妖鳥與那幾點星光全都不見。雖知驚動敵人，心中還想暗中入內，探明敵情再說，故仍舊隱身前行。

這時妖尸和妖道暗中已排好陣法相候，楊瑾一去，恰巧落入他們的圈套。任是怎樣小心，無奈妖尸有萬年道行，神出鬼沒，變化無窮，倉猝間哪裡觀察得透。就這樣，妖尸尚恐來人機警，不易上當，等一切佈置停當，又命妖道師徒連同妖鳥，故意裝作尋覓敵人，將法寶飛刃等放起，四下搜索。楊瑾進到墓門內寢之外，不見敵人出戰，方在疑慮，忽然先後兩道黃光從門內飛出，滿處盤繞。接著妖鳥出現，又有許多妖火紅光四散飛奔。雖知妖尸道力不比尋常，法力決不止此，未存輕敵之念，仍估量敵人看不見自己，所以放出法寶，胡亂擊刺，有心不去睬它。偏那妖鳥追定自己身後不捨，有一次竟差點沒被啄上。暗想此鳥能聞嗅尋體，如不除去，終覺討厭。況且敵人已有覺察，因知自己深入，防備更嚴，也難下手。

當下想了個計策：從法寶囊內取出前生所煉的五火須彌針與七支坎離梭，準備殺死妖鳥。假意和那些黃光妖火對敵不勝，往外退出。自己卻從紛亂中暗隱身形，乘隙入門。反正二寶經過兩世修為，已與身合，便是暫時失落，終可收回，何況未必。主意打定，一出手，先是五道極細的紅光直取妖鳥。接著又是七根紫熒熒數尺長的光華，與妖道師徒的黃光妖火鬥在一起。那五火神針專射妖物七竅，原極厲害。誰知妖鳥竟然不畏，昂頸一聲怪嘯，便飛出三個綠火球，將神針敵住。

楊瑾見狀，方知此鳥也非易與，不耐久戰。暗運玄功，一指二寶，便作勢往外飛去，一面忙著進入墓門。到了內寢一看，有一個空石榻，地下立著不少古屍。兩旁也有兩個大油釜，比聖陵所見略小一些，只釜中燈火不一樣，光焰熒熒，正是初入洞時所見妖火。細看四壁，只是一間極高大的石室，除入口外，並無通路。那些古屍靈的裝束身容，都是當時從殉之人，與芬陀大師所說妖尸不類。楊瑾還不知外面二寶已被妖尸收去。正探查不出就裡，忽然一陣陰風起自右壁，接著兩釜妖火微一明滅之間，室內似有一片金光閃了一閃，晃眼工夫，那些古屍靈倏地紛紛活轉，各持弓刀，亂斫亂射，圍攻上來。

楊瑾驟出不意，倒嚇了一跳。因身形已隱，來勢竟像能看見一樣，心中奇怪。及至一觀察，方知隱形之法不知何時已被敵人破去，不禁大驚。閃避已是無效，只得施展法寶、飛劍抵禦。那些古屍靈不過妖法催動，來混亂敵人耳目，自然是敵不過，不消片刻，全都頭斷身裂，敗倒地上。楊瑾見群屍倒地，尚未見妖尸出戰，這才想起入門之先，明見黃光妖火自此中飛出，進來始終不見真敵，只有這些朽屍作怪。此事大是詭秘，莫不中了暗算？忙運玄功，一收先放二寶，竟收不回。

剛暗道得一聲：「不好！」意欲退出，一回顧身後，已成石壁，去路已失，哪裡還有門戶。正要用金輪開路，行法衝出，猛聽身側有極怪厲的口聲喝道：「那女娃子，快些束手待綁，免得少時身煉成灰，形神俱滅！」

話聲未了，倏地眼前一花，石室中全景忽變：右側面現出一座法台，台上站定一個奇形怪狀的妖道；全台都籠在妖雲邪霧之中，四外有無數大小火球，五光十色，上下飛揚。楊瑾只當厲聲說話的是妖道，情知入網，索性一拚，一指劍光，照準妖道，迎面飛去。不想劍光剛飛近法台，忽從身後飛來一片金光，竟將飛劍吸住。楊瑾幸是久經大敵，道法高深，一見不好，一面運用玄功收回飛劍，一面忙縱遁光飛過一旁。回頭一看，面前不遠，站定一個身高數丈的大殭屍，全身只剩一副骨架，睜著兩隻火炬一般的怪眼，紅光閃爍，遠射數尺以外，高舉著一條枯骨長臂，手中握著一團光華，金霞電旋，注定自己，猙獰的怪笑「磔磔」之聲，響徹四壁。那金霞甚是厲害，如非見機，飛劍險被收去。法華金輪僅可敵住，佔不得絲毫便宜。料是妖尸中的窮奇。這時腹背受敵，欲待遁出，又被金霞阻住，怎敢絲毫怠慢，極力應付了一陣，無可奈何。妖尸、妖道一迭連聲，不住地恐嚇，降順免死，語多污穢。

楊瑾又急又氣，知道旬日困身之厄必應無疑。末後氣得把心一橫，仗著法華金輪護身，能抵住妖尸所持異寶，意欲乘隙先斬妖道，暗中取出幾件法寶，同時一起發動。除般若刀乃是師傳佛門至寶，不怕失閃，直取妖尸外，餘俱朝法台上妖道飛去。滿擬幾下夾攻，總可獲勝。誰知手中法寶剛紛紛放起，妖尸倏地又是一聲怪笑，眼前一暗，妖尸、妖道全都不見。迎面現出一張畝許方圓的大口，幾將石室半壁遮滿。口裡面金星急轉，紅絲爆射，宛如火雨，略微吞吐了兩下。

楊瑾所使諸般法寶，恰似駭浪孤舟，捲入急漩之中，除護身法華金輪與飛劍、般若刀外，幾乎全數被它吸收了去。楊瑾見勢危急，知道錯了主意，忙運玄功，回收寶物，已是無及。因為四面兼顧，法華金輪也幾被吸動，不由嚇了個亡魂皆冒。只得拚著幾件法寶失落，忙一鎮攝心神，將金輪駕住。可是妖道已在暗中乘虛而入，趁著楊瑾驚慌駭汗失措的當兒，行使極厲害的禁法，借物代形，用鎮物將楊瑾元神禁住。妖尸在旁，知已成功，心中大喜。因愛楊瑾美麗，意欲軟禁收服，未下毒手。一面收回法寶，一面又行法移地換形，將楊瑾封閉法台旁石牢之內，不時在外發聲恫嚇，逼迫降順。不提。

楊瑾先還不知元神受了禁制，正在極力抵禦，籌計逃路，猛覺心裡一動，眼前又是一暗，怪口忽隱去。寶光照處，身已落在石穴之內，上下都是堅石，四外空空，更無一物。剛在奇怪，忽聽妖尸在壁外出語恫嚇道：「那女子快些降服，還可不死。如今你元神已受了我的禁制，任你多大本領，也逃不出去。何況我有軒轅氏相贈的至寶，你那護身法寶並無用處。過了今晚不降，我只用七陽之火，化煉代形鎮物，你便成為灰燼了。」

楊瑾聞言大驚，試一運轉靈機，元神果然受了牽制。幸有金輪護身，只被妖尸用鎮物代形制禁，沒有被他真攝了去，雖難脫身，尚可支持，否則簡直不堪設想了。這一來，料定旬日困身之厄，萬難避免，除了耐守生機之至，更無他策。想了想，把心氣一沉靜，任憑妖尸、妖道恫嚇，也不再理他。仍用法華金輪、般若刀二寶護身，金霞銀光圍擁之中，用金剛禪法打起坐來。

到了次日，妖尸見她不睬，果用妖火祭煉鎮物。無奈楊瑾禪功玄妙，防護謹嚴，自是奈何她不得。似這樣相持了些日，楊瑾在靜中觀察，探出許多虛實。得知日前失陷經過，妖尸所使用的，竟是軒聖陵中至寶，無怪乎敵它不過。妖尸因是初得，難窮其中奧妙，日常也在潛心探索，尚無所得。功用止此，自己足能相持下去。機緣一到，不特可以出險，二次謀定而動，決操勝算。定數已應，反倒心安意得，不再悉思。

光陰易過，一晃浹旬。四小追探妖火，誤入墓穴的那日，妖尸、妖道等因楊瑾頑固不服，十分憤怒，共同行法，用七陽之火祭煉鎮物。準備再煉數日無功，便用金刀戮魂之法，殺死楊瑾，不作生降之想。正在加緊祭煉，未即立時出視，加上四小隱身而進，人極矮小，沒等妖尸出來便即知難而退。妖尸等聞報，又疑是山精木客，或剛具形體的靈物之類，竟甚輕視，竟被四小逃了回去。楊瑾用金剛禪法抵禦了一陣魔火，等妖火等照例祭煉之後，靜中諦聽妖尸與妖道師徒的對語，一算被陷時日，出困之期當在目前，救星應該到來。雖覺所說情形不像，心中早有了準備。

第二日凌雲鳳率了四小，再探妖穴。楊瑾在石牢內二次留神諦聽，知道果然來了能手，所料不差，好生心喜。因妖尸等已有覺察，陷入方法和上次差不多，來人法力未必勝過自己，惟恐又蹈了覆轍。正在驚喜交集，偏巧妖尸輕敵，動手稍遲了些。雲鳳警覺太快，不等禁法發動，便發現了通往法台的門戶，逕衝入內，出其不意，斬了妖道師徒，巧破鎮物。楊瑾元神脫禁，立時破壁飛出，裡應外合，兩下夾攻，帶同雲鳳、二小，仗著法寶威力，放起萬道金霞，飆輪電轉，衝開石層，飛身逃出。等戎敦、窮奇二妖尸持了聖陵二寶追來，瞬息之間，敵人業已逃得不知去向。才想起事先因自己探索至寶妙用，誤以為昨日來者是草木之靈，無什道力，一舉可以成擒，沒有在意。等到發覺來的是個能手，匆匆佈置，忙中大意，沒有先將墓穴中通法台的門戶封閉。萬不料敵人如此神速機智，明明敵已入網，手到成擒的事，幾個陰錯陽差，不特人被救走，反而葬送了妖道師徒的性命。空自暴怒，痛恨了半晌，兀的奈何不得。雲鳳原非妖尸之敵，也是不該遭此災厄，般般湊巧。楊瑾先困在內，深知厲害，一經脫身，立即會合逃出。真乃危機繫於一髮。如無楊瑾繼起接應，稍遲片刻，妖尸由前面趕到，雲鳳也和先前楊瑾一樣，必無倖免之理。

當下二人帶了四小，回轉白陽崖洞中，互相敘說經過。知道前世原是一家，全都喜出望外。雲鳳重又拜倒行禮，起身侍立。楊瑾力主脫略，再三說身已隔世，只照出家先後輩禮節，不可過拘禮數。雲鳳見她執意，除稱謂不敢妄改外，別的只得告罪應了。自己道淺力薄，楊瑾名份既高出幾輩，又有兩世修為，自然不敢擅專，一切惟命是從。楊瑾因禁閉多日，尚須靜養幾天。好在穴中虛實，盡都知悉，妖道師徒一死，去了妖尸爪牙，不比初來冒昧，大可謀定而動。索性等過些日，使妖尸誤認逃人知難而退，不敢再至，防範稍疏，再乘隙前往，直入藏寶之所，將聖陵二寶奪出，交與雲鳳保持，先行避退，然後誘妖尸出戰，定能得手。無庸急在一時，又去僨事。主意打定，和雲鳳商量妥當，靜候時至。

由此一連數日，均未往探，以免打草驚蛇，轉使警備。楊、凌二女除靜中修養，日常論道外，閒中無事。楊瑾心愛四小，便加意傳授他們各種防身法術。一晃又過了七八天。原意再隔一日，即行前往。

雲鳳道：「這幾天全不見妖尸動作，我料他定當我們當初無心誤涉險地，畏難逃去。此洞是白陽真人故府，有禁法埋伏，常人難以到此，不料仇敵密邇。他們又急於窺索聖陵二寶功用，無暇分身。不過妖尸萬分靈警，妖道師徒死後，就不防我們捲土重來，也恐再生變故，墓穴中終難保不設下埋伏。此番前去，仍以謹慎些好。沙、咪等四小自經曾祖姑傳授，雖只數日，頗有進境。因為他們天生奇稟，又學會隱身之法，與妖尸對敵，固然萬分不是對手，如命探查虛實，卻是甚妙。意欲請曾祖姑由他四人中選派兩人，前往妖穴墓中探查一回，得了穴中虛實，再照曾祖姑前策行事，豈不較為穩妥？」

楊瑾道：「穴中虛實以及藏寶所在，我被陷那些日業已備知底細。常聽妖尸、妖道等聚談，窮奇幽宮正當地肺要口外，千萬年來日受水火風雷之劫。自與無華氏父子打成相識，便同在一處盤踞，絕少歸去。無華氏墓穴內寢石室雖多，因與白陽真人鬥法，毀滅十九，已不合用。藏寶的地方就在你與古屍靈對敵的地下，妖尸新闢的丹室以內。出入口便是左右兩旁的油釜之下，左出右入，不可錯誤。一旦走錯，釜中妖火便如法報警。入時必先行法，移去上面油釜，方能到達藏寶之所。移釜之法，我已深悉，足可如法施為，無什出奇。並且三妖尸彼此互相監查，每次總是同入同出。以前還有妖道師徒在上面防守。三妖尸都極奸狡，爾詐我虞。妖道師徒雖死，料他們不改故態，定用妖鳥瞭望，所以入穴並不為難。只是寶穴中除埋伏重重外，還暗中藏有地水火風，以防萬一，真個嚴緊非凡。幸而三妖尸每日都有一次假死，各自修為煉形返魂之法，以前本不同時。自得二寶，各為防範，才互相商量，把修煉時辰全移在亥子之交。到時將入口封禁，三人同在寶穴中入定。此時入內，亦好不過，明晚便可下手。沙、咪等四小雖是聰明，畢竟氣候太小，難禁大敵，怎可命他們深入虎穴？我已有了成算，你只照我所說，到時行事便了。」雲鳳唯唯。二女談了一陣，仍舊各自用功。不提。

四小自隨雲鳳，向道之心十分堅誠，又極好勝，巴不得立功自見。二女說時，沙沙、咪咪適在側侍立，先聽雲鳳說要選出兩小往探妖窟，心中甚喜。嗣被楊瑾一攔，老大失望。等二女入定後，咪咪和沙沙使了個眼色，引向無人之處，說道：「沙哥，你聽見了沒有？師父既肯叫我們去，當必知道無礙，偏是楊太仙師不答應。我們衰微孑遺，雖幸得遇仙緣，惜乎根基太薄，先本難望成大氣候。日前聽楊太仙師說，我等人雖弱小，天資尚屬聰靈，只要加意苦修，拚命爭積外功，一旦機緣遇合，升仙未始無望，不過比常人難得多罷了。她老人家因愛憐我們，還答應事成回山，向芬太祖大師求說，請其施展佛力，大顯神通，用回天之力造就我們。

「此番去探妖窟，就不說將聖陵至寶得來，只要探明虛實歸報，即是大功一件，顯出有膽有智。好容易遇上這樣機會，又建功勞，又可討她老人家和恩師的喜歡，哪有像這再好的事？不過妖尸詭詐多端，我們全仗人小，動作輕靈，才可隱身前去，人多反而不美。

我和你又是至戚，又是從小長大，禍福相共的至交，所以把你約出。恩師和楊太仙師因明晚往妖穴盜寶，調養心神，這一入定，至少要在丑寅之交，才能將夜課做完。我們亥正前往妖窟，到時不過子初，正該妖尸假死時候。妖道師徒已死，沒人防範。那妖鳥和那大石怪我們早已見過，遇上時全避得開，只不去招惹它，便難警覺。早先還有木柵難越，已被楊太仙師將禁法破去，還怕怎的？」

沙沙為人比較深穩，先恐不告而行，聞言好生躊躇。禁不起咪咪貪功心盛，再三激勸說：「修道人災禍原有，怕不了許多。楊太仙師那大本領，尚且被困妖窟多日。恩師見我們福厚，才肯收留，當然不會送命。只要不死，別的還有什麼顧忌？這也怕，那也怕，日後還成得什正果？」沙沙被他說動，只得應了。

二人計議已定，挨到亥時，尋到那兩個，假說奉了恩師之命，往妖穴附近，去辦一點機密要事。晚間恩師做完功課，明日便去除妖取寶，不許遠離。說完，逕自離了白陽崖，往妖窟跑去。快達谷口，剛行法把身形隱起，忽聽頭上破空之聲。沙、咪二人目力本佳，又值望前二日，月明如晝，流輝光照，甚是清澈。忙抬頭一看，一道青光，像電射一般由東南方斜刺裡飛來，晃眼到了谷口上空，略停了一停，一個轉折，逕改道往谷中投去，一閃不見。二小隨了雲鳳多日，看出是劍仙一流人物，只分不出是邪是正。咪咪暗忖：「恩師和楊太仙師近日常說，古墓妖尸千萬年來不曾出世，除妖道師徒是因恐正派誅戮，自行入伙外，並未和各異派中人有什往來交結。這人所行，正是往妖窟去路，如非赴約，怎會深更半夜到此？如若是個妖尸約來的黨羽，定非弱者。二位師尊明晚來此除妖取寶，尚還不知就裡，此行可謂不虛。」

想到這裡，心中高興，用手一拉沙沙，趕快飛追上去。谷口相距妖窟尚遠，那人御劍飛行，二人自然趕他不上，約有頓飯光景，才行趕到妖窟附近，那飛行人早已無跡可尋。月光之下，遙望妖穴口外，煙霧溟巉，突突飛散。二小知有妖法埋伏，也不去管它，逕往前進。剛行至妖穴，正要衝煙而入，忽聽洞內隱隱雷震之聲。煙霧消散中，又聽「哎呀」一聲，從洞中先飛出先見那道青光。緊接著一條匹練也似的火光和一團帶有兩點豆大碧光的黑影，一前一後，星飛電掣，朝著青光後面追去。青光看似不敵，一出洞，便破空上升，直射蒼旻，眨眼間餘光曳影，沒入雲影之中。紅光黑影兀自追逐不捨。

咪咪正在昂頭觀看，沙沙猛地靈機一動，料那青光定是妖尸仇敵，來此窺伺，不勝敗走。妖尸沒有出現，必然假死未醒，後面追的，許就是那隻防守的妖鳥和妖窟中發動的埋伏。趁牠追敵未歸，大可乘虛而入，良機瞬息，豈可錯過？忙一拉咪咪，逕往窟中跑去。

這一猜，居然被沙沙猜中。妖尸為防敵人再來，妖道師徒又死，果然設下許多禁法；又將那柄神刀埋伏在木柵裡面，命妖鳥加意防守。如有敵人潛入，必為禁法所困；禁法不勝，一入木柵，神刀便可飛起，妖鳥也跟著上前應戰。看事行事，能勝固好，否則飛入內寢，一啄油釜，窮奇首先警覺。

沙、咪二人雖然隱了身形，頭一關便要失陷。幸虧事前來了能人，一進妖窟，首先用五雷天心正法破了各層禁制。後來神刀發動，來人崑崙劍法雖非尋常，卻敵不過萬年神物，覺著飛劍不支。正要施展別的法寶抵禦，不料來時沒有聽明妖窟底細，一個不留神，吃妖鳥從身後暗中襲來。容到發覺有人暗算，剛一回身，妖鳥鐵喙已是迎面啄到，差點沒將眼睛啄瞎。這才知非易與，人單勢孤，身又受傷，不敢戀戰，忙縱遁光飛身逃出。妖鳥也是貪功，牠這裡苦追窮寇，卻給二小造了機會。

兩小入洞，走不幾步，見地下橫臥著上次所見的巨石人，業已頭斷身裂，斷成七八段，四圍滿是石人身上碎裂的大小石塊。有的地方妖氛猶未散淨，觸鼻俱是雷電氣味。再走過去一看，那木柵欄已被人斬斷，柵內神碑也失了靈效，到處都有倒斷的木牌，一路並未發生絲毫攔阻。二人心中好生歡喜。哪知各層禁法俱被適才逃走那人破去，以為應了楊瑾之言，妖尸並無什嚴密戒備。互相一拉手，正要往妖尸內寢走去，猛覺身後一亮，遙聞鐵杖擊地之聲，鏘鏘鏘密如貫珠，從洞口那一面傳來。回頭一看，正是那團眼射綠光的黑影和那道火光，知是妖鳥追敵回轉。還算好，妖鳥不知另外還有敵人乘虛深入，歸時狀頗暇豫，只是啣著神刀步行，沒有起飛。

咪咪知道這東西嗅覺甚靈，如若被牠走近，必然警覺。趁牠未到以前，連忙加速，往前飛跑，行抵內寢洞外，不聞身後聲息。再回首一看，妖鳥到了木柵面前，便止了步，碧光往上一揚，那道火光立即往洞頂飛去。妖鳥全身本有濃煙圍繞，近看也僅看得出那又瘦又長的怪腿。

這時相隔更遠，暗影中只見一對豆大碧光上下閃動。那火光不知何物，頗似從牠頭上飛出。略掣了兩下，光華由大而小，晃眼隱向洞頂，不見落下。妖鳥接著又在木柵前後繞走了兩轉，每值那兩點碧星先低後昂起落一次，必見有一片黃光或是五色彩煙飛起，也都是略現即隱。似這樣四五次過去，碧光又往後來，估量行進至白陽真人神碑後面，忽然往地面微微一沉，便即不見。

二小見狀，先頗納悶，不知妖鳥是何用意。看到這裡，沙沙偶憶楊、凌二人之言，猛然省悟，才知洞中原有埋伏，想是被那用青色劍光的能人破去。那道火光，定是楊太仙師所說的神刀無疑。妖鳥追擊敵人，回時將禁法重又設好，牠卻隱向碑後，待敵而動。一隻妖鳥，竟然這樣厲害，怎還敢與妖尸相抗。料定歸途有阻，決無來時容易，不禁有些膽寒。

正要向咪咪告警，咪咪也自明白，但比沙沙膽大得多，毫不畏懼。彼此略附耳商量了幾句，又在寢門前立定，裡外視查了片刻，不見一點動靜，方始謹慎前行。

進了內寢墓門一看，一切情形仍和上次雲鳳來時差不了許多。原被雲鳳飛劍斬斷碎裂的古屍靈，已回復了原狀，各持弓矢刀矛之類的器械，侍立在停靈的石榻近側，諦視與生人狀貌無異，只榻上不見了妖尸。釜中妖火一律停匀，靜靜地發出星一般的光華，照得石室通明，不似上次閃爍不定，一派幽森詭異的氣象。

二小知那古屍靈俱有禁法操縱，惹他們不得。想了想，無法移去油釜，不能下到藏寶的地底。竟欲由壁側甬洞中暗門進去，看看設法台那間石室內有什設備。彼此一拉手，屏氣靜息，輕輕從那些古屍靈身側繞過去一看，日前通路已成了一片整的石壁，哪裡還有門戶。用心探索了一陣，毫無所得。

這時洞中所有好多層禁法，全設在木柵內外一帶。妖尸因有神刀、妖鳥防守出入要路，敵人不能飛走。不比上次，業已發現敵人，存心誘他入網。壁間甬路，因妖道師徒已死，不設法台，無甚用處。

因凌、楊二女曾由此破壁飛去，難保不從故道再來，留下此門，徒給仇敵多一出入之門。除在敵人逃處設下與地肺通的陷阱外，昔日甬路和壁間暗門，業用挪移之法，變成一片堅壁。二小一時乘機僥倖進來，哪知就裡，見此行沒什成效，好生掃興。

咪咪眼望著石壁那座大油釜，恨不能移動一下試試。沙沙說：「此釜重有數千斤，何況又是寶物，還有法術禁制，萬近不得。」咪咪明知事同夢想，只得作罷。可是人已行近釜側，彼此附耳商量，怎樣設法，犯險衝出。咪咪意欲聲東擊西，故驚妖鳥，等牠發動，再伺隙逃走。雖然事險，總比不知虛實，誤陷危機強些。

沙沙說：「妖鳥厲害，決非其敵，一個不小心，反倒送死。還是照進來時一般，試探著悄悄退出，臨機應變，看事行事，比較穩些。」

咪咪又說：「適見來路木柵左近，妖光邪霧四起，埋伏定然甚多，我們肉眼看它不出，無心入險，危害更大；不比等它發動，可以閃避，至多逃不出去，還可覓得隱身之所。那時虛實已知，再行暗退，也好走些。」

兩下正自籌計不決，覺著身側一陣風過，身旁油釜倏地平空懸起丈許，下面現一深穴，那風頭似往穴中吹入。接著又見穴底煙飛霧湧中，似有青光閃了一閃，那油釜懸起空中，也往地面緩緩降落。耳際彷彿聽得穴口有人低語「快來」。咪咪見狀，驚愕中猛地觸動靈機，膽子大壯，一拉沙沙，竟趁那油釜離地還有四五尺光景，往穴中鑽去。

沙沙見咪咪入穴，事出倉猝，一把未拉住。見油釜下落漸快，離地面不過二尺，心裡一著急，關心同袍，不暇深思，忙跟著把頭一低，鑽將下去。身剛入穴，那油釜已壓到地面，差點頭沒碰上，不禁嚇了一身冷汗。

二小會面，一看那穴口，只丈許方圓。下面是條坡道，越往前走越大。前面青光逐漸顯盛，與初來時洞外所見青光一樣，卻添了一道，飛得卻慢，所過之處，穴底五色煙光全被衝散。二小才看出適才逃走那人前來報仇，只不知是怎生進來的，妖鳥竟會毫無所覺，心中又驚又喜。又恐怕來人也是為盜聖陵至寶而來，力既不敵，只得加緊跟將下去。

第九章 侏儒建功

那兩道青光，後來越往前飛越慢。穴中的五色煙光，也隨時變幻不定。有一次，前面忽然垂下一片五色煙幕，阻住去路。青光到此，略停了停，從頭一道青光中射出一團奇亮無比的藍光。

初出時，不過彈丸大小，一經射入煙幕之中，立時無聲爆裂，化為光雨，藍晶晶萬芒電射，耀目難睜，煙幕當時衝破，化為殘煙消滅。

二小福至心靈，想起楊瑾之言，妖尸在寶穴中埋伏甚多，那些煙光彩霧，必是厲害妖法。見青光所到之處，恰似風捲殘雲，勢如破竹。那兩人又是身劍相合，沒現真形，雖看出也是妖尸的仇敵，但是其意難測，摸不清是敵是友。如果不被覺察，處置得宜，不特可以借他力量帶入，探明穴中虛實，還可與他們一同進退，少時隨之出險；如被看破，豈不是在妖尸之外，又添了一重危機？

想到這裡，未免有些膽怯，不敢追隨過近，始終保持十來丈左右距離。他快我快，他慢我慢，亦步亦趨，加意戒備，相機進止。一路留神觀察穴中形勢，絕似大半隻斷了的金環。甬道渾圓，大約數丈，四外石質，一色暗紅，甚是光滑堅實；彷彿本是極堅厚的實地，經人力硬將它打通成的彎長大洞一般。自從穴口下降，穴徑漸寬，一直往下溜斜，降約二三百丈，又彎了回來，漸漸變頂為底。

如是常人，步行經此，殊難立足。仗著二小身輕體健，甬道彎環甚大，又有青光前導，隔老遠便可看出，尚未失腳。只是上下相去太高，二小行至快轉折處，往下縱落時，免不了有些聲息。前面青光似已聽出身後有了動靜，內中一道竟往回路飛來，一直飛到轉彎的上面老遠，才如閃電般飛掣回轉，一瞥而過，仍與先行那道青光會合前進。那兩個劍仙把穴底一切都當妖尸妖法看待，一例掃除，絕不留情。

二小如被青光稍微挨著一點，怕不身首異處。幸是洞大人小，又靈警異常。著地之際，自知腳底稍重，首先有了戒心，見青光往回一動，便知不妙，慌不迭地貼壁伏好，青光已從身旁閃過。那青光見後面無跡可尋，也料身後聲響決非無故。但是二小隱身之法出諸白髮龍女崔五姑仙傳，又經楊瑾用本門心法加意指點，看不出邪氛妖氣，萬沒料到會有這麼兩個僬僥細人潛伺在側。

雖然起了疑心，無奈事機緊迫，稍縱即逝，前途阻難尚多，無暇細為觀察，只索罷了。二小剛剛避過，驚魂未定，那青光又從老遠飛掣回來，差點沒被掃上。二小常聽雲鳳講說飛劍厲害，不禁嚇出了一身冷汗，僥倖脫死，益發不敢絲毫大意。

又尾隨了百餘丈，途中漸有濃煙、鬼怪之類發現。青光中照樣發射出一團藍光，無聲無息，將它消滅。那谷徑也漸漸彎向平處。行到後來，前面忽似路盡，遙望漆黑一片石壁，空無所有。青光到此又停了停，依樣放出一團藍光，千星爆射，衝向壁間，激盪開千層濃霧。

妖煙散後，現出一座圓門。兩道青光便合在一處，往門中飛去。才知並非石壁，仍是妖法作用。忙即跟蹤追入一看，門內乃是一所極廣大的圓形石窟。窟頂上面懸著一團白光，宛如既望明月，冰輪乍湧，銀輝四射，照得到處通明，清白如畫。

全窟廣約十畝，高大平曠，更無他物。只靠裡一面圓壁上，一排並列著五個腰圓形洞門，洞高數丈，洞與洞相隔亦數丈。中、左、右三洞中，當間裡面各放著一座大小形式不同的古鼎，俱有紅黑金三色的輕煙筆直上升，離鼎三丈，凝結成一朵蓮花般的異彩，亭亭靜植，聚而不散。鼎後面彷彿有一長大石榻，榻上臥著一個古衣冠的大人。餘下的兩洞裡面，卻是空的。

二小知青光遲早驚動妖尸，必起惡鬥，時刻都在提心吊膽，留神退藏之所。一眼將那右側空洞看中，忙輕輕跑了過去，先算計好青光進出路徑，躲向洞側窺伺。準備如果來人斬得妖尸，專為除害報仇而來，不是覬覦至寶，自己坐收漁人之利，固然絕妙；否則便隨之退出，回去報信。如果來人慘敗，脫身不得，也可隱藏起來，妖尸終究要離開，隨他同出，不致殃及池魚。即使都不如願，凌、楊二位師尊明晚必要來此盜寶斬妖，縱因道淺力薄，不配裡應外合，臨時告知虛實，總算未虛此行。

主意剛打點好，那兩道青光已飛近當中三洞門外，忽又停住，不往裡面衝入。約有半盞茶時，青光閃處，現出一男一女，俱是玄門裝束。男的年約二十多歲，生的猿臂鳶肩，蜂腰鶴膝，眉目英朗，神采奕奕。

適間青光並未收回，像一條長大青蛇一般，斜繞左肩右脅之間，迴環數匝，寒光閃閃，電轉虹飛。前胸還掛著一張與他人一般長的大弓。背後斜背著一個矢囊，箭長七八尺，有茶杯般粗細，共是八支，箭鏈上直泛烏光，射出數尺以外。女的年紀比男的略小，長身玉立，姿容雅秀，顧盼英武。腰間掛著一個革囊，鼓繃繃的，不知中貯何物。所用青光，也和男的一樣，斜繞肩脅數匝。現身之後，互相指點門內，低聲細語，好似有些作難神氣。因那洞壁是個圓形，從側面細看，可以觀察中洞以內景物。

二小見二人法力高強，來時那般勢盛，怎會成功在即，反倒膽怯起來？好生不解。忙回首定睛，往當中圓門內仔細一看，當中三洞外面雖然各有一門，裡面卻是通開的一間廣大石室。三妖尸各據一榻，仰臥其上，頭朝門外，腳微向裡聚攏。每一妖尸的身後洞壁上面，都懸有一團煙霧，簇擁著一個貌相猙獰，比栲栳還大上一倍的奇怪人頭，六隻怪眼齊射凶光，注定三妖尸的腳下，一動不動。所看之處，似有一團金光霞彩，被妖尸石榻遮住，看不見是何寶物。

此外還有一隻奇形怪狀的大鳥，蹲伏在中左二妖尸之側，瞑目若死。那壁間怪首，看去雖然醜惡可怖，但是目光呆滯，只注視到一處，眨也不眨，如泥塑木雕一樣。連四外圍繞的濃煙也似呆的，不見飛揚，好似專為嚇人而設。

細加觀察，並無什過分出奇之處。倒是妖尸頭前那三座大鼎形式奇古，金紅黑三色煙光上升結為異彩，鼎腹之下各多出一根半尺粗細的鐵柱插入地底。側耳靜聽，隱隱聞得烈火風雷之聲，從鼎中透出。更可怪的是，鼎與地皮色質竟是相同，恰似上下連成一體，生根鑄就。猛想起來時楊瑾曾說，藏寶穴中妖尸窮奇恐禁法埋伏無功，特地下穿重壤，勾引地肺中的水火風雷，以防萬一。鼎腹鐵柱，是通連地肺的樞紐，妖尸高枕無憂，定恃此物。所以來人那麼大的本領道法，竟會望門卻步，不敢擅行闖入。

正揣測間，來人想因妖尸醒覺不遠，臉色益發急遽，又互相商量了幾句。那少年忙取下身上佩帶的大弓長箭，照準門內三個怪頭，張弓待發。女的意似無奈，秀眉往上一皺，一手拉開腰間革囊，也未見取出什麼法寶，便身劍合一，化成一道青光，飛將起來。這裡少年弓已拉滿，一併排三支長箭，同時帶起一溜烏光，電掣星流，直往妖尸身後壁上怪首飛去。二小方以為寶弓寶箭決無虛發，那三個怪頭必被射中無疑。誰知那三道烏光一進圓門，鼎上煙花立即搖動。

三箭剛從妖尸上面越過，說時遲，那時快，就在這一眨眼工夫都不到的當兒，猛見洞內金光一亮，妖尸腳後倏地現出數丈長一張大口，正遮在怪頭前面。微一開合之間，大口中便飛射出無數金星紅絲，如狂風捲雪，急浪漩花一般，將三道烏光一齊裹住。少年見狀大驚，連忙伸手去招，已是無及，眼看萬千金星紅絲裹定三道烏光，只吞吐了兩下，便被吸進口去，烏光斂處，無影無蹤。壁間怪頭，依然猙獰。那張大口也隱而不見。

咪咪上次和玄兒隨了楊、凌二女脫險，見識過聖陵至寶九疑鼎的妙用。大口一出現，這才知道三個怪頭目光注視之處，便是妖尸聖陵二寶存放所在。虛實已得，好生欣喜。只恨自己法力淺薄，不敢妄入取禍。否則乘著妖尸假死之時，縱不全得，至不濟也盜走它一件。二小這裡胡思妄想，大禍業已逐漸發作。

這地底圓穴五洞，係窮奇所闢。中洞無華氏，右洞乃子戎敦，左洞窮奇；餘下兩洞，一是妖道鍾敢所居，一是神鳩潛修之所。自從盜得了聖陵二寶，無法分贓，三妖尸爾詐我虞，各有私心，誰也不肯放心誰。嗣經妖道調處，作為公有之物，同在一處，探幽索隱，窮研玄妙。又由窮奇將當中三洞裡面打通，漸漸連各人假死煉形的時辰，都移並在一起，起止出入，一律同時，以示無私。

妖道日前一死，更增戒心。全洞上下內外，廣佈妖法，層層設伏。自知藏寶地穴無殊天羅地網，加以三尸合力在上面防守警備，無論多大道行的能手，休說盜取二寶，進來也屬萬難。只每日假死都同在一個時辰起止，諸多可慮。除用個人數千年煉就的寶鼎發揮妙用，穿透地層，勾通地肺中的水火風雷，以作禦敵之用外，又將後天元神寄向壁間，注定寶物藏處，互為監察。另施太陰通靈妙術，使先天元神在煉形之際，與鼎上煙光凝成的異彩蓮花息息相通。並將九疑鼎蓋揭開，放置腳後。敵人如若侵入，即使各層埋伏禁法全被破去，深入重地，不進三尸假死之室便罷，只要進了當中三洞的門，擾動煙光上凝結成的彩蓮，三尸的先後天元神有了警覺，立可群起應戰，不愁來人飛上天去。

再如來人看出有異，或是略知底細，必然人不入內，卻用飛劍法寶去斬那後天元神。只要飛過身去，挨近聖陵至寶，九疑鼎便會發動發揮妙用，化成一張大口，無論來人是多厲害的飛劍法寶，即使僥倖不被收去，也決不能奏絲毫功效。

這時恰值妖尸修煉形神吃緊之際，忽然警覺有了敵人，照著一切部署，原是有恃無恐。況且時限將滿，再遲片刻，即可完成本日功果。三尸不謀而合，反正敵人奈何自己不得，已經入網，出路須經室內，逃走不脫，本欲暫時不理，挨到時至，再起擒殺。萬不料來人是個勁敵，又誤認正中洞內妖尸是個主體，必更凶惡；卻不知鳩后無華氏當時初與白陽真人苦鬥傷了元氣，打落了好些道行。

三妖尸當中，只他比較最弱。一見后羿射陽弩被大口連收去了三箭，不禁又驚又怒，嗣見寶箭雖失，三妖尸一個也未驚醒，仗著本身道法玄妙，猛生一計，把心一橫，向那女的一打手勢。女的便從革囊中取出日前從一個左道妖人手中得來的異寶，然後身劍相合，化成兩道青光，往門內飛去。等到飛近妖尸腳後，大口將要出現，倏地往回一收。飛劍與身相合，不比別的法寶易於閃失，大口放出金星紅絲一裹，未被裹住。兩道青光略分上下，似閃電一般掣將轉來，飛到妖尸胸前，雙雙先後往下一落，彷彿似有東西阻住。

少年男女似早料到妖尸有禁法護身，一面運用玄功，雙雙向妖尸頸腹間絞去；同時女的將適取法寶豁出失落不要，全數施展出來；男的又從青光中發出崑崙門下降魔至寶，一團藍光，打向妖尸頭上，爆散開來。這四下夾攻，女的所用法寶又是左道旁門中所煉最狠惡污穢的三陰神鉛滅陽彈，共是四十九個，專破煉氣煉神人的毒物，妖尸怎能禁受。三尸為防暗算，身外設有五行挪移禁制與兩儀護體之法，即使有人用法寶乘隙來傷，只要元神不死，並無妨害。

也是無華氏運數當終，該遭此劫，遇見這樣對頭剋星。偏生又因敵人來勢甚惡，一時小心過甚，恐九疑鼎無人主持，只能防守，威力有限，意欲起身禦敵。恰在些時，將先後天元神一齊復正，想使用九疑鼎，連人帶劍一齊收去。頭剛一抬，猛見青光中迸出一團藍晶晶的精光，耀目難睜。無華氏識貨，知是東方甲乙木精英所萃煉成之寶。

兩儀護體全恃二氣阻力，決難抵禦。尚恃有五行挪移禁法，打不到身上，誰知眨眼間，身還未及起立，護身禁法首被藍光破去，爆散開來。緊接著數十粒桂圓大小紫黑色的暗光又從另一道青光中打將下來，也未容看出是何法寶，便覺周身痛癢，連中了好幾十下。知道禁法全破，心中大驚。因為來勢萬急，筆墨難以形容，休說再使妖法抵禦逃遁，連念頭都未容他轉到，只怪叫出半聲「哎」，便被兩道青光、一團藍光連形神帶屍骨絞為粉碎，煙飛而散。

少年男女一心專注為首妖尸，合力下手。左右兩旁的戎敦、窮奇，也早覺出來敵強盛，勢不可侮。剛把元神復體，便見無華氏形散神亡，這一驚真是非同小可。慌不迭縱起身來，退向洞後，一個取了軒轅昊天鏡，一個取了九疑鼎，暴跳如雷，厲聲怪笑，迎將上來。少年男女斬了中洞妖尸，忽見左右二屍同時在榻上失蹤，料知不妙。聞聲回首一看，壁間三個怪頭業已先後隱去。

左右二榻上原臥的兩個妖尸，一個相貌猙獰，形如惡鬼，身高幾及兩丈，長著一臉絡腮鬍子。右手持著一柄金戈，左手高舉似握著一面鏡子，乍看鏡光青濛濛的，光華並不甚亮，略一注視，青光裡面彷彿很深，金霞隱隱，旋轉不停。另一個妖尸，身量更高，腰間圍著豹皮，全身看去只是一副大骨頭架子，瘦硬如鐵，口中磔磔怪笑，聲類梟鳥，響徹全洞。兩條枯瘦長臂當胸平舉，卻看不出拿的何物，頭臉及上半身全被遮住，僅現出適才收去三支射陽神箭的那張大口，放出無量數金星紅絲射將過來。少年男女知那大口厲害，飛劍取不得勝。女的一個先將三陰神鉛滅陽彈照準大口打去；男的也將那團藍光放出，朝那有絡腮鬍子的妖尸飛去。

滿想仍用旁門穢物，先污了那張奇怪的大口，與之同歸於盡，然後再用本門至寶取勝，誰知事謬不然。那四十九粒暗紫光華剛一飛出，便被大口中的金星紅絲捲住，略一吞吐之間，如石落大海，無影無蹤，立即收了進去。那團藍光眼看飛近妖尸，那古鏡上面倏地一片輕煙飛過，從青濛濛微光中忽射出萬道金光，百丈虹霞彩芒，電轉飛射，迎著藍光微一接觸，藍光雖然照聲爆散，奇彩流輝，精光四射，但被鏡上金霞阻住，不能傷著妖尸分毫。兩個妖尸卻不放鬆，緊緊追逼過來。少年男女到此方知軒轅二寶妙用無窮，再不見機遁走，必無倖理，兩下裡一打招呼，縱遁光向外逃去。

這時穴中三個妖尸，中榻上的無華氏已被少年男女所誅，形神消滅。所剩兩個妖尸，高的是窮奇，較矮有絡腮鬍子的是戎敦。他們原意本要將少年男女迫退出室，才好發動埋伏。見狀只互相怪聲叫笑，並未隨後追趕。那少年男女來時原也知出路須經妖尸假死的圓室以內，無奈妖尸法寶厲害，無力抵禦，只得退出。誰知來路多阻，妖尸又醒，退出不易。總以為崑崙門下的五雷天心正法玄功奧妙，來時既是勢如破竹，歸途也不見得就難到哪裡。

及至飛出室外，回頭一看，不見妖尸追來。這少年男子名叫小仙童子虞孝，乃崑崙派中名宿鍾先生門下最心愛的大弟子，那女子便是半邊老尼高足石氏二姝之一的縹緲兒石明珠，俱是崑崙門下小一輩中傑出之士，久經大敵。一見妖尸得勝不追，便知必有詭計。再定睛往前一看，果然歸路已失，來時的圓形彎長甬道不知去向，四外俱是堅厚石壁，無路可通。

正在斟酌怎生出去，石明珠忽悄聲說道：「孝哥，目前妖尸定然發動埋伏，隱身暗中作祟，我們歸路已絕。你看洞頂上面這輪月兒依舊光明，照在身上卻並無什感覺，甚是古怪。莫非妖尸故佈疑陣，那裡面隱藏著出路麼？」

一句話把虞孝提醒，一想此言果然有理。記得下來時，那條甬道又彎又長，恰是個半環形。算計程途遠近間隔，那月光好似正當上面油釜下入口。此時出路已無，再不急謀脫身之計冒險衝出，非被陷在此，應了那兩矮子的話不可。隨想隨將后羿射陽弩取在手內，張弓搭箭，便要朝月光射去，準備箭射上去，看準虛實，再乘勢衝出。

就在二人商議脫身，還不到半盞茶的工夫，當中三圓門內三座大鼎上的煙光異彩全都隱去。只聽地底轟隆嘩剝爆發之聲，如迅雷初起，烈火燒山，驚濤急湧，狂飆怒號，一起匯為繁喧，漸漸由遠而近，從鼎中透將出來。室內妖尸窮奇笑聲磔磔，雜著戎敦怒吼咆哮之聲，越發淒厲難聞，入耳驚心。

石明珠見勢危急，看出妖尸已經發動地肺中的水火風雷，再遲須臾，定無倖理。一面將飛劍法寶施展出來，一面又使用五雷天心正法，以備相助一同衝出。這裡虞孝的箭剛剛發出，一溜烏光射向明月之中，那旁三座大鼎上一條火焰，一線白光，一縷筆直的濃煙，已自箭一般升起，只轉瞬間，便要化成水火狂風，向虞、石二人布散襲來。幸而虞孝情急智生，無心巧得出路。

這一箭射上去，那團白光立被烏光衝破，化為白煙，波分雲裂而散。又正趕上石明珠發揮五雷天心正法，揚手一團雷光打將上去，紅光照處，現出從上到下井一般直的一個圓洞。知道所料居然奇中，出路已得，不禁驚喜交集。忙使身劍合一，催動遁光，往上衝去。身才離地，鼎中冒出的那條火焰首先轟的一聲，化為萬千紫綠色的火彈，由小而大，再紛紛爆散，佈滿全洞。

二人飛開中回首下視，瞬息之間，全洞已變為火海。那白光濃煙也依次發出。知道此火乃地肺中千萬年鬱陽之氣所積，非同凡火，如被困住，縱仗法寶飛劍護身，也只能支持少許時日，早晚連人帶寶，均被煉成灰燼。何況還有風雷水劫，真個危機一髮。哪敢絲毫怠慢，加緊運用玄功，催動遁光，電射星馳一般，轉眼升到頂上，用大力千斤神法托起油釜，離了險地，逕往墓洞外衝出。不提。

妖尸萬不料敵人神箭如此厲害，竟會將洞頂用禁法封閉，連自己也從不經行的秘徑衝破逃走，去時又是那樣神速。容到看出敵人破法逃走，欲待追趕，偏生地底水火風雷業已引動，分佈開來，自身也不能冒火衝出，須要行法收去，方能追趕，哪裡還來得及。深悔不該輕覷敵人，痛恨太過，意欲將他們化煉成灰，為無華氏報仇，鬧了個徒勞無功。轉不如仍用聖陵二寶收去他們的寶物，不放他們出室，先行困住，再設法擒人報仇的好。賊去關門，後悔已是無及。只得重新佈置，將直通上面的井路改設下別的陷阱，以備敵人去而復轉。經此失挫，方知多大禁法也瞞不過高人；地底水火風雷雖然厲害，使用之法還有未妥。

兩下一商量，以後決計非將敵人真正陷入埋伏，一絲漏洞全無之時，不再施展，以免稍有疏虞，反倒礙事。再者，發時容易，收又極難，能不用它最好。依了戎敦，乃父無華氏一死，二寶已可平分，各帶身上，免得在上面遇警取用，還得下來一次。偏生二屍俱欲得那九疑鼎。

窮奇因無華氏一死，只剩戎敦蠢物一人，貪心更熾。不特九疑鼎不肯讓人，連那面昊天鑑，也想據為己有，只是不便明奪。料知今日敵人是為盜取二寶而來，並且深悉寶穴底細，決不能和上次誤入的女子一樣，一經嚇退，就此不再來。來人道法飛劍本就不弱，再來時，必還約有能手，抵敵他們全仗聖陵二寶。無華氏慘亡，便是前車之鑒，正可將二寶仍然藏在地穴，以便借刀殺人。一遇有警，先相看來勢強弱行事。戎敦只要和來人一鬥上，決不容易脫身。那時再裝著往地穴取寶，故意延挨。如見戎敦獲勝，自然助他夾攻；

稍現敗象，便隱過一旁，任其自斃，然後出面除去強敵，二寶豈不全得？

因他別有深心詭計，力主二寶不可妄動：「那鼎尤其太大，攜帶不便。好在上下容易，單憑兩柄金戈，一把神刀，來人也非敵手，何況我們還有一身道法。那少年男女膽已嚇破，決和那兩個女子一樣，不敢再來。即便請來能手相助，臨時取用，也來得及，本是共有之物，分它則甚？」

戎敦只當他不捨九疑鼎，自己也有同好。雖然取寶時用得力多，但窮奇凶狡，也必不肯相讓。此時如單將寶鑒帶去身旁，無異說是那鼎歸他。再一轉念，看窮奇凶惡強霸，乃父一亡，決難與之久處，早晚還得仔細。也想挨到妖鳥神鳩不日復醒，乘機唆使牠抓裂窮奇的頭腦，二寶便可據為己有，此時樂得依他。惡念一生，不再堅持己意，二妖尸各自存心行詐，又變了當初埋伏方略。

這一來，不特便宜了楊、凌二人，免卻水火風雷之害，得收全功，其中還便宜了沙、咪二人兩條小命。否則沙、咪二人氣候有限，當時雖然隱身在側，未被妖尸看破，又有藏伏之所，但是適才水火風雷挨次一發動，縱能免卻玉石俱焚，人必被震暈過去，現出真形，那還不是照樣送命？

二妖尸商量爭議，二小潛伏在旁，全都聽見。等二妖尸相偕出洞上升，咪咪也想尾隨出去，卻被沙沙一把拉住道：「你怎會聰明一世，糊塗一時？如今妖尸退出，危機已過，那兩件聖陵至寶，仍藏原地未動，豈不是我們的天賜良機？楊太仙師原說，兩油釜下一出一入，妖尸由當中石室隱去，出路必在室內，正好細加探查，就便盜他二寶多好。如說出去，妖尸總少不得還要下來，探明虛實，再偷偷隨他上去，也來得及。即使不然，被困到了明晚，二位師尊到此同出，也不妨事。我看見適才那男女二人一來，上面埋伏必更厲害，弄巧出去遇上，就有死傷之虞。這裡雖是虎穴深處，倒還安穩不過。只要隨時留心，見妖尸下來，便躲遠些，就不妨了。」

咪咪被他提醒，點頭稱善。豁出再困一日，挨到楊、凌二女到來同走。將逃意打消，一同走出旁室。這微一耽延之間，二妖尸已由中間圓門入內，走得無影無蹤。二小見過適才厲害無比的聲勢，惟恐誤入埋伏，為妖法所傷。雖然當中三間圓室內空無一人，門內三座大鼎煙光異彩全都收斂了去，鼎中和地底也不再有水火風雷之聲，終料妖尸身在上面，這地底寶穴之中也不會毫無防備，哪敢隨意亂走動。先向當中三門端詳了好些時，見無什動靜，才一前一後，提心吊膽，試探前進。

不料二妖尸自從變了方略，將直通上面的圓井封閉後，立意以虛為實，所有禁法，全改設在入口要道當中。另用禁法，和先前一般，幻成一輪明月，仍高懸在原地方，放出一片寒光，照耀全洞。內中卻藏著層層埋伏，無窮妙用。準備敵人捲土重來，即使衝破禁法入內，到了當中月光之下，為厲害埋伏所阻，必仍向月光內衝去，自投羅網。中間三洞，因不在假死時候，並未設伏。也是合該沙、咪二小成此奇功，逕由旁室沿壁走向三洞之內，沒往月光下走去；否則稍前行十幾步，便又觸動埋伏，死於非命了。

二小兢兢業業，由鼎側遠遠繞過，走向三洞裡面。因知榻後還有一張大口厲害無比，一至榻前，便不敢再往前進。待有一會，正想不出怎樣能夠過去，猛一眼發現左邊榻上烏光閃閃。試探著蹩近前去一看，乃是適才少年男女先射妖尸的三支長箭。咪咪試用手一拿，居然毫沒動靜，就拿了起來。只是那箭太長，以二小的身量來說，竟比常人拿著一支大槍還要長出好多倍。咪咪持箭在手，忽然動念。

暗忖：「適見少年箭射出時，化作一溜烏光，飛過榻後，想去射那壁間怪頭，才現出那張大口，將它吞去。如今怪頭已然不見，不知那張大口還有沒有。何不拿這箭當先鋒，朝前試試？如果再見金光一閃，立時丟了箭就走，那大口只顧吞箭，走脫必還來得及。」

二小互一商量，俱覺有理。便由咪咪持箭當先，緩步前進。誰知身量大小，那箭又沉又長，咪咪只拿著箭柄一頭，越發頭重了些，心神目光又專注到前面，手裡微一疏忽，箭鏟那頭往下一落，正碰在石地上面。那箭原是上古異寶，一下劃到地上，錚的一聲，立時石火飛濺，刺碎了尺許長一條裂縫。這時蹲伏榻前的那隻神鳩，自被毒草醉死，昏迷了數千年，毒性漸消，已離回醒之日不遠。

此鳥原本通靈，身雖死去，心仍明白，近百十年間，妖尸等每日進出動作，均能覺出。被這一響驚動，知道主人適才業已走開，何來此聲？不禁把雙翼微微展了一下。二小以前在小王洞中就受過大鳥侵害，又聽楊瑾說此鳥靈異，見那雙翼才展開不過三分之一，已經滿室風生，吹人欲倒，知道厲害。嚇得慌不迭地輕悄悄縱過一邊，伏身榻側，哪敢再動。幸是那神鳩靈明未復，僅能微展雙翼，不能起飛，目瞑口閉，也不能視物出聲。一聽再沒有別的響聲，室內外又全無其他動靜，不似有敵人潛入神氣，也就罷了。

二小等了一會，不見神鳩再有動作，重又捺定心神，鼓起勇氣前進。因為受了一場虛驚，格外膽怯。算計那張大口出現時，正當中間，恰巧將三個怪頭遮住，與橫列的三榻一般長短。況且中、左二榻之間，又蹲伏著那隻妖鳥神鳩。如由右邊貼壁繞向牠後面，或許不致波及，並且不易驚動妖鳥。越想越對，當下改走石壁繞去，仍由咪咪持箭前行，沙沙尾隨在後。果然一直走向榻後，俱無跡兆。

再一看那藏寶之所，壁間地上全是空空，只中榻後石地上畫有八卦太極，餘者並無一物。覺徒自擔驚害怕，枉費辛勞。忽聽妖尸笑聲，由上面遠遠傳來，料是妖尸回轉，恐被看破形跡，嚇得亡命一般，仍繞石壁跑向前面，將那支長箭放在原處。剛剛放好，妖尸窮奇的笑聲已由遠而近。二小潛伏右榻側面，連大氣也不敢出。

不多一會，壁間濃煙過處，忽然現一絕大圓洞。妖尸窮奇，從洞內走將出來，先往左榻，拿起那三支長箭，插入腰間。走向中榻後面，低頭伸開兩手，往左推了一下。起身時手裡已拿著一面古鏡，鏡中青濛濛一片，正是適才與少年對敵之物。妖尸面對著鏡，滿臉獰笑之容，抱在懷裡，看去甚是喜歡。隔不一會，將鏡放在榻上。又俯身下去，照前樣推了兩推，捧出一座古鼎，大小不過二三尺，通體金色。鼎蓋上蹲著一個異獸，鼎腹上也滿刻著許多奇禽異獸與山嶽風雲水火之狀，還有不少丹書古篆，形制奇古，光彩燦然。妖尸略一端詳，一手揭開鼎蓋，口中喃喃，不知念些什麼。

立時鼎中飛出先見的那張大口，連鼎帶妖尸全都遮住。一會隱去，復回原狀。妖尸將鼎蓋放好，左手舉著，右手搔了搔頭，朝鼎腹上古篆文仔細看了又看，面上似有懷疑之容。幾次伸出手，又縮了回去。最後好似實在忍不住，口中又復喃喃唸咒，聲音與前微異。猛地怪眼一睜，高舉右手，照準鼎腹上拍去。鼎上立時發出無數禽鳴獸嘯，輕鳴巧叫，怒吼長吟，雜然並作，匯為繁響，種類何止千百，震撼全洞，震耳欲聾。妖尸忙取古鏡朝鼎一照，劃然齊止，更沒聲息。

妖尸喜極忘形，抱著那鼎亂跳，口中不住「磔磔」怪笑，聲若梟鳴。二小看在眼裡，方知二寶藏在榻後地底，並且看出鏡能制鼎，只要不揭鼎蓋，那大口也不會飛出。只不知取時用什方法，是否照樣向地下一推，便可取出。正驚喜注視間，說也真巧。妖尸寶藏地下石穴之內，上有太極八卦禁制，存放時照例須用禁法封閉。偏生他是暗中悟出一些九疑鼎的奧妙，背了戎敦，私自下來取試，果然有些靈驗，照此研討，必能悟徹微妙。正得意歡躍間，忽聽戎敦在上面怒吼怪叫之聲遠遠傳來。知已覺察，目前還不願意和他翻臉，恐被走來看破，起了疑心，忙將二寶仍放地下，左右各一旋轉，起身便走。去時慌張，也忘了行法封閉。

二小見妖尸剛進壁間圓門，濃煙過處，妖尸不見，右壁恢復原狀，便聽二妖尸在壁中爭鬧之聲，由近而遠，漸漸消逝。大意是戎敦怪窮奇居心叵測，不應違約私入地穴。窮奇卻說：「因在上面想起今日得那三支寶箭，比那日所收女子寶物勝強十倍，正可拿來略加祭煉，用以禦敵。適才業自鼎中取出，放在榻上，你也看見，走時只顧彼此爭論，忘了取出。見你正有事，沒和你說，剛下去，你便連吼帶叫趕了來，並未違約取寶偷試。」戎敦又問明似聽得地底鳥獸之聲，何來等語。底下二小沒有聽清。料知妖尸走遠，虛實全得。除避開妖鳥外，更用不著再害怕。連忙如飛跑過榻去，仔細往地下一看，那八卦當中的太極圖竟似活的，所含青白之丸全都凸出。前見與地相平，稍有不同，彷彿可以推動。不知妖尸沒有行法封閉，尚恐入伏受陷，端詳商量了一會。

沙沙決計冒險一試，叫咪咪站得遠些。也學妖尸的樣，按定右邊青丸，往左用力一推，人小力微，竟未推動，可是也沒受著傷害。咪咪見狀，也奔了過來，兩下一商量，豁出一同被陷，兩下合力動手。那太極圖大約數尺，二人站在圖外，要俯身下去，方能夠住。青白二丸推時，連吃奶的氣力都使出來，白累了一身冷汗，一毫不曾推動。二小心終不死，又一揣想妖尸取寶時情形，好似兩手分轉。這陰陽兩儀推動時，想必還有逆順之分。悟到機密，重又下手。

二小一推青丸，一推白丸，果然綠的一聲，輕輕巧巧，隨手而轉。陰陽兩儀忽然迸轉，錯開一半，陰儀縮入石裡，右側現出一個六尺多深的孔洞，底下放著一面古鏡。沙沙聽了聽，下面沒有聲息。忙縱身下去，拿起一看，正是那面有青濛濛光華的昊天鏡。其質非金非玉，甚是沉重。背有蝌蚪文的古篆和雲龍奇鳥之形，看似隆起，摸上去卻又無痕，非刻非繪，深沒入骨。正面乍看，仍是先前所見青濛濛的微光。定睛注視，卻是越看越遠。內中花雨繽紛，金霞片片，風雲水火，一一在金霞中現形，隨時轉幻，變化無窮。

咪咪也縱身下去，看了一會，都是喜出望外。依了咪咪，恨不得偷將出來，才稱心意。沙沙卻說：「寶物虛實雖得，無奈我等道力不濟，看適才妖尸走出神氣，連隱身相隨同出，都是萬難。楊師祖和恩師，明晚子時必然到此，她們曾說一舉成功，決不會錯。我們現在取出寶鏡，沒處存放，又走不脫，轉使妖尸驚疑搜尋。若放在身側，我們隱身之法如隱不住鏡上光華，立時便有殺身之禍，大事不妥。為今之計，莫如原樣放好，不去動它。等二位師長到此，只和她們一說取用之法，較為穩妥。」

咪咪道：「你又想錯了。我們此來，原為建立奇功，天與不取，豈非自棄？那鼎看神氣又大又重，我們只看看，且莫動它。那寶鏡好似能制服九疑鼎，關係非小，無論多麼為難冒險，也不可輕易放過，總不在深入虎穴才好。依我打算，二妖尸正在爭奪，大可藉此行一反間之計，先將鏡取出，找地方藏好，我們並立在它前頭，能隱過寶光，不被妖尸覺察。等二位師長到來，獻鏡取鼎，固是妙極；即使不成，自少年男女逃去，並無人來，只有先前那個妖尸私來試寶，寶鏡無端失去，那矮胖妖尸必疑心他玩花招，不肯甘休，萬一妖尸自相殘殺，我們豈不坐山觀虎鬥？等死傷了一個，三尸只剩一屍，二位師長除他，豈不更容易了麼？」

沙沙一想也對，便將鏡拿起，一同縱了上來。咪咪還想觀看寶鼎，沙沙怕弄出亂子，加以勸阻。咪咪不聽，強著沙沙，將鏡先放在地上，一同推動太極圖中圓珠，兩儀還原，穴口復閉，再推卻又不動。試一逆轉了兩下，再行順轉，這次改作陽儀隱去，左側現出一樣大小的洞穴，立見金霞萬道，自穴底閃射上來，照得人眼花繚亂，不能逼視。

沙沙不肯下去。咪咪未免也有些膽怯，因見鏡能制鼎，便叫沙沙持鏡照定那鼎，自己下去，看一看真相，即行縱上。沙沙依言。咪咪入穴，仔細一看，滿鼎腹俱是萬類萬物的形相，由天地山川、風雲雷雨，至日月星辰、飛潛動植及從未見過的怪物惡鬼，小而昆蟲鱗介，無不畢具，中間還夾有許多朱書符籙。最奇怪的是那鼎通體不過數尺方圓，可是上面所有萬物萬類的形相，多至不可勝計，不特神采生動，意態飛舞，那麼無量數的東西，不論大小，看上去都是空靈獨立，各有方位，毫不顯出混雜擁塞之象。

咪咪膽大好奇，接連繞鼎走了三匝，想看看鼎腹上到底有多少稀奇古怪的東西。誰知鼎腹竟是常時變幻，每次所見，俱各不同。方知鼎腹所現諸般形相，包羅萬有，恆河沙數，無有窮盡。再看鼎蓋上蟠伏著的那個怪物，生得牛首蛇身，象鼻獅尾，六足四翼，前腿高昂，末後四腿逐漸低下，形相猛惡已極。鼎蓋不大，那怪物卻是神威凶猛，勢欲飛舞，越看越令人害怕。

心想：「鼎裡面那張大口，不是什麼怪物，妖尸既能隨意使它出現，往前飛出，收寶傷人，如今站在它後頭，想必不致受害。目前寶穴詳情，業已深悉，所差只此一點。自己和沙沙，僅有數月微末道行，放在妖尸手裡，還不是和死個螞蟻一樣，居然僥倖，成此奇功，可見仙緣深厚，全出天助。倘再能悉此鼎微妙，豈非盡美盡善？」當時雄心正壯，也不先和沙沙商量，只說得一聲：「沙哥，拿鏡照好，我要揭這鼎蓋一看。」

沙沙見他老在寶穴中盤桓，本就擔心，連催數次不應，正在焦急，聞言大驚，忙喊：「萬萬使不得！」

咪咪早防到他作梗，口裡說著話，已手托鼎蓋，微微掀起。誰知九疑鼎與寶鏡大不相同，鼎沿剛一顯露，便見無量金星紅絲如飆輪電旋，就要衝開鼎蓋而出。光霞強烈，耀目難睜。同時一片轟隆之聲，發自其內，恍如萬雷始震，聲勢駭人。咪咪嚇了一大跳，知道厲害，欲待按下鼎蓋，不特關它不上，彷彿鼎中有絕大神力，連手帶身子統被吸住，往裡收去，莫想掙脫分毫，不禁驚叫欲絕。原來沙沙因為急於攔阻，手中寶鏡偏了一偏，沒有照準鼎口，致有此失。

這時瞥見鼎蓋甫啟，咪咪人被吸住，晃眼就要收入鼎內，一時情急，除用鏡破解外，別無生路。驚慌駭亂中，雙手舉著那面昊天鏡，朝鼎上對照下去。這陰陽生剋之理，說也奇怪，那麼厲害的聖陵至寶，吃鏡中青濛濛的微光照射上來，立時金星齊斂，紅霞全收。咪咪身已半入，危機相間，何啻一髮之微，忽覺眼底光霞隱處，吸力盡退，只見亮晶晶一團東西，正往鼎中落去。他膽子也大得出奇，當這生死瞬息之際，仍未忘了涉險，隨手撈住，奮力縱退出來，鼎蓋竟輕輕鬆鬆落下蓋好。

咪咪臉都嚇成了土色，哪敢停留，不顧看手中所持何物，慌忙縱上。因鼎已發出響聲，惟恐妖尸驚覺，趕來查看，忙與沙沙合力，仍舊推動兩儀，回了原位，掩好寶穴。一看那鼎中得來之物，乍看只是帶有青白微光，混混沌沌，並不十分透明的一粒雞蛋形大小的圓珠。及至反覆定睛注視，那珠子甚是異樣。如若順立，青白二光立時分開，青光上升，白光下降，再隔一會，上段便現出無數日月星辰、風雲雷雨的天象，下半截便現出山川湖海、飛潛動植之形。與鼎腹所見大同小異，但這個裡面的萬類萬物卻似活的，不過動作稍慢罷了。若一倒立，重又混沌起來。

小小一丸東西，裡面包藏若許無量事物，按說絕難看真。誰知不然，竟是無論看哪樣，都是大小恰如其分，營營往來，休養生息，各適其適，位置勻稱已極。用盡目力，也難分出它的種類。再一看出了神，更是身入個中，神遊物內，所見皆真，轉覺自身只是僬僥之民，徒慚渺小。二小雖不知此寶即九疑鼎先天元體，關係全局，至為重大，卻已料定是件異寶。尤妙是為物不大，等諸微塵納物，粟中世界，懷袖可以收容；不比那面昊天鏡，因為人小物大，還要設法藏掩。俱都喜出望外，轉忘適才魄散魂喪之苦。

當下各自看了一會，仍由咪咪收藏懷中。幾經籌計，決定將那面昊天鏡放在適才藏身的另一石室之中，面朝下覆臥著。二小仍隨意查看，靜候妖尸一來，再奔進去，用隱住的身形掩蔽，非到萬分危急，決不躲開一步。一切停當，咪咪又想起先前取箭略有動作，旁伏妖鳥神鳩已經振翼欲撲。適才鼎中那麼大雷聲，二妖尸縱因上下相隔遼遠，或值他出，沒有驚動，妖鳥總該警覺，何以全沒動靜？好生不解。

一問沙沙，才知鼎內洪聲，只有身受的能聽到，沙沙在上面只是看見鼎口內金星閃動，咪咪身子行即入鼎，別的什麼響聲全未聽到。咪咪貪功心盛，聞言又復後悔，不該膽小退出。既有寶鏡制服得住寶鼎，應該再仔細搜查一番，說不定鼎中還有不少異寶在內，失諸交臂，太覺可惜。如非沙沙勸阻，更防二妖尸忽然闖來，前功盡棄，回憶前情，也自驚心，幾乎又欲二次涉險再作問鼎之舉了。

這前後一耽延，差不多已耗了大半天光陰。沙沙力主潛到原處，將來時身旁所帶乾糧取出，飽餐一頓。照師父傳授，打坐養神，靜候時機。二位師長一到，再行現身獻寶，陳告虛實。咪咪喜極欲狂，聞言才想起，自昨晚子前到此，尚未進食。況天不早，算計二妖尸少時必至，得意已至再至三，不可再作無厭之求，便即應了。二小全室俱已走遍，偏巧目光底下那一片設伏之處，因見空無一物，又見少年男女由此破頂飛去，料定妖尸設有妖法。適間進入寶穴，不曾失陷，已屬僥倖。既然無所希圖，何苦涉險嘗試？先時膽大包身，後來卻變作萬分小心謹慎。

回轉原地時，想正好來時經行之處，一步沒敢亂走。兩小僥倖，居然在羅網密佈，危機四伏，飛仙劍俠所不敢到的妖尸深穴之中，有志竟成，克奏全功。固當仙緣前定，般般湊巧。但這等堅毅不拔，智勇雙全，也就算萬分難得的了。楊瑾因此賞識，得了二寶以後，回山稟明芬陀大師，不惜再四虔求，以大師無邊妙法，助其成長，竟歸正果，得為本書最小輩仙俠中有數人物。此是後話不提。

且說凌雲鳳、楊瑾二人在白陽洞中做完夜課，已是第二日辰初時分。因四小常時出洞做些採果汲泉等事，先見沙、咪兩小不在眼前，以為偶然有事離開，還不怎樣在意。隔了一會，見健、玄兩小不時切切私語，眉目示意；沙沙、咪咪未作晨參，不應久出不歸。雲鳳猛然想起，昨日曾有命他二人往探妖尸巢穴之意，後為楊瑾所阻，二小當時神情甚是沮喪。料出貪功心切，背著師長偷偷前往涉險，失陷妖穴之內。忙喚過健、玄兩小來問。

原來四小同門相處，最為義氣。自從昨晚沙、咪兩小走後，不久玄兒便猜定沙、咪兩人背了他私往妖穴探查，立功自見，當時心中好生氣忿，立時便要學樣，跟蹤追去，也立點功勞，與他們看看。健兒因和他情感莫逆，便勸玄兒：「不可如此。他兩人走時固然不該背了我們。但是我們四小人小道淺，此去危險非常。這是用命去拚的事，我們好容易得遇曠世仙緣，根基還沒扎得一點，此行成功不說，一個不好，形消神滅，永劫都不得超生，活命更是談不到了。

「沙哥為人謹慎忠厚，他捨身涉險，必是受了咪弟的慫恿，怎還肯拉上我們？再者他兩人走時，曾說奉有師尊之命，我們只是猜疑。現在二位師長，要到明天早起，才將功課做完，到底難分所說的真假。要真是被我們料中，背師行事，先就有罪，即便得點功勞回來，也不過功罪相抵。何況妖尸那等厲害，連楊太仙師那麼高的道法，尚且被困多日，他兩人微末本領，如何能望成功？本來他兩人就做錯了事，我們再傚尤跟去，豈不比他們還要罪過？他們再要是真奉師命前往，更不庸說了。各人禍福各人當，由他去吧。」

玄兒答道：「大家患難交親，又是同門，就算奉有師命，也應該行時明說詳情，怎這般鬼鬼祟祟，支吾兩句就走？全沒有一毫情義，實叫人氣忿不過。就是奉命而行，大家都是一樣的人，他兩個能去，我們定也能去，明早二位師尊知道，也未必有什大罪。我們現在隱身之法，承楊太仙師連日指教，大有進境，妖尸雖然厲害，不給他看出，有什打緊？」

健兒接口怒道：「既然你不聽勸，只要你前腳一走，我立刻便去內洞稟告師父，看你去得成不？我和你又是至戚，又是同門患難之交，寧使你恨我，也不能任你自去送死！」

玄兒年紀最輕，與健兒是至戚深交，平日頗為畏服，一聽說要稟告師父，結果鬧得去不成，還要自受責罰，只得怏怏而罷。

一直等到天明，還未見沙、咪兩人回轉。玄兒益發料定所說奉命之言是假，去久不歸，必已陷身妖尸，凶多吉少。同氣關心，不由把滿腔怨憤化為憂急。後來楊、凌二女做完功課，二小晨參之後，有心稟明前事，又恐沙、咪兩人恰在此時回轉，師長本來不知，這一舉發，豈不累他們受責？正自心焦，彼此眉聽目語，欲言不敢之際，楊瑾一追問，知道不便再為隱瞞，只得雙雙上前跪下，稟知前事，說：「弟子等先只當他們真奉師命行事，所以晨參時，沒有稟告。」

楊、凌二女聞言大驚，兩下一商量，楊瑾說：「二人失陷妖穴，已有多時，按說決難活命。所幸隱身有術，或者不會被妖尸發覺，只陷於埋伏之中，也未可知。倘能保得命在，早去晚去無妨；如若受害，去也無用，反倒誤了今晚大事。昨觀二小面上，並無死氣，決不致死。莫如聽其自然，仍候到晚來子前同往的好。你昨日原要命他兩個先往一探，被我攔阻，誰知他二人竟有如此堅強勇毅性氣。早知如此，給他們帶上一件護身避禍的法寶，豈不要好一些？你莫憂心，弄巧他兩個此行還不虛呢。」

二女幾經考量，決定仍是乘妖尸晚間假死時前往，以免牽動大局。玄兒一聽師長對沙、咪兩人並無怪罪之意，又說面無死色，不致死傷，好生悔忿為健兒所阻，沒有當時跟蹤追去。後來沙、咪兩小居然成了大功，受了上賞，愈加嫉憤不已，生出許多事來。只為這一念之差，因忿成仇，幾乎鬧得誤己又復誤人。這且不提。

楊瑾、雲鳳議定以後，便在白陽崖洞中坐待時辰一到，即行前往除妖取寶。到了當日下午，楊瑾忽然想起追雲叟白谷逸在軒轅聖帝陵內所留紙柬，曾有「事完趕來相見」之言。已然隔了多日，如今相距除妖之期只有幾個時辰，怎還不見到來？前生仙侶，渴欲一晤。正懸盼間，忽見眼前光華一閃，一道劍光從洞外直投進來。倉猝中雲鳳當是來了敵人，想著飛劍抵禦時，楊瑾認得那劍光的家數，一見便知來意，早用分光捉影之法擒在手內，果然上面附有追雲叟寄來的一封柬帖。取下一看，才知事情的原委。

原來追雲叟因知古墓妖尸厲害，又得了聖陵至寶，益發如虎生翼，難以制服。日前將東海三仙所托要事辦完，正欲趕來相助，行至中途，遇見極樂真人李靜虛，承他指示妖尸墓穴中的虛實詳情，一切前因後果。並說妖尸運數已終，行即自斃，楊、凌二女處境雖極艱險，時至自然水到渠成，凡百巧遇。極樂真人旋即別去。

追雲叟得知底細，見為時還有三日，無庸先行趕去。細一看停落之處，地名修篁嶺，翠竹萬竿，閒雲蔽日，白石清泉，交相映帶，空山無人，景物清嘉。先還不知是崑崙派門下後輩們新闢的清修之所，因為多年未到，打算在當地盤桓些時，就便遊覽全景，察看以前同道中所傳說的千年竹實還有沒有。

獨自閒遊了十幾里，道旁綠竹森森，越來越密，因風弄響，宛如鳴玉，景物益發幽絕。正暗讚這麼好一個所在，怎沒人在此棲息？忽覺萬頃碧雲中，似有青光閃動，知有人在彼練劍。

隱身過去一看，乃是三個少年男女。兩個男的：一名小仙童虞孝，乃崑崙名宿鍾先生最心愛的大弟子；一名鐵鼓吏狄鳴岐，原是曉月禪師的記名弟子，新近投在鍾先生門下，與虞孝最是莫逆。另一個女的，是半邊老尼門下石氏雙珠之一的縹緲兒石明珠。

請續看《蜀山劍俠傳》十一 孽海精魂

風雲武俠經典

蜀山劍俠傳【第一部】10 古墓羈身

作者：還珠樓主
發行人：陳曉林
出版所：風雲時代出版股份有限公司
地址：10576台北市民生東路五段178號7樓之3
電話：(02) 2756-0949
傳真：(02) 2765-3799
執行主編：劉宇青
美術設計：吳宗潔
業務總監：張瑋鳳

出版日期：2025年10月
ISBN：978-626-7510-81-0
風雲書網：http://www.eastbooks.com.tw
官方部落格：http://eastbooks.pixnet.net/blog
Facebook：http://www.facebook.com/h7560949
E-mail：h7560949@ms15.hinet.net
劃撥帳號：12043291
戶名：風雲時代出版股份有限公司

風雲發行所：33373桃園市龜山區公西村2鄰復興街304巷96號
電話：(03) 318-1378
傳真：(03) 318-1378
法律顧問：永然法律事務所 李永然律師
北辰著作權事務所 蕭雄淋律師

行政院新聞局局版台業字第3595號 營利事業統一編號22759935

定價：340元

國家圖書館出版品預行編目資料

蜀山劍俠傳. 第一部 / 還珠樓主作. -- 臺北市：風雲時代出版股份有限公司, 2025.10
冊；　公分

ISBN 978-626-7510-81-0 (第10冊：平裝). --

857.9　　114002681